加賀恭一郎 系列

麒麟之翼

東野圭吾

阿夜 譯

麒麟之翼

Contents

由不屈的堅持所淬煉出的奇蹟

總導讀　林依俐

如果你問我，東野圭吾是位什麼樣的作家？

我會回答你，他是位不幸的作家。

你一定會覺得奇怪，光是以《嫌疑犯X的獻身》（二〇〇五）一書，便幾乎囊括二〇〇六年日本推理文學相關獎項，同書在日本的銷售量更是打破五十萬大關的「暢銷作家」東野圭吾，怎會有什麼不幸可言？

在說明之前，請讓我先簡單介紹一下東野圭吾這位作家。

東野圭吾一九五八年生於大阪，大學畢業後進入汽車零件製作公司擔任工程師。由於希望在工作以外，也能在私生活之中有個較爲不同的目標，所以開始著手撰寫推理小說，投稿日本推理文學代表性的公開徵選長篇小說獎「江戶川亂步獎」。

這並不是東野第一次寫推理小說。早在他十六歲的時候，由於看了小峰元的作品《阿基米德借刀殺人》（一九七三，第十九屆江戶川亂步獎作品）大受感動，之後又讀了松本清張的《點與線》（一九五八）、《零的焦點》（一九五九）等作品。一頭推理熱的他便曾試著撰寫長篇推理小說，而且第一作還是以重大社會問題爲主題。然而由於完成於大學時期的第二作被周遭朋友嫌棄，「寫小說」這件事便從他的生活中消失了好一陣子。

而獲得亂步獎的夢想讓東野重拾筆桿。在歷經兩次落選後，他的第三次挑戰——以發生在女子高中校園裡的連續殺人事件爲主軸展開的青春推理《放學後》（一九八五），成功奪下第三十一屆江戶川亂步獎。之後他很快地辭掉工作，前往東京致力於寫作。自從一九八五年《放學後》出版，東野圭吾幾乎是每年都會有一到三部甚至更多的新作問世。他不但是個著作等身的多產作家，其筆下的內容也橫跨推理、幽默、科幻、歷史、社會諷刺等，文字表現平實，但手法卻絲毫不拘泥於形式，多變多樣。

看到這裡，如果你對於近年的日本推理有一定程度的了解，或許你會聯想到宮部美幸——多采的文風、平實的敘述、充滿令人訝異的意外性；但是在兩者之間卻又有著決定性的不同。

那就是，相對於宮部美幸出道約二十年來，陸續囊括高達十項的日本各式文學獎，筆下著作本本暢銷；東野圭吾卻是一直與日本的各式文學獎項擦肩而過，且眞正開始被稱爲「暢銷作家」，也是出道後過十多年的事。

實際上在《嫌疑犯X的獻身》同時獲得直木獎與本格推理大獎，並達成日本推理小說三大排行榜「這本推理小說了不起！」、「本格推理小說BEST10」、「週刊文春推理小說BEST10」前所未有的三冠王之前，東野出道二十年來所寫下的六十本小說（包含短篇集）裡，除在一九九九年以《祕密》（一九九八）一書獲得第五十二屆日本推理作家協會獎之外，其他作品雖然一再入圍直木獎、吉川英治文學新人獎等獎項，卻總是鎩羽而歸。

在銷售方面，他也不是那種只要出書就大賣的暢銷作家。在打著「江戶川亂步獎」招牌的出道作《放學後》創下十萬冊的銷售紀錄後（江戶川亂步獎作品通常都能賣到十萬冊），整整歷經十年，東野才終於以《名偵探的守則》（一九九六）打破這個紀錄，而眞正能跟「暢銷」兩字確實結緣，則是在《祕密》之後的事了。

或許是出道作《放學後》帶給文壇「青春校園推理能手」的印象過於深刻，東野圭吾本人雖然一直想剝下這個標籤，過程卻不太順利。書評家們往往不是很關心他在寫作上的新挑戰。這也難怪，在東野出道後兩年，也就是一九八七年，以綾辻行人等年輕作家爲首，提倡復古新說推理小說的「新本格派」盛大興起。從文風與題材選擇看來，東野圭吾作品用字簡單，謎題不求華麗炫目，內容既不夠社會派又不像新本格，自然不會是書評家們熱心關注的對象。

就這樣出道十餘年，雖然作品一再入圍文學獎項，卻總是未能拿到大獎；多少有機會再版，卻總是無法銷售長紅；傾注全力的自信之作，卻連在雜誌的書評欄都占不到個像樣的位置。

所以我才會說，東野圭吾是個不幸的作家。說眞話這何止是不幸，實在是坎坷，簡直像是不當的拷問。

在獲得江戶川亂步獎後，抱著成爲「靠寫作吃飯」之職業作家的決心，東野圭吾辭去在大阪的穩定工作來到東京。這個決定使得他沒有退路，不管遭遇什麼樣的挫折，都只能選擇前進。於是只要有機會寫，東野圭吾幾乎什麼都寫。

二〇〇五年初，個人有幸得以見到東野圭吾本人並進行訪談時，曾經談到關於他剛出道不久時，在推理小說的範疇內不斷挑戰各式題材時期的心境。他這麼回答：

「那時的我只是非常單純地覺得自己必須持續寫下去，必須持續地出書而已。只要能夠持續出書，就算作品乏人問津，至少還有些版稅收入可以過活；只要能夠持續地發表作品，至少就不會被出版界忘記。出道後的三、五年裡，我幾乎都是以這種態度在撰寫作品。」

不過畢竟是背負著亂步獎的招牌出道，畢竟是身處日本泡沫經濟蓬勃、推理小說新風潮再起的八〇年代後半至九〇年代，向其邀稿的出版社當然也都希望東野圭吾能夠以「推理」爲主題書寫。配合這樣的要求，以及企圖擺脫貼在自己身上那「青春校園推理」標籤的渴望，東野嘗試許多新的切入點，使出渾身解數試著吸引讀者與文壇的注意。於是古典、趣味、科學、日常、幻想，在他筆下似乎沒有什麼題材不能入推理，似乎沒有題材不能成爲故事的要素。或許一開始只是爲了貫徹作家生活而進行的掙扎，但隨著作品數量日漸累積，曾幾何時也讓東野圭吾在日本文壇之中，確實具備「作風多變多樣」這難以被輕易取代的獨特性。

是的，東野圭吾是位不幸的作家。但也因此我們才得以見到，那些誕生於他坎坷的作家路上，由歷經幾多挫折仍不屈的堅持所淬煉而成，在簡素之中卻有著數不清面貌的故事。以讀者的角度而言，能與這樣的作家共處同一個時代，還眞是宛如奇蹟一般的幸運。

在推理的範疇裡，東野圭吾從不吝惜挑戰現狀。從初期以詭計爲中心的作品，漸漸發展出許多具有獨創性，甚至是實驗性的方向。其中又以貫徹「解明動機」要素（WHYDUNIT）的《惡意》（一九九六）、貫徹「找尋凶手」要素（WHODUNIT）的《誰殺了她》（一九九六）、貫徹「分析手法」要素（HOWDUNIT）的《偵探伽利略》（一九九八）三作，可說是東野在踏襲傳統推理小說元素之下，卻又充分呈現屬於現代風貌的鮮麗代表作。

而出身於理工科系的背景，也讓東野在相較之下，比其他作家更擅長消化並駕馭以科技爲主軸的題材。像是利用運動科學的《鳥人計畫》（一九八九）、涉及腦科學的《宿命》（一九九〇）和《變身》（一九九一）、生物複製技術的《分身》（一九九三）、虛擬實境的《平行世界戀愛故事》（一九九五），還有之後以湯川學爲主角展開的「伽利略系列」裡，東野都確實地將自己熟悉的理工題材，在分解組合後以最簡明的方式呈現在讀者眼前。

另一方面，如同「處女作是作家的一切」這句俗語所述，高中第一次寫推理小說便企圖切入當時社會問題的東野圭吾，由《以前我死去的家》（一九九四）中牽涉兒童虐待的副主題為開端，對於社會人心的描寫，似乎也成了他作家生涯的重要課題。例如以核能發電廠為舞臺的《天空之蜂》（一九九五）、試探日本升學教育問題的《湖邊凶殺案》（二〇〇二）、直指犯罪被害人及加害人家屬問題的《信》（二〇〇三）和《徬徨之刃》（二〇〇四），都在在顯露出東野對於刻畫社會問題與人性的執著。

東野圭吾這種立足於推理，進而衍生至科技與人性主題上的寫作傾向，在發表於二〇〇五年的《嫌疑犯X的獻身》中，可說是達到奇蹟似的調和，也因為這部作品，在二〇〇六年贏得各種獎項，讓東野圭吾正式名列「家喻戶曉的暢銷作家」。加上這幾年來，東野作品紛紛電視電影化，他的不幸時代成為過去，並站上前人未達之高峰。二十年來的作家生涯開花結果，創造了日本推理文壇近年來難得一見的奇蹟。

好了，別再看導讀，快點翻開書頁，用你自己的眼睛與頭腦，去感受確認東野作品中理性與感性並存，而又如此引人入勝的獨特魅力吧！那將會勝於我在這裡所寫的千言萬語。

本文作者介紹

林依俐，一九七六年生。嗜好動漫畫與文學的雜學者。曾於日本動畫公司GONZO任職，返國後創辦《挑戰者月刊》並擔任總編輯，現任全力出版社總編輯，另外也負責線上共享閱讀平台ComiComi（http://www.comibook.com/）的企畫與製作總指揮。

麒麟之翼

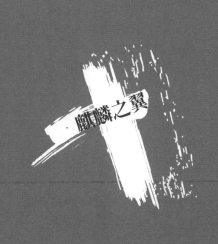

1

晚上接近九點時，男人經過日本橋派出所旁。走出派出所察看四下的巡查，剛好目擊男人步履蹣跚的背影。

當時巡查心想，怎會這麼早就喝得爛醉如泥？由於只瞧見背影，不是很確定年紀，但依髮型推測，應該是中年人。中等身材，穿著得體，遠遠也看得出那身深褐西裝應該是高檔貨。巡查略一思索，判斷沒必要特地叫住對方。

男人搖搖晃晃地走近橋頭。那是建於明治四十四年（一九一一），目前已列爲國家指定重要文化財產的日本橋。男人邁步過橋，似乎是打算前往三越一帶。

巡查將視線從男人身上移開，繼續環顧周遭。這個時間，行人比白天少了些，但複雜交錯的道路上，來來往往的車輛絲毫不見減少。即使經濟如此不景氣，不，正因不景氣，人們不得不辛勤工作，所以入夜後，仍可見許多卡車或商用車穿梭在路上。與景氣好時相比，只差在車上載的大多不是高價貨品，訂量也跟著縮水罷了。而此處，便是揮汗營生的生意人奔向日本各地的起點。

一群十多人的團體抬頭望著上方的高速公路，邊走過日本橋，似乎是中國的觀光客。

不難想像他們之間會出現怎樣的對話，恐怕是忍不住疑惑，爲何要在這麼美麗的橋上方蓋如此殺風景的東西吧。若聽導遊解釋，這是當年爲舉辦東京奧運，必須在交通用地取得不易的市內架設高速公路所致(*1)，來自遼闊國土的人們不知會作何感想。

巡查的目光再度移向橋的另一端，瞥見方才那名男人的身影，不禁一頓。兩尊背對背的麒麟青銅像，雄踞在日本橋步道中央一帶的裝飾燈柱上，而男人正倚著燈柱的臺座。

遠望一會兒，巡查發現男人好像沒打算離開，一動也不動。

眞是夠了，才幾點就睡倒在那種地方是想怎樣……

巡查咂個嘴，鑽過高速公路下方般大步前進。

橋上行人來來去去，卻沒半個人停步關切，大概以爲男人不是遊民就是醉漢。路邊有人或睡或癱，在東京是再尋常不過的光景。

巡查走近男人身旁。眞要說起來，兩尊俯視底下的麒麟其實較像西方的龍，而男人蜷縮的姿勢彷彿在向麒麟像祈禱。

「先生，不要緊吧？」巡查搭上男人的肩，但男人毫無反應。「睡著了嗎？先生，醒醒啊。」他搖晃男人的手稍微加了點勁。

不料，男人倏地癱軟，巡查連忙攙住他，一面暗暗嘀咕：「這傢伙搞什麼，未免醉得太厲害。」同時，巡查察覺男人不太對勁。他身上沒酒味，所以不是喝醉，該不會是是突然發病？不，不對——

巡查發現男人胸口插著不明物體，白襯衫染上一大塊紅黑色。

出事了，得趕緊聯絡署裡！慌張之際，巡查竟找不著身上平日用慣的無線電配備。

2

叫出手機的月曆功能，液晶螢幕顯示出下個月的月曆，登紀子接著將手機平放到桌面，好讓對座的人也能清楚看見。

「忌日是下個月的第三個星期三吧？那麼，選在前一週的星期六或星期天如何？當週我應該空得出時間。」她指著螢幕上的日期問，對方卻沒吭聲。抬頭一看，才發現對方的目光一逕落在她身後。

「加賀先生。」登紀子喊道。然而，對方僅微微伸掌，像要她先別出聲，絲毫沒移開

*1　一九六四年東京舉辦奧林匹克運動會前，於日本橋上方興建首都高速公路，遮蔽了橋上空的景觀。

視線。深邃的眼窩裡，銳利的光芒若隱若現。

登紀子不動聲色地回頭，只見相隔兩桌的桌席坐著一個戴眼鏡的老人，正在操作手機。那似乎是老花眼鏡。

加賀恭一郎站起身，大步走過去，悄聲對老人說幾句話後，才返回原座。

「怎麼回事？」

「嗯，沒什麼要緊的。」加賀啜口咖啡，「剛剛，我注意到那位老先生向女服務生借原子筆。」

「借個筆哪裡不對勁？」

「老先生連借筆時都在講手機，接著又拿筆往餐巾紙上寫。結束通話後，他盯著紙面按手機，我便感覺不太妙……」

「不太妙？」

「我想，該不會是哪個親近的人打來通知他換了電話號碼吧。一問之下，果然不出所料，他說是念大學的孫子，於是我建議他別急著變更原有的號碼，先撥撥看舊號碼確認。」

「那個……莫非就是……？」

「嗯。」加賀點頭，「可能是詐騙，很常見的手法。歹徒拐老先生更改手機裡的號碼，之後打去時，由於來電顯示爲孫子的名字，老先生便不會起疑。」

此時，方才那位老先生慌慌張張地走近。

「哎呀，差點上當。你說的沒錯，撥舊號碼過去，我孫子馬上接起。他手機沒弄丟，也沒換號碼。而且，剛剛那個人的聲音根本和我孫子不一樣，眞的好險！」

「幸好及時發現。建議您儲存剛才來電的號碼，標明是詐騙電話。要是對方再打，絕對不要接，盡快通報附近的警局。」

「就這麼辦。多虧你的提醒，非常感謝。」老先生頻頻低頭致謝後，朝收銀檯走去。

加賀微笑喝著咖啡，眼底的警戒消失無蹤。

「你對犯罪的嗅覺相當靈敏啊。」登紀子試著說。

「妳的意思是，像狗一樣嗎？」

「我沒那麼說。不過，你時時刻刻都在留意周遭的動靜，不累嗎？」

「這是職業病。很遺憾地，沒有特效藥。」加賀放下咖啡杯，目光落在桌上的手機，「抱歉，繼續剛才的話題吧。」

登紀子又問起日期該訂在哪一天，加賀頓時面露難色。

「下個月會很忙，挑別天比較好。」

「那就再往前一週吧，我也盡量挪空——」

「沒辦法。」加賀說：「這個月和下個月署裡事情很多，訂在下下個月中左右好了。」

登紀子一驚，回望加賀那輪廓深邃的臉龐。

「不行，怎麼能過了忌日才辦法事？」

「可是，我眞的抽不出時間。我們署的轄區大，人手又不夠，總有堆積如山的工作要處理。」

「那你去拜託上面的人，讓你調回練馬署如何？」

「那邊也……」加賀搔搔眉尾，「不會比較閒呀。」

登紀子嘆口氣。

「我知道你忙，也能理解突發案子很多，但，即使延到下下個月，情況肯定還是一樣。加賀先生，你只是打算能拖就拖。」

「不，不是的。」

「就是。我不怪你，不過日期依我的意見吧。你父親的兩週年忌法事，訂在下個月的第二個星期六，上午十一點，好嗎？你只要說聲『交給妳了』。」

但加賀沒點頭，緊皺著眉，彷彿在思索什麼。

登紀子敲敲桌面，「加賀先生！」

加賀倏地挺直背脊，「好凶呀。」

「請明確地回答。這樣沒問題吧？」

一臉不情願的加賀剛要答應，外套內側響起手機的振動聲。抱歉，加賀拿出手機起身離座。

登紀子忍住咂嘴的衝動，手伸向茶杯。瞄一眼時鐘，已過晚間九點。今天從醫院下班，到常去的定食店解決晚餐後，大老遠跑來銀座的咖啡店，就是因爲在日本橋署工作的加賀說要這時間才有空碰面。

加賀刑警一臉嚴肅地回座，登紀子馬上察覺情況不太妙。

「抱歉，突然接到上面的命令。」加賀語帶歉疚。

「這麼晚還要回去工作？你們沒在管勞動基準法噢。」

她當然是在調侃，加賀卻沒笑。

「是緊急動員。這附近發生案子，我得趕過去。」

瞧見加賀認眞的眼神，登紀子也無法再談笑以對。

「那，此事怎麼辦？」她指指仍顯示著月曆的手機。

加賀尋思片刻，旋即點點頭。

「按剛剛討論的日程進行吧，一切交給妳。只不過……」他直視登紀子，舔舔唇說：

「當天我不一定抽得出空。」

登紀子板起臉，抬眼瞅著加賀。

「我希望你承諾會出席。」

見加賀爲難地皺起眉，登紀子的神色稍稍和緩。

「看來是沒辦法。你在天國的父親大人，也會要你以工作爲重吧。」

加賀尷尬地搔搔頭，回道：「我會努力的。」

兩人踏出店門，加賀立刻舉手招計程車，請登紀子上車，但她搖搖頭。

「我搭電車就好。加賀先生，你先走吧。」

「這樣嗎？那我就不客氣了。妳路上小心。」

「你也別太拚命。」

加賀點點頭，微笑上車。不過，告訴司機目的地時，他已換上刑警的表情。計程車駛出，經過登紀子身旁時，加賀再度露出笑容，卻已不同於方才，總覺得有幾分僵硬。
目送計程車離去，登紀子憶起兩年前的情景。加賀的父親——加賀隆正病逝的那天，身為護士、平日負責照顧隆正的她也在場。
當天，隆正嚥下最後一口氣時，獨子加賀才出現在病房。陪隆正臨終的是隆正的妹妹和外甥，但加賀並非沒趕上，而是刻意不為父親送行。不止那天，加賀鮮少來探病，看在旁人眼裡，恐怕會覺得加賀是個無情的兒子，連親表弟松宮也曾對加賀的態度十分不滿。
然而，登紀子明白，加賀絕不是薄情寡義。眼看父親壽命將盡，加賀內心深處比誰都悲傷，所以，他很希望能為父親做點什麼，好讓父親毫無遺憾地迎向人生終點。只是，加賀有他的原則，不會顯露出這份思緒。唯有透過他偶爾傳給登紀子的簡訊，才得以窺見他的心意。
喪禮在三天後舉行，登紀子也出席了。前往弔唁的大多是警界人士，從瞻仰遺照的人個個目光充滿敬意，不難想像隆正是深受尊敬的警官。
喪主自然是由加賀擔任。他與表弟等近親待在稍遠處，凝望賓客上香。登紀子拈完香，經過加賀面前時，他無聲地道謝。
之後，好一陣子沒見到加賀，簡訊倒是持續有往來，不過也僅止於季節問候與簡單的近況報告。然後，隆正逝世滿一年時，登紀子傳訊問他一週年忌的事。

不久，登紀子便收到回信，內容大意是：因爲抽不出空，沒幫父親辦週年忌。從敘述看來，加賀顯然連墓都沒去掃。

於是，登紀子又回傳，約加賀一起去掃墓，還附上幾個可行的日期。

看著加賀的答覆，眼前彷彿浮現他爲難的神情。不過，既然他原則上答應了，登紀子當下便敲定日期。

他一定認爲這個護士很愛管閒事吧——登紀子也不懂，自己爲何如此掛心他們父子。由於工作的關係，她目睹過無數患者的臨終，其中不乏照護多年、與對方形同家人的情況。這樣的患者病逝時，她總極力避免陷入個人情緒，但她始終放不下加賀父子，總覺得責任未盡。

約定的當天，兩人前往隆正的墓地。一問之下，登紀子才曉得，加賀打父親納骨後就沒來過，反而是他表弟會不時來上墳。

「好不容易落得清靜，老爸也不希望我常出現吧，那就別打擾他爲妙。」加賀望著墓碑，淡淡解釋。看著他的側臉，登紀子莫名湧起一陣不甘。明明還有該讓他明瞭的事，卻整理不出個究竟，登紀子暗暗焦急。

之後，兩人仍維持簡訊往來，登紀子總會問句：有沒有去掃墓呀？雖然加賀比先前勤快回覆，卻從未回應此事。

時間匆匆過去，轉眼又快到隆正的忌日。登紀子傳簡訊問加賀，隆正的兩週年忌怎麼辦？不出所料，他只簡單告訴登紀子還沒任何計畫。

要是忙不過來，我可以幫忙，兩週年忌辦一下比較妥當。登紀子如此回傳，並用了有點嚴厲的說法——爲活著的人提供追思往生者的機會，是遺族的義務。

兩天前，加賀來電表示，因姑姑與表弟也不停催促，他決定爲隆正辦兩週年忌，不知登紀子是否眞能幫忙。

當然沒問題，登紀子立刻答應。她隱約感到，兩年來始終停滯的什麼，似乎有了新動靜。

3

松宮脩平抵達案發現場時，日本橋上已圍成單向通行的狀態。封鎖的這一側停著成排警車，橋頭附近一條連接中央大道與昭和大道的單行道也全面禁止通行。十字路口中央有制服員警指揮交通，馬路的另一側則看得到一些電視臺工作人員的身影。

不過，圍觀群眾並不多。一方面是被害人早就送往醫院，加上周遭較顯眼處沒留下類似行凶的痕跡，引不起行人的好奇心。剛得知地點時，松宮還有些厭煩地想著，又得撥開重重人牆才能進到封鎖線內，實際狀況卻頗爲冷清。

戴上手套、環好臂章後，有人拍拍他的右肩。回頭一望，雙眼細小、尖下巴的主任小林站在身後。

「啊，您辛苦了。」

「眞不走運啊，松宮。你剛剛在約會吧？」帶手套的小林面無表情地豎起小指（*1）。

「才沒有。您怎會這麼說？」

「傍晚下班時，你不是一臉暗爽？看就知道你很慶幸沒遇上召集。」

「輪値時沒接到出動命令，主任也會感到開心吧？這樣就能好好陪家人。」

小林哼一聲。「眞想讓你瞧瞧方才我女兒的表情。我在家接到聯絡、準備出門時，她說有多樂就有多樂，八成是好一陣子不用面對惹人厭的老爸的緣故，一旁的老婆也是同一副德性。記住，要是結婚生了個女孩，她上中學就等於離開你，不必等到嫁人。」

松宮苦笑，「我會記在心上的。」

向負責看守現場的員警打過招呼，兩人踏進封鎖線內。被害人倒在日本橋上，周遭卻不見鑑識課員的身影，因爲此處並非行凶現場。勤務指揮中心在接獲通報時，便已確認這一點。

隸屬搜查一課的松宮的確是下班回家又被叫過來，但更多警官肯定早早便接到出動命令。畢竟是發生在大都會中心的民眾遇刺案，而且嫌犯仍在逃，不僅直轄的日本橋署，鄰近的警署想必也都接獲緊急動員的指示。此刻，所有與日本橋地區相連的幹線道路應該全在進行攔檢吧。

松宮與小林前往位於橋頭的派出所了解狀況，聽說發現被害人的是値勤巡查安田。年約三十出頭的安田，渾身僵硬地上前迎接警視廳搜查一課的兩名警官，行舉手禮時還微微顫抖。

「係長（*2）很快就到，詳細經過麻煩你待會兒一起匯報，現下先告訴我們大概即可。」小林嘴上這麼說，詢問內容卻非常深入，松宮在一旁負責記錄。

---

*1 日本人的肢體語言當中，豎起的小指通常指女友。

*2 日本警視廳組織的職位之一，主任之上、管理官之下。階級爲警部。

聽著安田的描述，松宮暗忖，眞是奇怪的狀況。胸口中刀的被害人仍試圖走動，或許是想逃離凶手，或許是爲了求救，有各種可能，但爲何過派出所而不入？

同樣疑惑的小林提問，安田納悶地回答：「我也不明白。被害人搖搖晃晃地經過派出所時，看都沒看一眼，我才會以爲他是喝醉酒……」

由於被害人是從安田身後走過派出所，他只看到被害人的背影，沒察覺異狀也無可厚非。

「恐怕是失血過多，意識不清，連走到派出所都不曉得吧。」小林幽幽吐出一句。

不久，係長石垣與其他組員抵達。在聽取安田報告前，石垣先召來下屬說明現況：「被害人沒救活，換句話說，這下成了殺人案，理事官和管理官（*1）已趕去日本橋署那邊。要是今晚的緊急動員沒逮到凶嫌，之後肯定會成立專案小組，你們要有心理準備。」

接著，大夥重新聽取安田巡查報告。這時，轄區的刑事課係長藤江來打招呼。此人身形瘦削，應該年過四十。他通知石垣，已找到行凶現場。

「就在隔壁街區，我帶各位過去。」

語畢，藤江便朝封鎖的道路邁開腳步，石垣一行尾隨在後，松宮也跟上。只見左側的人行道，每隔一定距離就有鑑識課員在採樣。

「人行道數處留有血跡，但量不多，被害人恐怕是拖著流血的身軀移動吧。」藤江解釋。

緊鄰人行道的是知名證券公司的辦公大樓（*2），即使在黑夜中，依然感受得到建築物外觀散發的歷史氛圍。胸口中刀的被害人走在這條路上時，心裡究竟想著什麼？

「這段路平常不太有行人嗎？」石垣問。

藤江點點頭，「先不談白天的情形，入夜後確實很少人經過，畢竟附近只有這家證券公司。」

「所以，身受重傷卻沒人發現也不奇怪？」

「是的。」

「被害人的身分不是已確認？聯絡家屬了嗎？」

*1 兩者皆爲日本警視廳組織的職位之一，係長之上、部長之下。理事官的階級爲警視，管理官的階級爲警視正或警視。

*2 指的是「野村證券株式會社」總公司，與「三越百貨」本店同爲日本橋地區知名的老建築。

「他們應該正趕往醫院。」

藤江領著一行人到首都高速公路的江戶橋交流道入口前方。人行道盡頭出現一條潛進地下的通路，不過，此刻已拉起封鎖線，禁止擅闖。只見鑑識課員搬來許多儀器，不停忙進忙出。

「您大概也曉得，這個地下道與江戶橋相連。」藤江指著不遠處，那橫跨日本橋川的江戶橋。「地下道很短，僅十公尺左右。我們在中段一帶的地上發現血跡，再往前就沒找到任何痕跡了。」

「意思是，這裡是犯案現場？」石垣問。

「我是這麼認爲的。」藤江回答。

爲避免妨礙鑑識工作，他們輪流進現場。松宮穿上鞋套，與小林同行。通道地面貼著膠布，隔出可通行的區域，兩人留意著不要越線，小心前進。

這條地下道意外狹窄，寬幅僅三公尺左右，而且高度很低，個子高的人一跳就摸得到頂。通道總長約十公尺，中段地面殘留拖長約五公分的血跡，但量不多。

除此之外，沒其他明顯的行凶痕跡。兩人繼續走，石垣他們等在出口處，再往前就會通到江戶橋的步道。

藤江望著記事本開口：「各位大概都已聽說，日本橋派出所的安田巡查是在晚上九點整通報，四分鐘後，這一帶便進入緊急狀態，然而截至目前爲止，仍未接獲可疑人物的目擊情報。」

石垣點點頭，邊環視四下，喃喃提出疑問：「不曉得橋上往來的人車多不多……」

「晚間九點的行人算少的，更何況，平日這條地下道的使用率就不高。至於行車方面，如您所見，車流量相當大。」

就像藤江說的，包含江戶橋的昭和大道，不斷有計程車或卡車通過。

「被害人中刀後，還硬撐著走到日本橋上。所需時間……你預估要多久？」石垣問松宮。

「一般情況下大約三、四分鐘，考慮到被害人重傷，至少會花上一倍的時間吧。」松宮邊在腦中模擬，愼重地回答。

「我想也是。假設他走了十分鐘，這段空檔已足夠凶手輕鬆逃離現場。」

「雖然與計程車公司取得聯繫，」藤江說：「但目前沒查出哪輛車可能載到嫌犯。」

「就算不搭計程車，」小林低語，指向日本橋川對岸，「嫌犯只要過橋，就跟成功逃逸沒兩樣。」

松宮循小林所指的方向望去。只見江戶橋頭有條橫越昭和大道的斑馬線，往來人潮依然不少。

的確，若嫌犯過橋混進行人中，要逮到可得費一番工夫。

4

快抵達醫院時，後座的史子突然翻起皮包，窸窸窣窣地不知在找什麼，連坐在副駕駛座的悠人也明顯感受到她的焦慮。

「怎麼啦？」遙香問。

「我好像忘了……」史子悄聲回答。

「該不會沒帶錢包吧？」

「嗯。」

「欸？」遙香一臉難以置信，悠人也忍不住咂嘴：「妳在幹嘛！」

「沒辦法，出門時太匆忙。」

這不能當藉口吧，但悠人忍住沒發牢騷。緊要關頭，母親總會出些小狀況。

司機聽到他們的對話，主動關切：「東西落在家裡嗎？」

「是啊……」史子不好意思地應道。

「需不需要掉頭？」

「沒關係，我身上還有些錢。」悠人瞄一眼里程計價表，從位於目黑的家搭車趕往目的地，金額沒想像中多。不過，保險起見，他仍掏出皮夾確認，「應該夠吧。」

「那就好……」史子低語，話聲卻十分虛弱。此刻，她的心思想必不在錢包上頭。當然，悠人也一樣。

儘管已近深夜十一點，路上交通依舊繁忙，而且其中包括不少顯眼的警車。「看樣子是出事了。」司機出聲，悠人也不好當沒聽見，只好隨口應句：「嗯，大概吧。」

不久，計程車抵達醫院，三人在人門前下車，玻璃門卻文風不動，門內一片漆黑。

「咦，該從哪邊進去？」史子東張西望。

「媽，剛剛電話裡，對方有沒有交代走夜間用的側門？」遙香問。

史子一聽，不禁掩嘴，「對，警察的確這麼說過。」

悠人又忍不住咂嘴，「搞什麼，振作一點好不好！」

三人繞著醫院尋找側門時，一名拿著手電筒的矮胖男人走近問：「您是青柳太太嗎？」

「是的。」史子回答。

男人關掉手電筒，出示警徽。「我是來接你們的。」

對方是日本橋署的刑警。

「那個……我丈夫……」史子出聲：「我丈夫還好嗎？」

刑警臉上浮現複雜的神情，似乎相當意外家屬竟沒被告知狀況。這一瞬間，悠人恍然大悟。

「很遺憾，」刑警開口：「送上救護車不久，青柳先生已無生命跡象。請節哀順變。」

刑警吐出的苦澀話語，聽在悠人耳中卻像別人家的事。一方面是難以接受事實，一方面又覺得不出所料，兩種思緒在腦海交錯。

身旁的遙香兩手捂住嘴，瞪大雙眼，僵在原地。

「騙人！」史子尖著嗓子，「不可能的。怎麼會這樣？爲什麼他會被殺？」

史子激動地喊著，就要衝上前質問刑警，悠人抓住她的手臂，硬是擋下。史子雙腿一軟，癱跪在地，低低啜泣起來。

杵在一旁的遙香也放聲大哭，四周只聞兩人的哭聲。

「我爸……我父親的遺體在哪裡？」悠人問刑警。

「我帶你們過去。」

「媽，走了。遙香也是，妳們在這邊哭也沒用啊。」悠人拉起史子，瞥見三人的影子落在地面，才終於湧上些許真實感。

青柳武明的遺容遠比想像中安詳，打高爾夫晒出的淺褐肌膚依舊，除了呼吸停止，看上去與熟睡沒太大分別，眞要說哪裡不同，就是表情太過平靜，不像平日的他。在悠人的印象中，就算入睡，父親也總是一副沉思的模樣。

「老公……」史子跪著輕撫丈夫的面龐，不斷低喃：「怎麼會這樣……怎麼會這樣……」遙香則將臉埋在床緣，背部微微顫抖，嚶嚶啜泣。

或許是出於對家屬的體諒，刑警留下他們三人，獨自離開病房。面對著父親的遺體，悠人有點手足無措，即使腦子曉得該悲傷，情緒卻跟不上。他冷眼望著哭泣的母親與妹妹，暗想：妳們不是老在背後講爸的壞話嗎？

此時，伴隨著敲門聲，病房門打開，方才那刑警探進頭：「抱歉，有些事想請教你們。現下方便嗎？」

悠人低頭看著母親，「妳可以嗎？」

史子頷首，以手帕拭淚後站起。「嗯，我也有很多疑問。」

刑警正色道：「我能理解。」

接著，悠人一行被帶進同層樓的另一間房，門上標示著「談話室」。刑警先開口：

「您曉得日本橋嗎？不是地名，而是那座架在日本橋川上的橋。」

「三越百貨旁的那座嗎？」史子問。

「對。」刑警點頭，「今晚九點左右，您丈夫中刀倒在橋上，是橋頭派出所的執勤員警發現的。」

「在那種地方遇刺……」

「不，不是的，青柳先生是在別處遇刺，然後負傷走上日本橋，嗯，刀子仍留在胸口。員警注意到情況不對勁，立刻叫救護車將他送往醫院。同行的員警從他隨身的手機查到儲存爲『住家』的電話號碼，便試著聯絡你們。」

看來，那大概就是一小時前史子接到的電話。

「當時，我丈夫還活著嗎？」

「應該吧，只不過，恐怕已性命垂危。詳細狀況還是要等解剖報告出來。」

聽到「解剖」，悠人重新體認到，這是一起重大刑案，而他們正是當事人。

「唔……我丈夫是被誰刺死的？」史子問：「抓到凶手了嗎？」

「還沒，歹徒仍在逃。目前還不清楚是什麼人下的手，不排除是隨機搶劫。不僅日本橋署，我們也緊急動員鄰近所有警署，全力緝捕嫌犯，同時派出警視廳的機動搜查隊。你們途中看到不少巡邏車和警用機車吧？」

確實如刑警所說，悠人只能默默點頭。

「歹徒應當沒跑遠，相信很快就會落網。」

刑警的語氣自信滿滿，悠人強忍著反問「那又怎樣？」的衝動。即使抓到凶手，判了死刑，父親也不可能復生。從明天起，就得面對身心備受煎熬的每一天，想到充滿絕望的暗淡未來，悠人便一陣暈眩。

驀地，胸口湧起強烈的憤怒。那個身分未明的凶犯，爲何要對別人下這種毒手？

刑警陸續詢問武明的出生年月日、家鄉、任職公司、經歷等個人資料，以及他平日的生活狀況與人際關係，包括是否曾和友人反目、工作上或私下有沒有惹過麻煩等。然而，除了武明的經歷，母子三人其他都答不出。這當然是武明幾乎不向家人提起公事的緣故，但他們也不得不承認，自己根本很少關心。

刑警困惑地盯著記事本。雖然詳實寫下母子三人的回答，卻都無助於辦案。悠人心想，面對沒辦法提供線索的被害人家屬，刑警大概十分焦急吧。

此時，刑警的胸前傳出手機振動聲。「抱歉，我接個電話。」刑警說著走出談話室。

史子深深嘆口氣，像要緩和頭痛似地撫額。「爲什麼？我們家爲什麼會遇上這種事？」

「媽，妳知道可能是誰幹的嗎？」

「不，我哪會曉得。啊啊，接下來該怎麼辦？你爸公司那邊會有所表示嗎？」

看樣子，史子擔心的是往後的收入來源。丈夫剛過世，妻子居然就在撥算盤，但悠人無法指責母親。畢竟他腦海一隅也頗在意：母子三人這下要怎麼過活？家裡還能供自己上大學嗎？

返回談話室的刑警，神情益發嚴肅。「接到重要通知，已找到可疑人物。」

悠人不禁倒抽口氣。

「是凶手嗎？」史子問。

「不確定，只知是個年輕男子。所以，三位方便走一趟日本橋警署嗎？」

「要我們和那個人面對面嗎？」史子有些激動，語氣透露內心的倉皇：「跟那個殺害我丈夫的凶手……」

刑警連忙搖手，「不是的。有些細節需要你們協助確認，況且，對方不一定凶手。總之，還請移步警署。」

史子想不出拒絕的理由，於是望向悠人。「走吧。」他說。

約三十分鐘後，悠人一行搭警車抵達日本橋署。雖然已是深夜，警署外仍聚集許多媒體的採訪車。原本悠人擔心會受這些人窮追猛問，下車後媒體卻沒衝上來，消息似乎尚未發布出去。

警署外觀是標準的辦公大樓，顯得相當俐落都會，但走進裡頭，氣氛立刻一變。首先映入眼簾的是正面的大階梯，精雕細琢的扶手散發出穩重的氛圍，接待櫃檯也以古意盎然的大理石材質打造，而天花板垂吊的照明顯然歷史悠久。據刑警說，當初改建時，許多人捨不得舊建築的傳統之美毀於一旦，才特意留下部分內裝。

母子三人被帶到一間狹小的會客室。刑警詢問需要什麼飲料，三人回說不用了，但幾分鐘後，女警仍送來日本茶。

史子啜口茶，咕噥著：「是個年輕男子啊……」

「妳知道可能是誰嗎？」悠人問。

史子無力地搖搖頭，「不過，你爸公司應該很多年輕人吧。」

他們的對話僅止於此。關於武明的工作，悠人比史子更不在乎，他只曉得父親的公司是建築零件製造商，而且父親的職位頗高。

約莫一小時後，刑警終於露面。

「抱歉，久等了。三位請隨我來。」

刑警帶他們到一間會議室。只見數名男性圍著中央的大會議桌而站，有的一身西裝，有的穿著制服，個個神情凝重，加上緊張的氣氛，悠人嚇得雙腿僵直，不敢與任何人對視。

刑警開口介紹三人的身分，大夥都只沉默地點頭致意。這應該是警方人員對被害者家屬的一種體貼吧。

「接著，請家屬確認相關物品。」刑警高聲宣布後，朝三人招招手，示意他們走近會議桌。

桌上擺著成排的透明塑膠袋。悠人定睛一瞧，頓時明白那些是什麼。

「稍早曾向三位報告，我們找到一名可疑人物。」刑警解釋：「從對方的隨身皮夾裡，發現青柳武明先生的駕照等證件，研判屬於青柳先生，便立即扣押。另外，在對方之前的藏身處搜到一個公事包。眼下放在桌上的，就是自皮夾及公事包內尋獲的物品。首先，要麻煩確認皮夾。因爲裝在塑膠袋內，觸摸是沒問題的，請拿近仔細檢視。」

於是，史子拿起皮夾，一旁的悠人和遙香也湊上前端詳。這只黑色長皮夾顯然久經使用，大拇指常觸及的部位已磨出痕跡。

「是爸的……」遙香囁嚅著。

悠人腦中浮現一家四口上館子的畫面。結帳時，父親從西裝內袋瀟灑地拿出皮夾，變魔術般倏地抽出一張萬圓鈔。這麼一想，許久不曾全家聚餐了。

「這是我丈夫的沒錯。」史子應道。

刑警點點頭，指著其他的塑膠袋。「能否再幫忙確認皮夾內的東西？若有缺少或任何不對勁的地方，請告訴我們。」

皮夾內的現金、駕照、各種卡、掛號證與一些收據，分別以塑膠袋封裝。連現金也細分成鈔票與零錢，總額是十一萬四千八百五十圓，就記錄在袋子上。

「如何？依青柳武明先生平常帶在身上的金額，這個數字合理嗎？不過，這樣的金額已夠大，應該不會帶更多錢在外頭走動吧？」

面對刑警的疑問，史子偏著頭回答：「差不多是這個數字……錢的部分一向由我丈夫全權處理，其實我不是很確定……」

「那麼，有沒有其他不見的東西？」

刑警繼續追問，史子卻無言以對。這恐怕是她第一次看到丈夫皮夾的內容物，更不用提悠人，即使對父親的皮夾有印象，他從不曉得裡面裝什麼，也沒興趣知道。

只不過，悠人發現其中一張卡很奇怪。那是網咖的會員卡，明明家裡就有電腦，父親在公司也會用到，何必再去那種地方？但悠人沒說出口。

「看樣子，都沒可疑之處？」刑警再三確認，「那公事包呢？」

史子取過裹在大塑膠袋裡的深褐公事包。除了主要的一道拉鍊開口，還外加掀蓋，是可斜背的款式，但並未繫上背帶。

「沒錯，這是我丈夫的。」史子回道：「當初他說需要公事包，是我去百貨公司買的，所以很確定。」

刑警點點頭，接著指向一旁的塑膠袋，「公事包內的東西呢？」

悠人轉移視線。並排的塑膠袋裡，裝著文件、記事本、眼鏡盒、名片夾、筆、文庫本，全是初次見到，根本不可能提供警方線索。

然而，悠人的目光仍不禁停在一臺數位相機上。史子似乎也頗感困惑，伸手拿起。

「怎麼了嗎？」刑警問。

史子一臉納悶，將相機遞到悠人和遙香面前。「你們看過這個嗎？」

「沒有。」悠人答道，遙香也搖著頭。

「會不會是工作需要，或出於個人興趣？」

「我也不清楚，印象中他沒拍照的嗜好……」史子把相機歸位。

「抱歉，想請教一下。」忽然有人出聲。對方是一名高個男子，穿著暗色西裝，五官輪廓很深，眼神相當銳利。男子長臂一伸，取過其中一個塑膠袋，袋內裝的是眼鏡與眼鏡盒。「這確實是您丈夫的東西嗎？」他直視著史子。

「我想是的。」

「眼鏡盒也是您幫忙買的嗎？」

「不，我沒見過那個眼鏡盒，應該是他自己去買的吧。」

那是個傳統和紋的眼鏡盒，悠人也是初次看到。

「這樣啊。」高個子刑警說著，將塑膠袋放回原處。

「眼鏡盒哪裡不對勁嗎？」史子忍不住發問，但對方只搖搖頭，回句：「不，沒什麼。」

望著他們交談，悠人腦海浮現一個疑惑。

「呃，方便問一下嗎？」

所有人的視線頓時集中到悠人身上，他承受著壓力開口：

「爲什麼特地要我們來確認呢？不是抓到嫌犯了嗎？那傢伙怎麼說？難道他不承認殺害我爸，並搶走皮夾及公事包？」

現場的刑警個個欲言又止，於是，一名穿灰西裝、顯然是最資深的男子嚴肅地向悠人說：「我們有數不清的疑點，卻沒辦法問他。」

「怎麼會？」悠人納悶道。

「問了也得不到答案。那個人身受重傷，陷入昏迷。」

5

香織結束熟食店的打工後，回到家已過晚上八點。平常她習慣立刻換運動服，但今晚決定穿著外出服等冬樹進門。

今天下午五點多，香織收到冬樹的簡訊，說是找到可能錄用他的公司，馬上要去面試。香織原本打算，冬樹若順利錄取，兩人便到附近的居酒屋慶祝——冬樹點最愛的啤酒，我就來杯烏龍茶吧。

然而，冬樹遲遲不見人影。時針很快通過九點，到了十點依舊沒消息，打手機也沒接。於是，她傳簡訊關切：「你在哪裡？我很擔心，看到留言回我一下。」

大概是面試沒通過吧，之前也曾發生類似的狀況。冬樹告訴她，要去應徵池袋一家飛鏢酒吧的店員，但直到天亮都沒回來。香織不安地外出找人，發現他醉倒在公園，身旁的啤酒空罐堆成小山。一問之下，才曉得店家以「表情太陰沉」爲由拒絕他。大受打擊的他自暴自棄，跑去便利商店買一堆酒狂灌。雖然這行徑很傻，香織卻頗能理解他的心情。他肯定是覺得沒臉見女友，也很氣自己這麼沒用吧。

至於冬樹今天前往哪裡面試，香織並不清楚，但應該不是服務業。因爲冬樹天性木訥，不擅長與別人相處，一旦面對陌生人，便會當場口吃。

他常說，還是面對機械比較輕鬆。實際上，他至今幾乎都在工廠上班。這次同樣想找類似的工作，但或許是不景氣，加上他本身有些狀況，人力派遣公司那邊一直沒適合的職缺。

不過是工作沒著落，幹嘛這麼自責？盯著手機螢幕顯示的時間，香織暗想。待機畫面是兩人慶祝聖誕節的合照。

剛過十一點不久，手機響起，是冬樹。香織立刻接起，連珠砲似地說：「喂，冬樹嗎？你在哪裡？」

一時之間，電話那頭沒回應，但似乎也沒掛斷，因爲背景隱約傳來車輛駛過的聲響。

「喂？」香織又喚一次。

「香織，」冬樹終於出聲，卻是痛苦的呻吟：「怎麼辦？我犯了不該犯的錯……」

「咦？」

「這下糟糕了，怎麼辦才好？」

「等等，你到底犯什麼錯？講清楚呀！」

沒等到他的回答，電話就切斷。香織連忙回撥，卻只聽到待接訊號，一直沒人接。

香織一頭霧水，究竟是怎樣的情況？冬樹幹了什麼事？

焦急的香織不停按下重撥鍵，不曉得撥出幾十次時，好不容易接通。

「喂？」對方先出聲，卻不是冬樹的嗓音。香織嚇得說不出話，對方繼續道：「喂，聽得見嗎？」

香織嚥下口水，「請問……你是誰？這是冬樹的手機吧？」

「我是警察。」

對方出乎意料的回應，教香織錯愕不已。

「警察？」

「這支手機的所有人是八島冬樹先生，對吧？駕照上寫的是這個名字。」

「對……」

爲什麼要查看他的駕照？

「八島先生出車禍，正送往醫院。」

「啊？」香織腦中一片空白。車禍？怎麼會？剛剛不是還在通話嗎？由於太過震驚，她竟一時問不出口。

「抱歉，妳是哪位？和八島先生是什麼關係？」

「我是他的同居人。呃，您說車禍是怎麼回事？他的傷勢如何？」

「目前詳情不明。不好意思，方便確認一下妳的姓名嗎？手機通訊錄標記著『香織』，所以是香織小姐本人嗎？」

「是的，我叫中原香織。」

「好的。中原小姐，請別關機，之後我們可能會用別支電話打給妳，到時就麻煩了。」對方迅速交代完便掛斷。

香織愣在原地。究竟發生什麼事，她毫無頭緒。算得上線索的，只有冬樹的幾句話。他說「犯了不該犯的錯」、「這下糟糕了」，所以是面試出狀況嗎？可是怎會與車禍扯上關係？是自殺嗎？這個臆測掠過腦海，隨即被她排除。不過是沒錄取，不可能沮喪到想死吧？但聽電話裡的語氣，他顯然情緒相當低落。

香織搖搖頭，不管實情如何，胡思亂想也無濟於事。現下最要緊的，是先確認冬樹的傷勢，不曉得嚴不嚴重？

回家後，她什麼都沒吃，卻完全沒食慾，不僅如此，胃還針扎般陣陣作痛，感覺快吐了。

約三十分鐘後，手機才又響起，顯示的是陌生號碼。香織按下通話鍵，傳來另一個警察的聲音。

對方告訴她京橋一家急診醫院的名字，說明冬樹重傷昏迷，正在動手術。接著，對方問她能不能立刻趕來，香織回答「馬上過去」便結束通話。

香織衝出公寓，跳上計程車。又多一筆額外的支出，這個月的生活費恐怕會更拮据，但眼下不是擔心那種事的時候。

醫院前方停著好幾輛警車，香織踏進醫院，數名男子立刻迎上來。其中兩人是穿制服的員警。

香織詢問冬樹的狀況，警察解釋還在手術中。聽到不確定有沒有救，她差點昏過去，警察連忙扶著她坐上等候室的椅子。

香織滿腹疑惑，卻無法好好說話，反而遭警方的質問轟炸。雖然全是關於冬樹的事，但她腦子實在太混亂，答得支離破碎。過一會兒，一名似乎是主管級的男子出聲：「明天再問吧。」員警才放她獨處，離開等候室。

香織專注地祈禱，希望冬樹能獲救。她滿心疑問，警方的說法是，原打算向冬樹盤查，但冬樹不曉得爲何拔腿就逃，衝上大馬路卻被卡車撞到。雖然不明白冬樹逃跑的原因，不過無所謂，要知道詳情，問冬樹就好。在這世上，只有冬樹值得信任，冬樹絕不會對她撒謊。

她環抱雙膝，縮在椅子上，埋起臉不想看到任何人，不想再被任何人搭話。此刻，她只想聽到一句「冬樹獲救了」。

香織動也不動地閉著眼，漸漸感覺到冬樹似乎就在身旁，且正要環上自己的肩。他倆就是這樣依偎著彼此，互相扶持，一路走到現在。

香織與冬樹都出生於福島縣。幼時父母意外雙亡的香織被送進育幼院，冬樹則是棄兒。母親十八歲產下他，但生父行蹤不明，雙方根本沒結婚。如今母親在哪裡做什麼，冬樹完全不曉得。

香織高中畢業後從事看護工作，冬樹也開始在一家小工務店(*1)上班。不料，兩人滿二十歲時，工務店倒閉，冬樹不得不找新工作，卻一直沒著落。

不記得是誰先提議前往東京闖蕩，但嚮往東京的兩人，對這個決定沒半點猶豫。東京的工作機會一定很多，薪水應該也比較好，何況他們不想在鄉下終老一生。

大約五年前，兩人帶著僅有的些許存款來到東京，租了間小公寓同居，生活雖貧困，內心卻相當充實。他們每晚聊著各自的夢想，冬樹總說希望找到能活用專業技能的工作。

然而，景氣遠比想像中糟，輕鬆就職的美夢迅速破滅，冬樹只能找到兩種工作，不是以派遣員工的身分到工廠上班，就是當日薪勞工；香織則身兼多個打工，兩人勉強餬口度日。不管再努力工作掙錢，生活始終富裕不起來。

屋漏偏逢連夜雨，冬樹去年起在位於國立的工廠上班，半年前突然遭解聘，而且離職後，身體不適好一陣子，遲遲無法找新工作。收入的擔子全落在香織肩上，連續幾個月都付不出房租。

「香織，對不起，我太沒用了。」冬樹最近常把這句話掛在嘴上，還說：「不過我會努力，絕對要給妳幸福。我會盡快找到工作，讓妳過好日子。」

沒錯，你得努力才行。加油，早點露出精神百倍的笑容！香織十指交扣抵著前額，宛如祈禱般在內心低喃。

6

剛要踏進日本橋警署的會議廳，松宮瞥見在前方吸菸區吞雲吐霧的小林和坂上，兩人都是一臉陰鬱。

松宮過去道聲早安。昨天深夜告別兩人後，松宮回家小睡了一會兒。

「看我們的表情，應該不難猜吧？」大菸槍小林苦笑著，泛黃的牙齒若隱若現。

「狀況不太妙？」松宮推測道。

小林噘起下唇點點頭，「那個男的還沒醒，醫生表示不樂觀。眞是的，還以爲兩三下

＊1　日本的工務店類似建築事務所或建築工程營造商，通常指規模較小的建築業者，以承接個人建案爲主。

就能搞定。」

「查出身分了嗎？」

「應該吧，昨天夜裡轄區似乎幫了不少忙。」

松宮默默點頭，望向會議廳入口。只見日本橋署的職員忙進忙出，大概在爲搜查總部的設立做準備。

昨夜松宮等人在江戶橋周邊如火如荼地進行盤查時，傳來嫌犯出車禍的消息。那名可疑男子看見巡邏員警拔腿就逃，倉皇中衝到大馬路上，卻被卡車撞個正著。警方從他的隨身皮夾裡找到一張駕照，卻是屬於在江戶橋遇刺的青柳武明，於是研判他與青柳武明的命案脫不了關係。

松宮等人接獲消息時，都暗暗鬆口氣。按常理，那名男子十之八九就是刺殺青柳的凶手，雖然還在送醫途中，但待他恢復意識，直接偵訊本人後，便等同破案。所以，昨晚大夥暫時收隊，松宮也才能回家稍稍歇息。

「不過，萬一那小子掛了，也未嘗不是好消息吧？」坂上留意著四下，邊低聲說：「青柳的皮夾在嫌犯身上，表示這只是單純的劫財殺人。加上嫌犯丟掉小命，很快就能結案。」

小林卻沉下臉，「結案報告要寫得像樣，也得蒐齊各方證據，光查出嫌犯逃離現場後的行蹤就夠讓人頭大。以這點來看，若嫌犯活著且能開口，從他的供詞便能掌握很多事實。嗯，總之現下只能祈求他被救活。」

會議廳內已布置得差不多，儼然就是搜查總部的模樣。眾多的辦公桌椅、無線電與傳眞設備、專線電話等井然羅列，連偵查會議時供高階主管排排坐的長官席都擺好了。

松宮依公布的座位圖就坐，發現鄰座是一名熟悉的男子。

「喲。」對方——加賀恭一郎穩穩坐著，率先打招呼。

松宮還在猶豫怎麼回應，小林已走近。

「剛剛和係長討論後，決定讓你這次也跟加賀同組，有意見嗎？」

「不，沒有。」松宮搖搖頭，低頭看向加賀說：「請多指教。」

「我也是，請多指教。」

等小林走遠，松宮才坐下。

「上次練馬的少女遇害案，上頭好像以爲是我和恭哥聯手，才得以偵破。」

「能不能別叫我恭哥？並非所有同事都曉得我們是親戚。」

「那麼，加賀警部補。」

「這樣又太疏遠了。」

「不然，加賀先生……可以嗎？」

「嗯，就這樣吧。」這個五官深邃的表哥點點頭，「上次辦案時也提過，一旦搜查一課接手，主角就是你們，不必客氣，有什麼指示儘管吩咐。」

「話是這麼說……」松宮皺起眉，突然間，會議廳裡的氣氛一變。望向入口，搜查一課的理事官與管理官等高階主管隨係長石垣走進會議廳，最後現身的是日本橋署的署長。

一行人在長官席上就座後，偵查會議旋即展開。

負責主持會議的是石垣，首先由轄區刑事課長、鑑識員及機動搜查隊代表輪流報告，讓所有人曉得目前的案情進展。

被害人青柳武明，五十五歲，爲建築零件製造商「金關金屬」的製造總部部長。新宿的總公司留有他昨天傍晚六點多下班的紀錄，至於他爲何會出現在日本橋地區，目前查不出答案，家屬也不清楚原因。

晚上八點四十五分到五十分左右，被害人在江戶橋地下道遇刺後，硬撐著走到日本橋，倒地不久便被派出所的安田巡查發現，並立刻送往醫院，但很快就宣布不治。凶器是全長約十八公分的摺疊刀，刀刃部分長八公分，深深刺入被害人胸口至刀柄。或許是難以拔出，凶手決定棄刀，僅拿布擦去指紋。

案發兩小時後，也就是十一點十分，緊急動員的巡警注意到日本橋人形町一帶的濱町綠道公園裡，躲著一名行跡可疑的男子，剛要上前盤問，男子竟拔腿就跑。爲甩開緊追的巡警，男子在横越新大橋大道時，被卡車撞飛，頭部受強烈撞擊，當場失去意識。巡警連忙叫救護車，卻在男子身上的皮夾裡看見青柳武明的駕照，研判男子涉嫌重大。此外，還在男子藏身處尋獲一只公事包。

至於男子的姓名與住址，則是透過他所持的輕型機車駕照得到確認。嫌犯八島冬樹，二十六歲，現居足立區的梅田。十一點多時，八島的手機響起，來電名稱顯示爲「香織」。巡警接起後，得知對方是八島的同居人中原香織。聽見八島出車禍，她立刻趕往醫院，但因受到的打擊太大，暫時無法接受偵訊。

從八島身上搜出的皮夾及遺落在濱町綠道的公事包，已由青柳武明的家屬確認。

以上就是目前釐清的案件梗概，接下來會據此定出偵查方針及調度警力。

一旦正式展開偵查，大夥通常會戰戰兢兢地面對案件，今天的氣氛卻比平日輕鬆。不僅理事官和管理官發言時偶爾露出微笑，長官席上的高階主管亦顯得老神在在，連松宮身邊的刑警也少了幾分緊繃。看樣子，所有人都認爲這案子不難偵破。

接著，刑警按被分派到的任務，各自展開小組會議。松宮與加賀隸屬小林主任領頭的小組，主要負責鑑識偵查的部分。原本應該針對與被害人有關的事物進行調查，但這次不太一樣。

「先想辦法釐清八島與被害人的關係。松宮，你們去醫院一趟。聽說八島的同居女友昨晚一直守在那邊，看看她的狀況能不能接受問話。負責證物的小組要開車前往，你們也一道吧。」小林下達指示。

「明白。」松宮回道。

「嗯，只要八島恢復意識就好辦了。不過，爲防萬一，你們得有最壞的打算，查得出的事情就盡全力查吧。」小林的語氣比平日多幾分樂觀。

負責證物的人馬是坂上及一名日本橋署的年輕刑警，開車的是後者。加賀坐上副駕駛座，松宮和坂上跟著鑽進後座。

「希望能速速破案。」發動引擎不久，坂上開口：「祈禱八島那傢伙運氣好一點，趕快醒來交代來龍去脈，而且動機不要太複雜，純粹想搶錢就太理想啦，像是隨機找上有錢人下手之類的。」

「他應該就是爲了錢吧，皮夾和公事包不都拿走了？」松宮應道。

「果眞如此就謝天謝地，偏偏疑點不少。你想，一般會挑那種地方下手嗎？就算行人不多，仍是熱鬧的市中心，犯案時間也不算太晚，不小心被目擊可不妙，腦袋清楚的人是不可能那麼幹的。」

「假如是處於腦袋不太清楚的狀況下呢？比方磕藥。」

「若是那種狀況，會議中早就提出。八島送醫後一定做過各種檢查，當然也包括抽血吧。眞要細究，比較可能是喝醉，一時衝動殺害青柳，但這樣無法解釋他爲何隨身攜帶凶器。換句話說，此案應該是有某種程度計畫的犯罪。可惡，看情形眞的只能等八島清醒交代了。」坂上煩躁地搔搔頭。

松宮望著副駕駛座的加賀後腦杓，只見他筆直凝視前方不發一語，似乎打定主意，除非有人徵詢他的意見，否則絕不插嘴搜查一課人員之間的對話。

昨晚留守醫院的是地域課一名叫佐伯的巡查。據他表示，昨晚到現在沒任何異狀，八島已被送進加護病房，目前謝絕會客。

「那位中原小姐呢？」松宮問。

「她一直在等候室，剛才說要去便利商店，應該快回來了。」

「她整晚都待在這裡？」

「是的。」

「八島不是還不能會客？她耗在醫院也沒用啊……」

「話是沒錯……」

松宮嘆口氣，望向加賀與坂上。

「會議上提過，她大受打擊無法接受偵訊吧？想必是嚇到腦袋混亂，沒辦法冷靜下判斷。」坂上壓低音量。

等待中原香織時，他們決定先找八島的主治醫師了解狀況。這位瘦削的醫師年約四十五、六，在結束長達五個鐘頭的手術後，與其他負責的醫護人員輪流稍事休息及觀察患者的術後狀況。面對警方的詢問，醫師顯得有點不耐。

「太專業的術語容我直接省略，最嚴重的傷是頭蓋骨的複雜性骨折，影響到腦部，導致病人意識不明。簡單講就是這樣。」

「可能恢復意識嗎？若能恢復，大概是什麼時候？」

坂上的語氣難掩焦躁，但醫師冷淡地搖搖頭：

「恕我無法給您確切的答案。說得明白點，以病人目前的狀況，很可能不再醒來，但就算突然睜開眼睛也不奇怪，畢竟不乏昏迷數個月卻奇蹟清醒的案例。只不過，相較之下，更多病人是陷入永眠狀態。」

站在斜後方的松宮看見坂上失望地垮下肩膀，不禁心想，此刻自己的背影應該也一樣失落吧。

松宮一行人回到一樓，佐伯巡查便領著一名年輕女子迎上來，約莫就是中原香織。她穿襯衫和牛仔褲，加了件開襟羊毛衫，抱著摺成一團的羽絨夾克及一只大包包，似乎沒化妝，而且氣色不太好，一頭長髮也有些凌亂。

松宮等人帶中原香織到一角的咖啡店，幸好這時候沒客人，解釋原委後，店家提供靠裡的兩張桌子給他們使用。坂上一坐下就在找菸灰缸，不過醫院內當然禁菸。

「還好嗎？」松宮問中原香織：「心情有沒有比較平靜？」

她仍低著頭，小聲回答：「嗯，多多少少。」

「事情的經過，妳聽說了嗎？」

見她沒吭聲，松宮潤潤唇，繼續道：「昨晚中央區的日本橋發生一起男性遇刺案。警方隨即展開搜查，發現一名行跡可疑的男子，剛要上前盤問，男子轉身就逃，卻在橫越大馬路時被卡車撞上。那名試圖逃走的男子，就是八島冬樹先生。」

中原香織抬起臉，視線掃過四名刑警後，望向松宮。

「我剛剛在報紙上看見那則報導。冬樹沒幹那種事，他不可能殺傷人……那麼恐怖的事……」

「不過，從他身上找到被害人的皮夾。」

中原香織睜大眼，虛弱地回句「一定是哪裡搞錯」，便又低下頭。

「昨天晚上十一點多，妳接到八島先生的電話吧？他爲什麼找妳？」

「沒特別重要的事……」

「方便告訴我們談話內容嗎？」

中原香織沉吟一會兒，「他跟我……」說著清清喉嚨，才再度開口：「他跟我說，馬上就回家，抱歉今天比較晚……只講這些。」

「沒提到他在哪裡，或爲何忙到這麼晚嗎？」

「沒有。」

「昨天八島先生是幾點出門？」

「不清楚，因爲我一早就有打工，直到晚上八點才進家門。不過，下午五點左右，他傳簡訊說要去面試。」

「面試？」

「應徵的面試。簡訊寫著，找到可能錄用他的公司，等一下會去見對方……」

松宮傾身向前，問道：「八島先生失業中嗎？」

「嗯……」她旋即嚴肅地望著松宮：「可是，他絕不會因此襲擊路人搶錢！一定是誤會，一定是哪裡弄錯！」她的眼眶逐漸泛紅。

「妳先別激動。」松宮安撫道：「我們想請教一些關於八島先生的事，依妳所知的範圍回答就好。首先，你們是怎麼認識的？」

「那和案子有關係嗎？」

「妳不必擔心。若眞是誤會一場，爲解開誤會，我們需要掌握一切細節。我知道妳很疲憊，但希望妳能盡量配合。」松宮低頭行一禮。

中原香織見狀，即使不太情願，仍從兩人的生長背景娓娓道來。聽到他倆都在育幼院長大，松宮十分訝異。

「儘管沒錢，我們還是過得很幸福，直到半年前，他突然遭解聘。那根本沒道理，公司莫名其妙就叫他走路。」中原香織語帶憤怒。

「那是怎樣的公司？」松宮問。

「我不清楚細節，只知道是一家生產零件的公司，好像是蓋大樓會用到。」

「蓋大樓？」松宮靈光一閃，「記得公司名稱嗎？」

中原香織蹙著眉，咕噥著：「是叫『金田』，還是『金本』……」

「是不是『金關』？」

「啊，就是那家。」

松宮、加賀及坂上互看一眼，坂上立刻對一旁的年輕刑警附耳低語。只見年輕刑警緊張地起身離開咖啡店，應該是急著通知總部吧。

「關於那家公司，八島先生還提過什麼？好比聊起公司的誰之類的？」松宮問。

中原香織有些納悶，思索一會兒後，搖搖頭回答：「沒特別的印象，他只說很突然。他那個人本來就不太擅長解釋事情。爲什麼問這些？那家公司不對勁嗎？」

「不，只是順便問一下。」

松宮試圖敷衍過去，中原香織卻無法釋懷地瞪著他：

「請告訴我事實。你們單方面質問我，太不公平了。」

松宮一臉爲難，身旁的加賀開口：「告訴她吧，反正她遲早會聽到消息。晚報應該就會刊出被害人的背景。」

的確如加賀所說，於是松宮直視中原香織。

「其實，在日本橋遇刺的被害人任職於『金鬭金屬』。」

中原香織一時聽不明白，連眨幾次眼後，深吸口氣才出聲：「所以，你們認定是他……是冬樹傷人嗎？那根本……根本是兩回事！他絕不可能做出那種事！」通紅的雙眸泛淚，她從提包拿出手帕拭去。

「八島先生這陣子狀況如何？行爲舉止有沒有和平日不一樣的地方？」

「沒有，毫無異常。」她以手帕按著眼角，搖搖頭。

「那你們的私生活方面有沒有什麼改變？好的壞的都可以，方便透露嗎？」

「沒有，跟平常一樣，全跟平常一模一樣啊！」

她顯然已無法冷靜思考，心中的壓力可想而知。

「抱歉，打個岔。」坂上將一枚拍立得照片放到香織面前，照片上是一把沾血的刀子。「妳看過這東西嗎？」

香織以手帕按著臉頰，眼神透著驚恐，約莫是刀上染血的關係。

「他有沒有類似的隨身物品？」坂上追問。

香織搖頭，「不知道，我從沒見過。」

「眞的嗎？請仔細瞧，會不會是他拿來防身用的？」

「這不是他的！他不是那種人！」香織像要推開照片般伸手一揮，忍不住趴在桌面放聲大哭。

7

晚秋的陽光由遮光窗簾縫隙透進屋內。悠人將手機貼在耳邊，腦海一隅暗忖：真是的，偏偏這種時候天氣特別好。

「好，了解，後續老師會處理，你不必擔心。」導師眞田語氣凝重，「重要的是，你要保重身體。我想你可能沒食慾，但三餐還是得吃，明白嗎？有什麼困難都可以找老師商量，我會盡力幫忙。這陣子肯定很難熬，你要多替母親分憂，家裡就靠你了。」

「嗯，我知道。」

「那先這樣，撐著點。」

「好。」悠人回完便掛斷電話。平常有些輕佻、不太可靠的導師，今天這番話倒挺誠懇的。

悠人決定順便傳簡訊給同年級的杉野達也。中學時，杉野是他游泳社的伙伴，但兩人上高中後都沒繼續參加社團。

悠人想一想，打上「我爸死了」的標題。

「你看到標題應該會嚇一大跳吧，但這是眞的。電視新聞還是哪裡大概已有報導，總之我爸是被刺死的，所以我暫時沒辦法去學校，先跟你講一聲。現在也沒心情去想念大學的事。安慰之類的就免了，也幫我轉告大家，謝啦。再聯絡。」

送出簡訊後，悠人再度倒回床上。腦袋很重，全身無力。

昨晚究竟有沒有睡著，他也搞不清楚，不過不可能閉眼躺著不動好幾個小時，應該有睡一下吧。只是，醒來後當然不會神清氣爽。

不久，杉野回傳，標題是「Re: 我爸死了」。

「我不知道該說什麼。剛在網路上看見報導，犯人眞過分。總之，狀況我明白了，也能體會阿青你不想被安慰的心情。關於你的事，大家都會來問我吧，到時我會這麼告訴他們的。」

眞是不可思議，像這樣與朋友通簡訊，對父親的死也逐漸產生眞實感。家裡失去一家之主，以往理所當然的生活，恐怕再也回不來。如此想著，悠人內心益發不安。

雖然腦袋還昏昏沉沉，他仍慢吞吞地起床、換衣服，走出房間。一下樓，客廳便傳出史子的話聲。

「可是我真的不知道啊……現下連葬禮的事也完全沒頭緒……就說我不知道嘛……那種事我怎麼會知道？」

悠人打開客廳的門，只見史子拿著室內電話的聽筒。從她的語氣聽來，對方應該是親戚。

「總之先這樣，有進一步的消息再通知你們。嗯，好，掰掰。」史子掛上電話，深深嘆口氣。

「是誰？」悠人問。

史子沉著臉答道：「仙台那邊，你外婆。」

悠人點點頭。母親史子的娘家在仙台，舅舅仍住在那裡，外婆也還健朗。

「是他們先打來的嗎？」

「嗯，我還想著得撥個電話回去，你舅舅看到新聞馬上打來，講到一半你外婆就搶過話筒，東問西問囉嗦得要命，那些事我也不知道啊——」此時，電話又鈴聲大作，史子皺著眉頭接起，看一眼來電顯示，神情和緩幾分。「喂，這裡是青柳家。……啊，這樣嗎？……是，我時間上都沒問題。……是嘛，麻煩您了。……好的，等你們過來。」結束通話後，史子告訴悠人：「小竹先生待會兒就到，你爸公司好像派他當聯絡窗口。」

小竹是武明的直屬部下，悠人和妹妹小時候就見過他。看情況，武明的公司也已接到消息。

「松本那邊呢？」悠人問道。青柳武明出生於長野縣松本市，只是老家已不在，雙親也早就過世，青柳家和那邊的親戚幾乎沒往來。

「唔，我通知過清子姑姑。她似乎還沒看到新聞，跟她解釋很久，才講到一半她就哭了。」

清子是青柳武明的妹妹，嫁在長野縣內，悠人大概三年沒見過她。印象中姑姑個性好勝，總是笑容滿面，難以想像她掉淚的模樣。

遙香拖著腳步走進客廳，雖不見淚痕，眼皮卻有些腫。

「你們有沒有打到學校交代？」史子問。

「嗯。」悠人回道，遙香也點點頭：「老師已聽說那起案件，但沒想到是我們家，感覺真的很震驚。」

悠人拿起遙控器，打開電視。畫面出現天氣圖，女播報員正在預告氣象。

切換幾個頻道，雖然穿插新聞報導的資訊節目不少，可是都沒提及昨晚的案件，最後他轉回一開始的天氣預報。

「電視開著吧，遲早會有哪一臺報這條新聞的。」遙香說。
悠人的心情十分複雜。他其實不想看到父親遇害的新聞，又忍不住想知道大眾媒體怎麼報導。這就像故意壓壓蛀牙，好深刻感受那股疼痛。
玄關門鈴響起，應該是小竹到了。史子接起對講機。
「您好。……咦？……不是，您突然這樣問，我也……抱歉，呃，眞的不太方便，不好意思。」她慌慌張張地掛上話筒。
「是誰？」悠人問。
「電視臺的人，說想請教我們現下心情如何……」
「什麼啊，是八卦節目嗎？」
「不是吧，我也不清楚。」
遙香猛然起身衝出客廳，砰砰砰地跑上樓。
悠人嘆口氣，「這是怎樣的狀況……」
「不曉得那些人在想什麼，我們哪有餘裕應付他們啊。」
遙香步下二樓，「前面的路邊停著休旅車，還有幾個像電視臺的人在附近晃來晃去。」

悠人走到面對庭院的玻璃窗旁。雖然從這扇窗看不見大門前的路，但受到監視的感覺很不舒服，他連忙拉上窗簾。

「討厭，這樣不就沒辦法出門了？」史子一臉憂鬱。

此時，電視傳出氣氛詭異又帶點輕佻的背景音樂，畫面映出日本橋，斗大的字幕寫著：「大都會的死角！東京中心地帶驚傳殺人案！」

上午剛過十點，小竹帶著兩名下屬造訪。他鄭重向史子致哀後，隨即針對公司的後續處理與史子交換意見。不過，大多是小竹單方面告知，史子僅默默聽著。悠人在母親的要求下同席，但關於父親的工作，他其實一無所悉。

談到辦喪事的部分，由於遺體尚未交還家屬，他們決定先聯絡葬儀社，確切的喪葬日期，等向警方確認過再敲定。

至於案件的來龍去脈，小竹等公司的人幾乎都不知情。他們也不曉得武明那天爲何會到日本橋一帶。

「日本橋署剛和公司聯絡，說今天會派刑警過去調查。大概到時才會告訴我們詳情。」小竹語氣沉痛。

小竹等人來訪期間，仍有不少親友致電關切，史子都讓悠人去應付。雖然明白對方不是出於好奇，而是眞的擔心他們的狀況，悠人仍忍不住暗暗抱怨對方不夠體貼。一句「目前還不清楚情況」不知講了幾遍，更別提得耐著性子向對方道謝。

玄關門鈴同樣不斷響起，大多是電視節目的記者。即使一次次回絕採訪，還是會被追問：「你們有沒有想對凶手講的話？」悠人只好當耳邊風，直接掛上對講機。

「畢竟是在東京中心發生的命案，媒體應該是打算大肆炒作吧。我們等一下經過時會請他們離開。」小竹臨走前說道。

實際上，那些人宛如達成協議般，小竹等人離去後，門鈴便不再響起，大概是放棄取得被害人家屬的感想了。

接近中午，三人簡單吃點沙拉、培根蛋、吐司和罐頭湯。由於沒食慾，三人機械式地將食物送進嘴裡，默默無言。

用完餐，悠人收到幾封簡訊，包括以前的同學及中學時代的朋友，內容全是安慰或鼓勵的話語。但他提不起勁回覆，即使試著說服自己，對方是眞的擔心，仍不禁懷疑對方是出於好奇。

「哥。」遙香呼喚一聲，以下巴示意電視螢幕。

抬眼一看，畫面上映出一幅簡略的地圖，上頭畫了一座橋標示著「日本橋」，悠人不由得心頭一凜。

男播報員拿著簡報棒在地圖上移動，一邊解釋：

「……也就是說，這座江戶橋的南側有條短短的地下道，長約十公尺。在地下道內發現的血跡，恐怕是青柳先生留下的。換言之，遇刺的第一現場極有可能是此處。研判目前昏迷不醒的男性嫌犯，當時搶奪青柳先生的皮夾與公事包後，從地下道的江戶橋側跑到橋上，過橋往東逃逸。而遇刺的青柳先生身負重傷，卻硬撐著穿越地下道的另一側出口，走向日本橋。推測有兩個理由，一是試圖逃離歹徒，二是爲了求救。」

播報員說得快速流暢，悠人聽得一清二楚。確實，昨晚刑警也告訴他們，父親是在別處遇刺後拖著身子走到日本橋上。

可是，一個中刀的人走在路上，難道誰都沒察覺不對勁嗎？

彷彿看穿他內心的疑惑，播報員又開口：

「由於知名證券公司的總公司大樓，位於江戶橋到日本橋的這段路上，而案件發生在夜晚九點左右，據附近居民表示，平常那個時間帶，證券公司已拉下鐵門，幾乎沒人進出，加上行人不多，青柳先生很可能途中沒遇到任何人，獨自蹣跚走至日本橋。」

聽著播報員的說明，悠人不禁想像起當時的情景。帶著胸口的致命傷步行，肯定如身處煉獄般難熬，恐怕平日頑固又好勝的父親，也忍不住露出痛苦的神情。在逐漸模糊的意識中，父親究竟是想著什麼踽踽前進？

況且，爲何要走去日本橋？

小竹他們果眞不清楚，那就與工作無關。

史子不知何時來到他們兄妹身旁，緊捏手巾，直盯著電視。遙香又忍不住低聲啜泣。

節目中，幾個掛名「評論家」的文化圈或演藝圈人士講得頭頭是道，像是「世風日下」、「人們的心靈愈見荒蕪」、「現代人太過輕賤生命」之類的。

悠人拿起遙控器轉到別臺，螢幕上突然出現一張熟悉臉孔的特寫。那是名中年婦女，悠人思索著在哪見過，史子率先出聲：「是山本太太……就是再過去一點的那戶人家。」

「喔。」悠人終於想起，他曾在路上遇過幾次。

「……嗯，他個性非常認眞，感覺是值得信賴的好爸爸，看他們一家也過得很幸福，發生這種事眞是太可憐了。」山本太太對著麥克風說。

悠人關掉電視，把遙控器扔到一旁。儘管明白附近的三姑六婆沒惡意，但自家的事被旁人隨便拿來講還是很不舒服。

遙香拿起面紙擤鼻涕，眼淚卻沒有停止的跡象。

「一直哭、一直哭，妳煩不煩。」悠人不耐地罵道。

雙眼通紅的遙香立刻瞪向他，「沒辦法，我心裡難過嘛，又不像你。」

「什麼叫不像你？哪裡不一樣？女生就能哭哭啼啼的嗎？」

「跟那沒關係，你話是怎麼聽的？我指的是，我很在乎爸，也認爲總有一天要好好報答爸媽，哪像你！」

「說得好聽，明明背地裡都在講爸的壞話。」

「那是挨罵後才嘀咕兩句，又沒一天到晚在講。你根本是徹頭徹尾地討厭爸，每天都因爲不想遇到爸而早早出門。昨天早上不也是？」

妹妹的反擊一針見血，悠人無法回嘴。

「我沒不在乎爸啊。」他沉聲道。

「但是那不是愛吧？在你心目中，爸不過是重要的經濟來源。」

「囉嗦，妳又好到哪去。」

「就說我跟你不一樣啊，我打從心底愛著爸。」遙香驕傲地仰起臉，「所以我才會哭。」

「眞是這樣，還老是對爸耍任性。」

「我沒有！」

「就是有！」

「悠人，夠了。遙香也是。」史子揉著太陽穴啞聲制止，「拜託你們，別吵架，好好相處吧。」

屋內瀰漫著令人窒息的沉默，悠人拿著手機起身說：「我出去一下。」

「你要去哪？」史子問。

「到外頭走走，反正待在家裡也沒用。」

「不行呀，要是你亂晃被撞見，不曉得會傳出什麼難聽的話。」

「現下出去肯定會被那些媒體圍住。」遙香也抬頭望著他，「還是你想上電視？」

悠人抓起身旁的抱枕扔向沙發，此時，電話再度響起。

「又是誰打來……」史子拿起話筒，「喂，這裡是青柳家。……是，那倒無妨。……我知道了，大概三十分鐘後，對吧？好的，等你們過來。」史子有點不知所措地掛上電話，告訴悠人與遙香：「是警方打來的，說有事想問我們。」

上門的是警視廳搜查一課的年輕刑警松宮，及較年長的日本橋署刑警加賀。看到加賀，悠人心頭一驚，昨晚在日本橋署會議室裡詢問父親眼鏡盒一事的就是他。

「心情稍稍平復了嗎？」在沙發坐下後，松宮開口。

史子端茶給兩位刑警後，偏著頭回答：「坦白講，我至今仍難以置信。就算看到電視的報導，也感覺像別人家的事。直到親戚陸續來電關切，我才逐漸感受到，啊，眞的出了大事。」

松宮蹙著眉，正色應道：「我能明白，你們心裡肯定不好受。」

「不好意思，」悠人從旁插話，「那個男的現下情況怎樣？就是刺傷我爸的傢伙。新聞說他昏迷不醒？」

加賀直直望著悠人，開口：「還不確定那名男子是凶手。」

「話雖如此……」

「情況並未好轉。」松宮出聲：「他仍沒恢復意識。」

「是嘛。」

「我們來打擾，其實是想請你們確認一些事。」松宮自西裝內袋拿出一張年輕男子的大頭照，似乎是從駕照彩色複印下來。「他是目前昏迷中的嫌犯，名叫八島冬樹，漢字是這樣。」松宮翻到背面，寫下「八島冬樹」，再翻回正面。「如何？你們見過此人嗎？還是對這名字有印象？」

史子接過照片，悠人和遙香也湊上前。照片中的男子面對鏡頭，雙頰瘦削，頗有拳擊手的氣質，一頭短髮染成褐色，眼神果敢銳利。

「有印象嗎？比如曾登門拜訪，或出現在你們家附近？」松宮繼續問。

史子望著悠人和遙香，但兩人都搖搖頭。

「我們都不認識這個人。」史子將照片放回桌上。

松宮又翻過照片，指著方才寫下的四個字。

「那名字呢？有沒有勾起一些記憶？像收到這名義送來的郵件、以這名號打來的電話，或青柳武明先生不經意提過。再不然，發音接近『八島』的名字也行。」

悠人盯著那四個字，搜尋記憶的抽屜。只是，怎麼翻找都沒線索，確實是完全陌生的姓名。

「模糊的印象也無所謂，甚至可能是誤會都沒關係，有沒有想到什麼？八島冬樹，二十六歲，福島縣出身，現居足立區的梅田，六個月前曾在『金關金屬』的國立工廠工作。如何？」

「在『金關金屬』工作過，是眞的嗎？」史子問。

「是的，這一點我們剛去『金關金屬』的總公司確認。雖然不是正式員工，但公司裡留有他的工作紀錄。」

史子與悠人兄妹對看後，再度搖頭。「昨天也提過，我丈夫很少和家人談工作上的事。」

「這樣啊。」松宮收起照片。

「那個人是我爸的下屬嗎？」悠人問。

「他是派遣人員，應該不能算是下屬，但確實隸屬於青柳先生管理的部門，只不過還不確定他們是否認識。我們就是爲了釐清這一點，才前來拜訪。」

「假如與我爸認識，就不是單純的劫財殺人案了吧？換句話說，他是怨恨我爸……」

「目前還說不準。」

「那個人的家人或是身邊的人怎麼說的？」

「家人……嗎？」

「是，那個男的也有家人吧？他們怎麼說？」

悠人交錯望向兩名刑警，但兩人都沒吭聲。不久，加賀冒出一句「那我不客氣了」，便拿起茶碗，刻意慢吞吞地喝口茶，再將茶碗放回桌上。

悠人見狀，不由得焦躁起來，加重語氣：「回答我啊！」

「悠人，別這樣講話。」一旁的史子連忙圓場。

「很抱歉。」松宮出聲：「關於偵查內容，恕我們無法透露。」

「可是，我們是被害人家屬，有權利知道凶手的親友對這起命案的說法吧？」

「剛剛提過，仍未確定那名男子就是凶手，現階段充其量只是嫌犯而已。」

「管他是嫌犯還是凶手，總之我——」

「你的心情我非常明白。」加賀開口，「我們也希望盡量回應，但要破案，消息的管控是相當重要的一環。如果因走漏消息而延後破案時間或模糊眞相，你們更不樂見吧。所以，能不能忍耐一陣子？拜託。」

加賀低頭行一禮，松宮跟著照做。兩名成年男子如此對待，悠人也不好再堅持。他盤起雙臂，閉口不語。

「二位請抬起頭。」史子說：「那麼，能夠告訴我們確定的事嗎？我們想知曉眞相，我丈夫究竟爲何會遇害？」

「這部分只要一確定，會立刻通知你們。」松宮回道。

「眞的？能答應我們這一點嗎？」
「是。」松宮用力點頭。
「我還有件事想請教。」加賀望向悠人，「大概問你比較清楚。」
「什麼事？」
加賀翻開記事本，「你以前念的是修文館中學吧？」
悠人一頭霧水，不明白此時爲何會冒出這名稱。「沒錯，那又怎麼了？」
「你父親手機的通聯紀錄顯示，三天前他曾打電話到修文館中學。關於這部分，你曉得理由嗎？」
「爸打去修文館？」悠人望向史子，「爸跟妳提過嗎？」
「沒聽說，」史子偏著頭，「他怎會打去那裡？」
「太太也不清楚嗎？」
「嗯，這還是第一次聽說。」
「這樣啊，那我們再詢問校方。」
「呃，這部分要是查出什麼頭緒，能告訴我們嗎？」
「好的。」加賀闔上記事本，又開口：「啊，還有一個問題。您丈夫常前往日本橋一帶嗎？」

「嗯……」史子有些心虛，「我們都不曉得他怎麼會跑去那裡……」

「日本橋那邊知名的街區不少，像人形町、小傳馬町及小舟町，您丈夫提過那一帶的地名嗎？」

史子望向悠人與遙香，兩人都搖頭。

「是嘛。」加賀露出微笑點點頭。

刑警離開後，悠人胸中的抑鬱仍沒消散。原本期待聽到明確的消息，這下更難以釋然。

家裡剩母子三人，氣氛益發凝重。突然，遙香囁嚅著：「太難堪了。我們三個，眞是太難堪了。」

「妳在講什麼？」悠人問：「哪裡難堪？」

「你想想，」遙香應道：「關於爸的事，我們居然一無所知。對刑警的問題，我們只能回答不清楚、沒聽說、沒見過。刑警肯定覺得我們很糟糕。」

「那也沒……」那也沒辦法啊。悠人沒把話講完，他同樣感到無力。

史子不發一語地走進廚房。

遙香又低低啜泣，這次悠人沒再抱怨。

8

剛過晚間七點，松宮與加賀回到日本橋署。踏進搜查總部，便見警員圍著石垣報告調查結果。

「查出被害人當天的行蹤，在案發現場附近的咖啡店找到目擊者。」完成區域走訪調查的刑警長瀨說道。

「咖啡店？被害人進去消費嗎？」

「對。那是一家自助式咖啡店，」長瀨在會議桌上攤開地圖，「位於與昭和大道平行的西側路上，距案發現場約兩百公尺。店員記得被害人的長相，他似乎是用兩千圓鈔結帳的。」

「兩千圓鈔？現下很少人用哪。」

「是的，所以店員印象頗深，被害人還笑著說『兩千圓鈔很少見吧？』重點在後面，店員甚至記得被害人點了兩份一樣的東西。」

「兩份？兩杯飲料嗎？」

「是的，一樣的飲料兩杯。換言之，被害人不是單獨進去的，可惜店員沒看到同行的對象。」

「那大概是幾點的事？」

「店員不記得確切時間，只說是在晚上七點到九點之間。」

石垣盤起胳膊，「同行的會不會是八島？據同居女友表示，八島傳簡訊告訴她要去面試，對吧？有沒有查出八島在哪面試？」

長瀨搖頭，「今天主要針對案發現場附近的餐飲店進行調查，目前沒相關消息，八島的手機通聯紀錄也沒出現可能的店家號碼。」

「這麼說，他所謂的面試，就是和被害人約在那家咖啡店碰面？」

「有可能。八島的同居女友收到的簡訊上明確寫著，找到或許會錄用他的公司，要出門去面試。」

石垣看著松宮與加賀，「查出八島與被害人的關係了嗎？」

松宮望向身旁的加賀。只見加賀微微頷首，像在示意「由你報告吧」，於是松宮翻開記事本說：「就今天調查的結果，還無法確認兩人原本是否相識。被害人大多待在新宿的總公司，較少前往國立的工廠，但不是從沒去過。他會定期視察工廠，不排除兩人有所接觸。」

石垣撫著下巴，「假使兩人那天約好在咖啡店碰面，就不是劫財案件。若不是爲錢，動機又會是什麼？」

「有一點頗耐人尋味。」松宮應道：「據中原香織說，八島遭『金關金屬』解聘後耿耿於懷，但金關總公司的人事部卻表示純粹是約滿不續用，沒任何不法情事。」

「雙方各執一詞啊。倒也難怪，如今這種景氣，經營者不免得強勢裁掉派遣人員。」

「所以，八島與青柳武明見面，就是要抗議公司不當解聘，希望能再次受僱？嗯，不過，前提是兩人必須有交集。」

「確實，這樣就能解釋兩人碰面的原因，也符合八島簡訊的內容。問題是，八島身上爲何要帶刀子？」

「會不會是想威脅對方？」小林開口，「八島原沒打算殺人，只是怕被呼攏，便帶著傢伙以防萬一。不料，兩人談到最後一言不合，八島衝動地刺死被害人。有沒有這個可能？」

「唔……」石垣沉吟著環視下屬，「關於那把刀，查出什麼了嗎？」

坂上清清喉嚨，出聲道：「那是進口刀，不算少見。問遍東京都內販售同款刀子的店鋪，沒人對八島有印象。不過，網路上也買得到刀子，或許是透過網購入手。」

「可是，中原香織說沒見過那把刀。」松宮回應。

坂上哼一聲，「她的證詞能信嗎？」

「無論如何，必需確認一下這點。」石垣交代，「要是八島恢復意識，堅稱那把刀子是被害人的就棘手了。你們一定要想辦法掌握客觀證據，好確認刀子是八島的。坂上，交給你嘍。」

「了解。」

石垣看看手表，「不管怎樣，都得等八島醒來才能釐清。今天到此為止，不准睡在署裡，通通回家補足精神，明白嗎？」

「是！」下屬中氣十足地應聲。

松宮收拾桌面準備下班，一旁的加賀卻翻起檔案夾。裡頭收著所有證物的照片，加賀似乎特別在意青柳武明公事包的內容物。

「有什麼在意的東西嗎？」

松宮一問，加賀指著某張照片。照片拍的是布製眼鏡盒，盒上繪有火男、阿龜(*1)的圖樣及一些平假名當裝飾。

「哪邊不對勁嗎？」

加賀沒應聲，逕自拿出手機撥號。

「喂，我是日本橋警署的加賀。……是的。不好意思，很久沒去問候您。其實，我有點事想請教，現下過去方便嗎？……嗯，沒那麼嚴重，只是希望您幫忙確認一項物品。……這樣嗎？好的，麻煩您。」結束通話後，加賀從檔案夾抽出眼鏡盒的照片，隨即起身。

松宮連忙站起，「你上哪去？」

「確認某件事，不過應該和案件沒關係，你跟來也沒用。」

「我陪你去。畢竟辦案的成果，端看偵查時白跑多少趟。」

加賀苦笑，「之前你也提過這句話，似乎相當中意嘛。」

「是啊。」松宮盯著加賀的背影暗想：我只是代替你這個做兒子的，把老父的的話牢

---

*1 日本傳統的面具造型，常見於地方性的傳統祭典中。「火男」形似中年男性，綁頭巾嘟著嘴的樣貌相當滑稽；與其相對的女性面具爲「阿龜」（或稱「阿多福」），據說可爲周遭的人帶來福氣。

牢記在心上。

走出警署，加賀招了輛計程車。一上車，加賀便交代司機：「抱歉，是短程。麻煩到甘酒橫丁。」

「甘酒橫丁？爲什麼去那種地方？」松宮問。

「去就知道。」加賀望向窗外。

松宮忍不住想踩踩表哥的痛腳。

「對了，兩週年忌的事後來怎麼處理的？別說你忘了。」

加賀一臉吃不消地望著松宮，「你和姑姑實在太會念，所以決定要辦了。昨天我跟金森小姐碰過面，她願意幫忙。然後，談到一半，便發生這樁案子。」

「記得就好，我媽還擔心你不打算辦。」

「我覺得沒必要啊。」

「不能這麼講，又不是爲你自己辦的。舅舅的家人只有恭哥，要是你不辦法事，我們這些親戚不就沒機會追悼舅舅？」

「我知道、我知道。都說要辦了，不要這麼激動。」加賀面露不耐地揮揮手。

計程車駛過人形町大道，正要彎進甘酒橫丁時，加賀出聲：「這條是單行道，我們在這裡下車就好。」

下車後，加賀快步走進小商家林立的甘酒橫丁。松宮與他並肩同行，路旁的店大多已打烊。

「這邊就是甘酒橫丁？我還是第一次來。」

好一條洋溢著江戶氛圍的老街，光是小編籠（*1）、三味線、茶莊等文字先後映入眼簾，就是其他街道看不到的景象。松宮暗暗想像，要是白天來走走，肯定會逛得很開心。

「這家店的煎餅十分美味。」加賀口中的「甘辛」小鋪，鐵門也已拉下。

「眞羨慕，原來你平常都跑到這種地方摸魚。」

「對啊，這就是幹這行的好處。」

加賀調至日本橋署不久，小傳馬町就發生命案。松宮不清楚詳情，只耳聞加賀是破案的大功臣。可以想見，加賀對此一街區早就熟門熟路。

前方一家店隱約透出光亮，門上的布簾已收起，招牌寫著「鬼燈屋」，似乎是專門販

*1 原文做「つづら」，日本傳統用具，以竹、柳、或藤編織而成的小型有蓋箱子。

售手工民藝品的店家。

「到了。」加賀打開店門。

「哎呀，好久不見。」待在店內深處的婦人笑咪咪地迎上前。她年紀約五十出頭，有張圓臉，眼尾稍稍下垂。

「之前承蒙您關照。不好意思，這麼晚來打擾。」

「沒關係，反正我閒著也是閒著。言歸正傳，又有案子啦？」

「嗯。」聽加賀這麼回答，老闆娘神色一沉。

「眞是的，現在的社會怎麼變成這個樣子？您說是吧？」老闆娘尋求初次見面的松宮的贊同，松宮附和著點點頭。

「其實，我想請您看看這個。」加賀拿出眼鏡盒的照片。

她瞄照片一眼，大大點頭，說聲「請稍等」便走進店後頭。店內空間狹長，編織提包與化妝包、絨毛小玩偶等將展示檯塡得滿滿的，其中有不少色彩鮮麗的木陀螺，似乎也販售懷舊童玩。

「找到啦。」老闆娘返回後，遞出一個布製的眼鏡盒，和照片上的一模一樣。

「果然是你們家的商品。我就覺得花紋很眼熟，想說不會這麼巧吧。」

「這肯定是我們家賣出的，因爲縫法很特別。」

據她的說明，這是所謂的「時代小紋」（*1）。店內的商品中，同樣花紋的小飾物確實不少。

接著，加賀取出青柳武明的照片。

「啊啊，」老闆娘頷首，「這個人我有印象，他來過店裡。」

「什麼時候？」

「唔，我想想……」老闆娘拿著照片，望著天花板思索。「最近一次是一個月前吧。再之前就是夏天了。今年夏天非常熱，所以我印象十分深刻。」

「夏天？這個人不止來過一次？」

「對。只要光顧兩次以上的客人，我絕不會忘記。」老闆娘自信滿滿地遞還照片。

「您和這個人講過話嗎？」

「聊過幾句，我向他介紹商品的獨特之處。您還記得吧？初次見面時，我不是也向您

*1 日本江户時代的傳統花紋，據說可招來福氣。

介紹過？」

「他的反應如何？」

「很一般，就是愉快地聽著，但或許暗罵著老太婆真多話吧。」老闆娘呵呵笑道。

步出「鬼燈屋」，加賀沒循原路折返，繼續往甘酒橫丁深處前進，似乎要去別地方。松宮決定不追問，默默跟上。他再次折服於表哥的洞察力，顯然調到日本橋署後，加賀已走遍這個街區的大街小巷，否則不可能看到眼鏡盒的花紋，就記起是這間小店的商品。或許正因如此，加賀才會詢問家屬青柳武明與日本橋有無聯結。

兩人穿越馬路，途中經過一座細長形公園的入口。由於夾在兩條馬路之間，比起公園，更像巨大的分隔島，入口立著武士弁慶(*1)的石像。加賀走進公園，眼前出現枯樹環繞的蜿蜒小徑。

走沒多久，加賀停下腳步，一屁股坐到長椅上。松宮則站著環顧四周。

「莫非這裡就是……」

「嗯，濱町綠道。」加賀說：「八島藏身的地點。」

「那傢伙居然躲這麼遠。」

「此處離案發現場其實不遠，頂多兩公里。走下江戶橋，沿著大路就到人形町了。他大概是邊逃邊尋找能避人耳目的地方，最後潛進公園。」加賀伸手一指，「綠道的另一側出口是在新大橋大道那頭，也就是八島衝出馬路被卡車撞到的地點。」

松宮點點頭，這下就能掌握相關地點的相對位置。

「青柳先生為何特地來這一帶？」加賀說：「不可能只是去『鬼燈屋』。不，應該只是偶然逛到那間店，那他真正的目的是什麼？」

「奇怪的是，他還瞞著家人。不過，這跟命案有關係嗎？」

「不曉得，而且那臺數位相機裡竟然一張照片也沒有。」加賀搖搖頭，站起身。

兩人離開濱町綠道，折返甘酒橫町。幾輛空計程車駛過他們身邊，加賀卻沒看一眼，逕自橫越人形町大道。繼續往前，右邊就是知名的親子丼店「玉秀」（*2）。隨加賀走到這裡，松宮恍然大悟，加賀打算步行至案發現場。

---

*1 武藏坊弁慶，平安時代末期的僧兵，為武士道精神的傳統代表人物之一，也是日本人所愛戴的武士源義經最親密忠誠的家臣。源義經受其兄迫害，四處躲藏，弁慶一路相護，由北陸逃往奧州途中曾發生「勸進帳」（即「募款帳冊」）插曲，弁慶機智救主，此段歷史後來成為歌舞伎與能劇當中膾炙人口的腳本。

*2 原文為「玉ひで」，創業於西元一七六〇年的親子丼百年老店。

穿過小舟町的十字路口，不遠的前方就是首都高速公路。日本橋就位於高速公路的底下。

不久，兩人抵達江戶橋的橋頭。橫越昭和大道直走，就會通到日本橋的北側橋頭，加賀卻選擇過江戶橋，因南側橋頭便是案發的地下道。換句話說，加賀與松宮正沿著八島當時可能的逃亡路線逆向而行。

地下道已解除封鎖。踏出地下道後，加賀停下腳步，背對江戶橋指著南方。「案發當天，青柳先生去的咖啡店就在那邊吧？」

「沒錯，位在與昭和大道平行的隔壁巷內。」

加賀站在原地，納悶地偏頭。

「那家咖啡店哪邊不對勁嗎？」松宮問。

「青柳先生究竟想去哪裡？如果要回家，咖啡店旁就是日本橋車站，沒道理特地穿過這條地下道。」

松宮瞥一眼昭和大道，又回頭看看江戶橋。確實如加賀所言。

「會不會是八島拐他過來的？要成功刺殺他，附近只有這條地下道適合。」

「怎麼個拐法？總不會邀他在周圍散步吧？」

「這……我就不清楚了。」
加賀再度邁開步伐，似乎要前往日本橋。這正是青柳武明中刀後硬撐著走完的路。
「沒想到會走這麼大段路。」松宮說。
「不喜歡就別跟來。」
「我又不是那個意思。」
加賀倏地停下，銳利地望著松宮。「醜話講在前頭，八島冬樹要是再也醒不來，今天這段路我還打算走個上百遍。你若不願意，就請石垣係長或小林主任讓你調到別組。」
「誰說我不想跟？你很囉嗦耶。」松宮拋下這句話，便大步走向日本橋。此時，他放在外套內袋的手機發出振動，取出一瞧，是小林主任打來的。
「在回家路上嗎？」小林問。
「不，我們在案發現場附近。」
「那剛好，跑一趟醫院吧。」
「八島清醒了嗎？」
「很遺憾，沒醒來，是陪著他的小姐不支倒下。」
「中原香織嗎？」

「聽說只是貧血，不是嚴重的毛病，可是院方說有事要向警方報告。我正要過去，你也一起聽。」

「好的，我馬上到。」

結束通話後，松宮對加賀解釋情況。

「我也一道吧？」

「不，恭哥先回去休息。你不是打定主意，明天起要走上比今天多一百倍的路程？」

松宮舉手攔下空計程車。

抵達醫院時，小林正與制服員警交談。由於嫌犯住院，醫院裡安排員警輪流看守。松宮和小林一塊踏進診間，裡頭已坐著一名穿白袍的男子，與今早向警方報告八島冬樹病況的醫師不是同一人。

「中原小姐呢？」松宮先開口。

「我們讓她在空病房休息。她突然在等候室昏倒，嚇我們一大跳。」醫師回答。

「她是在等候室昏倒的？」

「嗯，似乎從昨天就一直沒睡。今天白天她曾回家一趟，傍晚又過來。雖然能理解她不想離開戀人身邊的心情，但這樣下去身體會撐不住。她應立刻回去好好睡一覺。」接著，醫師壓低話聲，「其實，她禁不起這樣折騰的。她有孕在身。」

松宮一聽，驚訝得睜大眼，「您確定嗎？」

「她倒下時撞到頭，我們勸她照X光比較保險，但她不肯。一問之下，她才坦承懷孕剛滿三個月。」

松宮與小林面面相覷，一時不知作何反應。

「事關隱私，原本不該隨便告訴外人，但她的情況特殊，我們認為不好瞞著警方，所以和院長討論後，決定通知你們。當然，我們已先取得中原小姐的諒解。」醫師語氣十分謹慎。

「我們能和她談談嗎？」小林問。

「應當沒問題，她剛剛起身時已不會頭暈。希望你們幫忙勸她回家。」

小林默默思索一會兒後，對松宮說：「總之先見見她吧。」

「那麼，八島的情況如何？有任何變化嗎？」松宮問醫師。

「據主治醫師判斷，雖然脫離險境，但還不能大意。」

「可能恢復意識嗎？」

「很難講。」醫師冷淡地回答。

兩人跟著醫師到病房前。醫師先進去通知中原香織，幾分鐘後才出來。

「她已恢復得差不多，大概不要緊。」

於是，松宮與小林踏進病房。中原香織坐在床畔，或許是剛接受治療的關係，她低垂著臉，但氣色比早上好得多。

「我們已從醫師那邊聽說。」松宮開口：「妳辛苦了，幸好沒對寶寶造成影響。」

香織微微點頭，依舊緊閉雙唇。

「今天早上，我曾問你們的私生活方面有沒有什麼改變，妳回答『跟平常一樣』。爲何要隱瞞懷孕的事？」

香織不發一語，兩手在膝上或交疊，或摩挲。

「他……八島先生自然知道吧？」小林低語。

香織有些驚嚇，身子一僵，輕輕點頭。

「不過，你們還沒結婚，是沒打算入籍嗎？」

香織微張嘴，潤潤唇後應道：「要入籍。我們講好在孩子出生前去辦登記。」

「得先解決現實面的難題，是嗎？聽說一直找不到工作，他很煩惱？」

「那部分……確實有些壓力。可是，他說只要康復，就能像之前一樣工作賺錢。」

「對了，他兩個月前發現身體不適，是怎麼回事？」

「嗯，他的頸子……」

「頸子？」

「早前他就常覺得頸子很緊，兩個月前情況惡化，之後左手甚至感到麻痺，無法動彈。」

「還滿嚴重的，有沒有查出病因？」

「不曉得，他都沒去醫院檢查。不過，最近好多了，所以他振作精神說要趕快找到工作……」她突然緊抿雙唇，激動得無法言語。

「孩子出生後，開銷便會增加，應該由不得你們悠哉地走一步算一步吧。」小林的話頗無情，「八島先生有何打算？」

香織深呼吸後，瞪著小林。「總會有辦法。只要同心協力，一定能克服難關，我們就是這樣一路互相扶持走來。剛到東京時，我們就約定，不管遇到任何困難，都要攜手度過。」

所以，冬樹絕不會做出謀財害命那種事！她挑釁的眼神堅定地訴說這一點。小林見狀，約莫是不希望再刺激香織，只默默頷首。

「總之，妳先回家休息。」松宮勸道：「硬撐只會搞壞身體，對肚裡的孩子也不好。我送妳吧。」

「不，怎麼能麻煩你們。」

「別客氣。問話問到這麼晚，把案件關係人送到家門口是警方應盡的義務。」小林出聲：「何況，即使妳守在這裡，他的病情也不會因此好轉。」

這話聽來刺耳，卻是事實。香織心底也明白，重重點頭。

於是，松宮在醫院門口告別小林，送香織返家。

上計程車後，兩人都沉默不語，香織先開口：「不好意思，想請教一下。聽說，被害人遇刺後，還撐著走到日本橋？」

「是的。」

「日本橋……就是那座吧？全日本道路的起點……」

「妳是指『道路元標』嗎？對，就是那座橋。怎麼啦？」

香織緩幾口氣後，望著斜下方繼續道：「當初，我們是一路搭便車到東京。」

「搭便車？這年代還有這種事？」

或許是松宮訝異的神情太滑稽，香織微微一笑。

「很可笑吧，身在二十一世紀，居然用搭便車這招。但我們身無分文，實在想不出其他辦法。不過，沿途都有好心人願意載我們一段路。假如對方問要去東京的哪裡，我們就回答『這條路抵達東京的那個地方』。最後，讓我們搭便車的卡車司機，在日本橋頭放我們下車。踏上橋，我們不禁大呼萬歲，想到此處就是人生的新起點，眞的覺得好幸福。」她從提包拿出手帕，按著眼睛下方。「抱歉。」

松宮不知怎麼回應，只好默默望著前方。巨大的千住新橋已近在眼前。

9

第二天也是一早便召開偵查會議。員警們圍著石垣依序報告搜查進展，內容大半是松宮已知的消息。

輪到松宮時，他起立報告昨天的調查成果，但沒說出青柳武明曾去「鬼燈屋」買眼鏡盒。因爲加賀交代，還不確定與案子有關，先保留比較好，而松宮也有同感。

至於中原香織懷孕一事則由小林報告，話一出口，會議室內頓時一陣騷動。

「現下的年輕人窮歸窮，孩子倒是生得很快。」松宮身旁一名日本橋署的資深老刑警嘟囔著。

會議後是鑑識小組的討論時間，松宮與加賀則打算前往「金關金屬」位於國立的工廠。

但兩人才踏出警署，加賀便正色對松宮說：「松宮刑警，到國立工廠調查，日本橋署的刑警跟著也沒幫助，那邊你全權處理吧。」

「恭……加賀先生呢？」

「嗯，昨天也提過，我想再多繞幾遍。」

「你又要去甘酒橫丁？」

「不止那一帶，範圍會拉大。我很在意案發當晚，被害人去那裡的理由。」加賀看著松宮，戲謔一笑。「不過是走訪調查，你一個人沒問題吧？」

松宮瞪向表哥，「那我有條件。不管掌握到任何消息都要告訴我，即使是與案件無關的事。」

加賀恢復認真的神情，點點頭。「當然，我答應你。」

「那就兵分二路。調查完『金關金屬』，我會聯絡你。」

「好。」加賀隨即大步離開，似乎沒打算坐計程車。

松宮暗忖，加賀約莫是想查出除了「鬼燈屋」，那一帶還有沒有其他目擊青柳武明的店家。雖然內心十分在意，很想與加賀一起查訪，但他決定交給加賀處理。況且，國立工廠的偵查也很重要。

松宮先到東京車站搭電車，往國立工廠移動。光抵達京王線的中河原站已耗費將近一個鐘頭，出站後，他便跳上計程車。

車子沿多摩川前進，夾道幾乎全是空地，民宅很少。看得到的建築大半是地區工廠、倉庫或公家機關之類的，偶爾會出現雄偉林立的社區大樓。

不遠的前方出現四周圍牆的建築，計程車停在大門口。門旁標示著「金關金屬國立工廠」，松宮一下車，便聽到廠內傳出機械聲響。

他先到警衛室表明身分，取得入廠證後，警衛請他直接前往辦公室。辦公室位在旁邊的雙層建築，透過窗戶看得見裡頭有人。

松宮踏進一樓，來到辦公室。成排的辦公桌前，約有十多名員工，每個人都穿著藍制服上衣。

一名不高的中年男人迎上來，客氣地鞠躬打招呼，大概是警衛已通報有刑警造訪。男人姓山岡，遞出的名片上印的職稱是製造二課課長。

「總公司通知過我們，您想知道有關八島冬樹的事吧？」山岡說。

「是的，還有青柳先生的事。」

「了解，我讓知情的人過來。」山岡走回辦公桌旁，撥通電話後，又走近松宮。「他馬上到，您先這邊請。」

山岡帶松宮前往以木板簡單隔成的會客室。裡頭擺著一張廉價茶几，女職員隨即送上茶。

山岡啜著茶，長嘆口氣。

「唉，接到消息眞的嚇一大跳。作夢都沒料到會發生這種事，實在令人難過。」

「山岡先生，您和青柳先生常有機會碰面嗎？」

「是啊，所以我才這麼震驚。青柳先生擔任廠長期間，我們幾乎天天見面，之後他仍會定期來巡視。畢竟是製造總部的部長，對我們這些在第一線生產的員工而言，青柳先生就像總指揮。」

「這麼重要的主管驟逝，貴公司想必損失很大。」

山岡重重點頭，「是啊，豈止是損失，關於生產線的大小事情，沒人比青柳先生清楚。每次遇到困難或無法下決定的狀況，我們總是先找青柳先生商量。」

從山岡激動的語氣，不難想像青柳武明是個深受屬下愛戴的可靠主管。

此時，一名年約四十，膚色黝黑，體格健壯的男子走近。他脫下帽子，深深行一禮。

「喔，辛苦了。」山岡站起，「這是警視廳的刑警。」

松宮也起身，「您好，我姓松宮。不好意思，百忙中來打擾。」

男子從後褲袋拿出皮夾，以粗胖的手指抽出一張皺巴巴的名片，遞給松宮。據名片上的資料，他是製造二課第一班的班長小野田。

「八島之前就是小野田帶的。」三人坐下後，山岡先開口。

「你的班是負責什麼業務？」松宮問小野田。

「我們專門生產建築用的金屬零件。」小野田低聲回答，很難聽清楚。「當初是讓八島幫忙補充原料和運送成品。」

「他的工作表現如何？」

「表現如何啊……」小野田嘀咕一聲，微微偏頭。「坦白講，我不太清楚。畢竟他是派遣的，沒什麼機會交談。只有我下指示，他就默默照做的印象。」

「派遣人員大都這樣。」一旁的山岡補充道。

「派遣公司似乎會先叮嚀，別做分外的事，也別多嘴。嗯，就是要他們公事公辦吧。」

「那他的工作態度呢?還算認眞嗎?」

「呃,這方面嘛……」小野田迷惘地搔搔耳後,「很一般吧,如同方才課長說的,交代他的都會去做。」

「他在工作上曾犯嚴重的錯嗎?」

「唔,倒沒出過大問題。」

松宮看著記事本,「你們派遣的契約一次都簽三個月,卻和他簽到第九個月就解聘,是什麼原因呢?」

「這部分……」小野田呑呑吐吐地望向山岡。

「只是單純的精簡人事。」山岡回道:「隨著生產需求變少,作業員也跟著縮減,如此而已。您調出紀錄便一目瞭然。」

確實,依警方在「金關金屬」總公司調閱到的紀錄,解聘八島的過程一切合法。那麼,八島爲何會向中原香織抱怨莫名其妙遭辭退?

松宮望著兩人,「關於這次的案子,二位怎麼看?當然,還沒確定八島冬樹就是凶手。」

小野田微微低頭,沉默不語。山岡開口:

「現今這種景氣，製造業都撐得很辛苦。雖然能理解派遣人員的心情，但要是被解約就殺害僱主，未免太誇張。我們無法原諒這樣凶殘的行徑。」

「假設八島是凶手，除了解聘，是否發生過其他可能成為殺人動機的事？」

山岡頭一偏，「我真的不清楚。畢竟平常與派遣人員幾乎沒交集，怎會曉得他們在想什麼？」

果然，他們極力避免和案子扯上關係。於是，松宮闔起記事本說：「方便讓我參觀工廠內部嗎？我想看看八島負責的部分。」

山岡與小野田都流露困惑的神色。

「參觀是無所謂，不過現下和八島在職的狀況不一樣，生產的零件也不同。」山岡解釋。

「沒關係。」松宮站起身。

兩人帶松宮前往廠房，走出辦公室前，拿了頂安全帽給他。

「請戴上。要是您在工廠裡受傷，我們可得負責。」山岡嚴肅道。

一路上不斷聽到機械聲響，踏進廠房的瞬間，因天花板及牆壁反射的回聲，放大分貝的噪音排山倒海而來。不單馬達與壓縮機的運轉聲，還摻雜強力噴氣的聲響。

首先映入眼簾的是成排的機臺，許多作業員置身其間。此外，還有由輸送帶相連而成的生產線，堆著木棧板的堆高機則穿梭於狹窄的通道。

山岡與小野田在製作金屬小零件的生產線前方停步，作業員面對著輸送帶默默工作。

「這就是八島之前工作的部門。」山岡湊近松宮耳邊說明。

松宮點點頭，邊觀察作業員的工作狀況。零件不斷沿輸送帶運至眼前，作業員根本無法停手休息，加上每個人都離得滿遠的，彼此幾乎沒交談。

松宮心想，這些作業員簡直成了機械的一部分。

突然，三人近旁的一名男作業員舉止有些慌張，蹲下似乎打算做什麼。

「喂！」小野田大聲喝止。男作業員回頭一看，嚇一大跳，護目鏡後方的雙眼圓睜，立刻按下紅色按鈕，霎時傳出一陣漏氣聲，輸送帶應聲停下。男作業員望著小野田與山岡，一臉歉疚。

「怎麼啦？」松宮問。

「沒什麼。」山岡應道：「您還想參觀哪個地方嗎？」

松宮思索著下一步，廠內倏地響起鈴聲，各種機械聲響逐一消失，作業員紛紛離開崗位。

「現下是午休時間。」山岡解釋。松宮瞄一眼手表，時間是正午十二點。

「那剛好，我想找曾與八島共事的人聊聊。」

「呃，這樣啊……」山岡的神色一沉。

「那幾個人應該也沒太多互動。」小野田同樣一臉嚴肅。

「無所謂，請讓我和他們談一下。」

見松宮低頭拜託，山岡頂著難看的臉色嘆口氣。

作業員聚到擺著舊會議桌及數張摺疊椅的角落用餐，他們的午餐大多是超商便當或三明治。

松宮自我介紹後，告訴他們「不必顧慮我，邊吃邊聊就好」，卻沒人開動。

於是，松宮提出幾個問題：誰跟八島比較熟？八島聊過有關公司或青柳武明的事嗎？他工作期間發生過什麼事？但作業員毫無反應，松宮甚至懷疑他們沒聽見。不僅一聲不吭，他們還都面無表情，以相同的姿勢注視眼前的食物，始終保持沉默，簡直像等待主人下令開動的聽話小狗。

「我說的沒錯吧。」身旁的山岡低語：「這些人彼此幾乎沒交流，您大概問不個出什麼。」

松宮沒理會他，又逐一看向作業員。他們全垂著眼，唯獨一人回望。這名男子年約二十五、六，頸部圍著毛巾，但他也迅速移開視線。

「好吧。」松宮告訴山岡與小野田：「假如有誰想起相關的事，能否聯絡我？」

「當然。今天眞抱歉，沒能幫上忙。」山岡顯然鬆一大口氣。

離開工廠前，松宮突然停步，冒出一聲「啊，糟糕」。山岡和小野田狐疑地望著他，「怎麼了嗎？」

「剛剛參觀生產線時，我不小心把筆記本忘在一旁的架子上。我回去拿一下。」

「您曉得怎麼走嗎？」山岡問。

「嗯，沒問題。我待會兒到辦公室找你們。」松宮沒等山岡回應，便衝回廠內。

忘記筆記本自然是胡扯的。松宮十分在意方才那名圍著毛巾的年輕人，得設法拿到他的手機號碼，因爲他的眼神顯然試圖對松宮傳達什麼。

沒想到一走進廠房，那名年輕人就沿著通道走來。一注意到松宮，他確認周圍沒監視的目光後，小跑步近前。

「你有話想跟我說，對吧？」松宮問。

年輕人點點頭，「出了工廠，往右約三十公尺，有座計時收費停車場。請在那邊等一下，我馬上過去。」

「好。你的名字是？」

「稍後再告訴你。」年輕人迅速地說，以毛巾抹抹嘴後，又小跑步離去，似乎很怕被別人撞見他與刑警講話。

松宮踏出廠房，先到辦公室露個臉。山岡正和一名穿褐色西裝的方臉男子交談，看見松宮，便領著男子走過來。

「介紹一下，這是我們的廠長。」

「敝姓小竹。」方臉男子遞出名片，上頭印著「小竹芳信」。「我和青柳先生年輕時就認識，對他的家人也很熟悉，今天上午才拜訪過青柳家。發生這種事，真是太遺憾了。」

小竹一臉沉痛。這番話或許出自肺腑，卻帶著一絲作戲的誇張。

「您認得貴社之前的派遣員工八島嗎？」

「呃，那個人啊，我完全不認識。」小竹板起臉，雙手插腰。「畢竟作業員那麼多，派遣的員工更是來來去去，不可能認得每個人。」

「廠長必須著眼大處呀。」山岡從旁插嘴。看他那副模樣，不難想像他平日就是巴著小竹的馬屁精。

松宮道過謝便離開辦公室。走出工廠大門右轉，很快就找到收費停車場，但沒瞧見那名年輕人的身影。松宮從一旁的自動販賣機買了可樂。

喝完時，年輕人頭上綁著毛巾出現。

「要不要喝飲料？」松宮指指自動販賣機。

「不，我一會兒就得回去上工。」年輕人一頓，「呃，不過，要是不用當場喝掉，能讓您請客也很感謝。」

松宮一時沒聽懂年輕人的意思，見對方一臉尷尬，才恍然大悟。他苦笑著掏出皮夾，「想喝什麼？」

「那就茶好了。」

瓶裝日本茶有350ml和500ml兩種，松宮毫不猶豫地選擇大瓶的。年輕人感激地回句：「謝謝，幫了大忙。」松宮暗忖，派遣員工的經濟狀況果然拮据。

兩人在角落的長椅並肩坐下，年輕人自稱橫田。

「我和八島是差不多時間進公司的，所以私下滿常聊天。課長說我們派遣員工之間沒交集，根本不是那麼回事。同樣身爲被派遣的人，要是沒互相交換情報，在這圈子根本混不下去。」

「可是，你剛才從頭到尾都沒吭聲？」

橫田聳聳肩，「要是被課長或班長盯上，日子就難過了。他們應該會立刻叫我走人吧。」

「八島莫非也做出會被盯上的舉動？」

「不，那小子的情況不太一樣。他是因爲意外。」

「意外？你是指，他在工作上出事？」

橫田點點頭，「曉得『安全聯鎖』嗎？」

「『安全聯鎖』？沒聽過。」

「那是一種安全裝置。生產線在運作時，作業員要是誤觸運轉中的機械，不是很危險嗎？所以，這類機械都裝有防護蓋，一旦防護蓋的蓋板打開，機械便會自動停止運轉，我們稱爲『安全聯鎖』。」

「原來如此，這樣的機制確實有必要。」

「可是，『安全聯鎖』卻常遭封殺。」

「封殺？」

「就是讓它失去效用。想想看，要是一點風吹草動便停機，根本無法幹活。尤其像生產線這種多臺機械連動的作業，一臺停機，整條線就動彈不得。因此，零件卡進機械之類的小狀況，我們通常不關機，直接伸手清掉。」

「那樣不是很危險嗎？」

「當然危險。標準作業手冊上沒記載這一招，卻是公司默許的。雖然曉得不應該，但身爲派遣員工哪敢多嘴，不照做恐怕會被解聘，眞不是人幹的工作。」

松宮憶起剛剛在廠房見到的情景，一名作業員蹲下似乎打算做什麼，小野田當場喝止，他才連忙按下停機鈕。看樣子，那條生產線的安全聯鎖平日也處於封殺狀態，今天有訪客在，於是作業員趕緊讓出狀況的機械停下。

「八島發生意外，與安全聯鎖有關嗎？」

「豈止有關，根本就是沒開安全聯鎖闖的禍。」橫田輕晃寶特瓶，「按正常程序，每次添補原料時都應停機，不過大家並未實行。有個類似祕技的方式，就是爬上鄰近的機臺，跨在運轉中的輸送帶上方，直接朝機槽補充原料。」

松宮不禁皺眉，即使毫無作業經驗也明白那行爲多危險。

「意外就這麼發生？」

「沒錯。八島的褲腳勾到輸送帶，摔到地上。我在旁邊目睹整個過程。」

「傷勢嚴重嗎？」

「沒明顯的外傷，但似乎撞到頭部。他好一會兒癱在地上沒動彈，大概昏過去五分鐘左右，清醒後說頭很暈。班長和課長聽到消息趕來，與他談了一下，那天就讓他早退。接著，八島一星期都沒上工。之後問他才曉得，他頸子痛到難以轉動。」

「頸子啊……他有沒有去看醫生？」

橫田撇嘴搖搖頭，「沒有。」

「爲什麼？」

「他說太麻煩。派遣公司告訴他，要去醫院可以，但不能透露是在工作上出意外，希望他編別的理由。而且，他也沒申請職災傷病給付。」

「咦，怎麼回事？」

「這很常見，『金關』想必會向派遣公司施壓。若作業員提出職災傷病給付申請，就會有人來調查工廠狀況，到時封殺安全聯鎖一事不就會曝光？但不算職災，上醫院便得全數自費，他當然不願去看醫生。」

「原來如此……」

「公司沒和那小子續約，恐怕就是那起意外的關係。站在公司的立場，也不希望他回頭來抱怨吧。」橫田講完，問松宮：「現下幾點？」

松宮瞥向手表，「十二點快四十分。」

「糟糕。」橫田倏地站起，「不回去不行。這個，多謝啦。」他舉起寶特瓶。

松宮跟著起身，「謝謝你告訴我這些事。」

「聽到總部長遇害，我就想著得說出來。因爲我多少能理解那小子的心情。」

「嗯，你提供的消息對偵查很有幫助。」

「那就這樣了。」橫田跑步離開。目送他遠去後，松宮也邁出腳步。

回到東京車站，松宮試著打電話給加賀。一接通，加賀劈頭就問：「如何？國立工廠之行有收穫嗎？」

「問到挺有意思的消息。你那邊呢？」

「還不錯，發現另一家青柳先生曾進去消費的店。」

「眞的嗎？什麼店？」

「一家老字號的咖啡廳，我在裡頭喝咖啡。」

「那我去找你，告訴我店名及地點。」松宮拿出紙筆。

咖啡廳同樣位於甘酒橫丁。抵達後，松宮發現那是有著紅磚牆與木框窗戶，散發著昭和時代風情的店家。招牌上也註明是大正八年(*1)開業。

加賀坐在靠窗的位子。點了咖啡後，松宮在加賀正對面坐下。他環視四周，對加賀說：「很有氣氛呢。」顧客不止上班族，還有一些老人家，似乎是附近居民。

「這家店相當有名，旅遊書上一定會提到。」加賀開口：「店裡的人表示，青柳先生最近一次來，大約是兩星期前，平常差不多一個月出現一次。雖然不確定青柳先生是何時成爲固定客人，印象中是今年夏天左右。」

「這代表，青柳先生果然跑這一帶跑得很勤。然而，家屬想不出可能的原因，似乎也不是工作的關係，那他的目的究竟是什麼？」

「不知道，或許純粹是興趣。」

「興趣？」

*1 此指一九一九年開業的知名老字號咖啡廳「喫茶去・快生軒」，位於甘酒橫丁與人形町大道的交岔口。

「據說青柳先生曾喝著咖啡，邊攤開這一帶的觀光地圖查看。這個街區非常適合散步閒逛，搞不好他偶然發現當中的樂趣。」

「原來如此。不過，青柳先生在新宿上班，住在目黑，特地跑到這一帶，根本不順路。」

服務生送來咖啡，濃郁的香氣撲鼻。松宮啜了口黑咖啡，恰到好處的苦味彷彿瞬間喚醒全身細胞。他忍不住低聲讚嘆：「眞好喝。」

「你那邊有什麼斬獲嗎？不是問到頗有意思的事？」加賀向服務生續咖啡後，對松宮說。

「幸好跑了這一趟，整起案件的背景總算有頭緒。」確認四周的客人沒在注意他們這桌後，松宮傾身向前，仔細交代原委。

向橫田打聽到的消息講得差不多時，加賀點的黑咖啡恰好送來。他加入牛奶，以湯匙緩緩拌勻後，以杯就口，陷入沉思。

「所以，是公司隱匿職災……」加賀放下咖啡杯，喃喃低語：「近年企業界常傳出這種案例。」

「中原香織說，八島頸部的毛病甚至引起左手麻痺。若眞是那次在工廠發生意外的後遺症，八島確實可能對『金關金屬』心懷恨意。由於青柳先生是生產現場的總負責人，或許是八島主動去找青柳先生，以協助隱瞞那起職災爲條件，要求『金關金屬』重新僱用他。然而，兩人交涉未果，八島一氣之下便刺殺青柳先生。這種可能性不大吧？」

「不，不無可能。只是，這樣有些細節解釋不通。」

「你是指，八島隨身攜帶刀子這一點嗎？我也想不明白……」

「刀子是一點，不過我想不透的是這個。」加賀拿起咖啡杯。

「咖啡？」

「案發當天，在那家自助式咖啡店裡，青柳先生點了兩人份的飲料。要是眞如你所說，約見面的應該是八島，那麼，一般不是提出邀約的付錢嗎？」

相當切中要害的質疑，但松宮旋即找到反駁的理由。

「小辮子被抓住的是青柳先生，若企圖拉攏八島，請八島喝杯飲料也無可厚非。」

「這樣的話，兩人就是在那家咖啡店談隱匿職災的事嘍。」

「當然，不清楚八島的目的，青柳先生不可能跟他進咖啡店坐下來談。」

「那麼，試著想像青柳先生的心情。突然冒出一名年輕男子找他談公司隱匿職災的事，他肯定相當狼狽，而且不開心吧？」

「嗯，心情不可能太好。」

「但是，青柳先生付帳時，還輕鬆地對店員說『兩千圓鈔很少見吧？』在受到脅迫、不甚愉快的狀況下，會有心情和店員聊天嗎？」

松宮一驚。加賀的話合情合理，他無法反駁。

「嗯，不過世上什麼人都有，也不能一概而論。」加賀一臉享受地啜口咖啡後，放下杯子。「不管怎樣，這是個大收獲，得盡快回本部報告。」

「恭哥呢？要繼續在這一帶調查嗎？」

「不，我想去一個地方。」加賀看一眼手表確認時間，「就是青柳家兒子畢業的那所中學，記得是修文館中學？」

「對。」松宮點點頭，「你打算追青柳先生手機通聯紀錄的那條線吧？可是，這跟案子有關嗎？不是案發好幾天前打的電話？」

「或許毫無關係，但不能不查。這種無趣的走訪調查不需要動用搜查一課的菁英，我一個人去就行。」加賀喝光咖啡，站起身。

10

祭壇上的遺照裡，一身高爾夫裝束的青柳武明面帶微笑。這是母子三人商量後挑選的，上頭的青柳武明好像特別開心。不過，青柳武明其實並不熱中打高爾夫球。

守靈儀式傍晚六點開始，在僧侶的誦經聲中，前來弔唁的賓客排隊等候上香。

由於遺體比預期早送還家屬，這天青柳家一大早就忙成一團。雖然小竹居中聯絡的葬儀社人員趕來，但史子根本拿不定主意，加上原本從旁協助的小竹不到中午就離開，說是有刑警造訪國立的工廠，必須去處理，所以後續環節全由戴眼鏡、一臉狡猾的葬儀社人員講了算。悠人不清楚行情，可是在一旁聽著，也覺得葬儀社暗中提高不少費用。

話雖如此，談妥後，葬儀社人員行動之俐落，只能以專業形容。一切依流程順利進行，悠人和媽媽、妹妹換好服裝要前往殯儀館時，已準備入殮。母子三人再次看到武明的遺體，發現打點得非常仔細，完全看不出解剖的痕跡，甚至比之前在醫院認屍時見到的臉色好得多。

不久，親戚和武明公司的人陸續到場幫忙。聽著大人之間的對話，悠人才曉得決定弔唁者的上香順序也是件大工程。

傍晚，小竹回來後，立刻明快地分配下屬負責接待處及收受奠儀等事宜。至於史子，則都聽從葬儀社人員的指示行動。悠人看在眼底，突然憶起在某本書上看過，所謂的葬禮，其實是為了讓死者家屬忙到沒時間悲傷而存在。

前來弔唁的賓客中，包括杉野達也等幾個悠人的同學。之前，悠人曾傳簡訊告訴杉野及班導眞田父親守靈儀式的時間。同學經過面前時，悠人由衷向他們行禮致意。

此外，中學時代的朋友也趕來上香，主要是以往游泳社的伙伴，隊伍後方可見游泳社顧問糸川的身影。少年白的他依舊剃著約兩公分長的小平頭，精壯的體格與悠人他們畢業時沒兩樣。

上香告一段落，由史子致詞後，守靈儀式便結束。隔壁房內備有酒水與簡單的餐點，親戚及「金關金屬」的人紛紛轉移陣地。悠人打算穿越走廊過去時，忽然停下腳步。糸川與游泳社的伙伴聚在一塊等著向他打招呼，杉野也是其中一員。

「阿青，你還好吧？有沒有正常吃飯？」

杉野率先衝上前，神情似乎多了幾分成熟。

「不用擔心，沒事，我已有所覺悟。再怎麼說，人死不能復生。」

「那個男的呢？仍昏迷中嗎？」

杉野顯然是指嫌犯八島。
「大概吧，警方什麼都沒說。」
「是嘛。現下情況怎樣，那傢伙可能恢復意識嗎？」
「不知道，警方都不告訴我們。」
其他游泳社的伙伴也圍過來，紛紛送上安慰。「眞的很感謝你們。」悠人再次道謝。名叫黑澤的伙伴皺起眉，「眞是氣人。那凶手還沒清醒？雖然他活該被車撞，但也不能讓他死得這麼痛快，這樣教我們怎麼報仇啊。」
「我沒想過要報仇，只希望他給個交代，講清楚爲什麼殺我爸。像現在不明不白的，我實在難以釋懷。」
「沒錯，我們才在講，怎麼是阿青的爸爸遇害，世上明明有一堆死不足惜的老頭子。」
黑澤十分氣憤，似乎是眞心替他感到不甘。悠人深深覺得有朋友眞好。
「青柳，難爲你了。」糸川走近。
「老師……今天謝謝您抽空前來。」悠人朝中學時代的恩師行一禮。
「是杉野通知我的。我相當震驚，實在太遺憾了。不過，不能意志消沉喔，你有我們當靠山，需要幫忙儘管開口，我們會盡力的。」

糸川這番強硬的發言，聽在悠人耳裡並非場面話。早在游泳社時期，這位顧問就是社員最可靠的奧援。

「謝謝老師。」悠人再度道謝。

除了就讀同一所高中的杉野，悠人與中學游泳社的伙伴許久未見。同梯的社員共十人，今天幾乎全員到齊。悠人很想和大夥敘敘舊，但今晚顯然不適合。於是，他送一行人到玄關。

社員離去後，糸川對悠人說：「方便聊聊嗎？」悠人答應了，內心卻莫名不安。

兩人走到大廳角落的長椅旁，並肩坐下。

「最近和你父親處得如何？有沒有好好交談？」

「交談啊……」

「嗯，你以前不是常說很少見到父親？」

「我爸當時在國立的工廠上班，一忙就沒辦法回家……」

「所以，我才問你最近的情況呀。你們會聊天嗎？」

悠人頓時陷入沉默，因為實在很難回答。此外，他也納悶糸川怎麼突然問起這種事。

「前幾天，你父親打電話到學校找我，說想談關於你的事。」

「啊，對了……」

「怎麼？」

「刑警昨天提過，我爸的手機通聯紀錄顯示他曾撥電話去修文館。」

糸川點點頭，「原來你知道，今天日本橋署的刑警也到學校來問話。」

「是喔？」

「你父親在煩惱，最近和你的關係不是很好。」

「我爸怎會打去講這種事……」

「你父親似乎認爲，比起你高中或中學的導師，我反而是最了解你的人，才想跟我商量。嗯，承蒙你父親看得起。」

悠人暗想，某種意義上，父親的推測十分正確，級任導師怎麼可能體會我的心情。

「你父親只說下次再詳談，就掛斷電話，之後便沒下文。這樣反倒讓我很在意，擔心你們父子產生摩擦。噯，青柳，到底怎麼啦？雖然已不能改變什麼，但講來聽聽吧？」

「眞的沒發生嚴重的衝突。」悠人苦笑著搖頭，「我們處不好不是一、兩天的事，話雖如此，也沒特別値得一提的問題。硬要說，大概就是他不滿意我的成績，而我也被訓得不太痛快，差不多是這種程度。」
「這樣啊……」糸川點點頭，注視著悠人。那銳利依舊的眼神散發著無聲的壓力，像在告誡悠人「可別想瞞過我的眼睛」。
驀地，那道視線減弱。
「也對。你父親已逝世，該考慮的是你的將來。我只是想讓你曉得，父親曾這麼擔心你。不過，或許是我多管閒事。」
「別這麼說，謝謝您特地告訴我。」
「那我先告辭，你撐著點。」糸川拍拍悠人的肩膀，便步出玄關。
悠人走進正舉行守靈餞別宴的和室。十坪大的空間裡，整齊排列著餐桌，親戚與「金屬」的人邊吃壽司邊喝啤酒。
祖母與伯父等親友安慰著史子，遙香待在一旁。於是，悠人在同一桌坐下。
「悠人，往後會很辛苦，可是你一定要撐過去，明白嗎？我們都會盡力幫忙。」伯父朝悠人的杯裡倒果汁，「你在擔心將來的事吧？放心，我們一定會想辦法。」
聽起來，伯父指的是升大學一事，悠人立刻鄭重低頭道謝：「有勞您費心。」
小竹領著一群同事近前打招呼。每個人都十分感念青柳武明的照顧，一名叫山岡的員工甚至表示：「要不是有幸成爲青柳總部長的下屬，我可能早就辭掉這份工作。」

不久，弔唁賓客逐漸散去，最後只剩母子三人。他們預定今晚留下守靈，已備妥換洗衣物。

遙香想再看一下祭壇，悠人陪她前往。微暗的靈堂深處擺著棺木，前方的螺旋狀線香青煙裊裊。

「原本認爲守靈啊葬禮的肯定很累，想到就煩。眞沒料到，大家都這麼關心我們，學校朋友也來不少。」遙香望著武明的遺照，「還有，聽見公司的人對爸爸的評價實在太好了，他們似乎相當尊敬爸爸。」

「這種場合怎麼可能講爸的壞話。」

「我分辨得出哪些是場面話。」遙香瞪悠人一眼。「要是常跟爸聊聊就好了，爸肯定有許多我們不曉得的優點。」

光會說漂亮話——悠人差點脫口而出，仍勉強嚥下。他內心也隱約覺得，或許眞是如此。

第二天也是一早就忙碌不已。除了公司社長等重要幹部來上香，弔唁賓客也足足比昨晚多一倍。悠人高中的班導眞田也現身，並為他加油打氣。連一些平常沒交情的鄰居都來致意，悠人原想著他們只是露個臉，卻被對方送上的鼓勵話語溫暖了心。

史子致詞後，便要出殯。悠人捧著父親的遺照走在棺木前方，伯父他們則負責抬棺。家人與親屬一路送棺木至火葬場。看著棺木推進火化爐，悠人胸口的積鬱彷彿一掃而空，自己終於能接受父親去世的事實，也再度意識到非振作不可。

史子與遙香似乎也有相同的心情。等待火化結束之際，母女倆平靜地與親戚對話。史子依舊不時泛淚，交談時卻間或有了笑容。

撿完骨，一行人回到殯儀館，處理作七和除靈儀式。告一段落後，史子再度向眾人致謝，並表示：「今後，我們三人將攜手活下去。我會負起責任，將兩個孩子拉拔長大，請多多關照。」見母親神情堅毅，甚至顯得非常可靠，悠人不禁心想：原來守靈與葬禮不單提供家屬宣洩悲傷的出口，還能讓人變得堅強。

目送親戚們離開後，母子三人準備回家。然而，必須處理的事依然堆積如山。首先得布置家中祭壇，所需的用具葬儀社的人稍後會送到住所。

收拾行李時，悠人聽到走廊的話聲。史子不曉得在和誰交談。他開門探看，發現兩名年輕男子正與史子對話，其中一人胸前掛著相機。

「我不是說過，那方面我們不清楚，麻煩去問公司的人。」史子高聲道。
「您丈夫從未提及嗎？」帶著相機的男子開口。
「沒有。我強調過很多遍，我眞的不清楚他工作上的事。」
「那麼，聽到我們剛剛的話，您有何感想？仍一味憎恨兇手嗎？」
「怎能這麼講……你們突然冒出來我很困擾，總之請回吧，不然我要叫警察了。」
「好，我們馬上離開。不過，請您明白，我們只是希望家屬也能知道眞相。」他朝另一名男子使個眼色，兩人隨即離去。
史子雙手按著太陽穴，像在忍耐頭痛。
「發生什麼事？」
悠人一問，史子長嘆口氣，回道：「那些人簡直莫名其妙，跑來問我曉不曉得你爸的公司爲隱匿工廠的意外，開除那個刺殺你爸的男子，還說他留下後遺症之類的。」
「搞什麼，那跟爸有何關係？」
「他們的意思是，會不會是你爸下的指示，導致對方懷恨在心。」
悠人倒抽口氣，憤怒得想破口大罵，卻找不到合適的話語。
不安的漩渦在他的胸中逐漸成形。

11

「八島畢業於福島縣出名的不良高中，就算沒加入所謂的暴力集團，仍有不少學生攜帶護身小刀。育幼院方面表示，他們不可能讓孩子持有那麼危險的物品，但難保院童不會暗藏。」

聽著員警報告的石垣始終板著臉。他抓抓後腦杓，偏著頭開口：

「總之，就是沒八島隨身帶著小刀的證據吧。購買小刀的途徑呢？」

神情比石垣鬱悶的坂上站起，「行凶使用的刀款五年前問世，換句話說，若是八島的所有物，就是到東京後才入手。在網路販售這款刀子的實體店家位於岐阜，我們要求他們提供購買者清單，但沒找到八島的名字。不過，或許是買刀子的人又轉手賣出，很難鎖定來源。」

石垣緊蹙眉頭，噘起下唇。「要是刀子能與八島搭上關係就太完美了。這樣即使八島沒清醒，也能破案。」

剛過晚上八點，一如前幾天，在外奔波的員警返回總部，圍著石垣匯報。

這天，松宮和加賀走訪調查江戶橋與濱町綠道之間，試圖找出案發當天看到八島的人，及確認他的逃跑路線。然而，尚未找到任何目擊者。由於那一帶的街道，入夜後依然人潮眾多，除非八島舉動特別可疑，否則誰都不會對八島留下印象。

但是，這天的收穫並不是零。尋覓目擊者外，兩人也探查青柳武明曾去消費的店家。果眞讓他們在人形町大道上，找到一家蕎麥麵店。拉開店門，狹長的通道兩側是成排的餐桌，吧檯座席則設在深處。

據店員所述，青柳來過兩次，雖然不記得點什麼，但他離開時稱讚料理很美味，所以留下了印象。松宮與加賀決定順便在此解決午餐，松宮點蘿蔔泥蕎麥麵，麵確實非常有嚼勁，湯也挺夠味，相當好吃。

這麼看來，青柳武明確實滿常到人形町一帶，只是原因依舊不明。

接著，輪到參加葬禮的員警報告。一身黑西裝的員警表示，今天的弔唁賓客比前一天守靈夜的多，此外沒特殊狀況。

員警逐一報告進度，可惜對破案都沒太大幫助。

「八島還是老樣子啊。唉，看是要清醒或嚥氣，很想請他趕快選一邊。」石垣語帶嘆息。發言雖不甚恰當，松宮卻頗有同感，而身邊的刑警也無言地點頭。

「假設八島的動機是出於怨恨，解釋得通嗎？」小林問。

「不無可能，松宮打聽到的內容很有說服力，『金關金屬』恐怕是眞的隱匿職災。雖然需要證據，不過，這部分自然會有專家出面處理，我們再調資料過來就好。」石垣指的「專家」是勞工保險局，警方昨天已向勞工局通報「金關金屬」涉嫌隱匿職災，對方承諾優先調查此案。

「所以，八島是即將爲人父卻找不到工作，心急之下，決定以隱匿職災一事威脅被害人，要求對方重新僱用他嗎……」小林望著天花板低喃，「怎麼想都覺得這個假設太陽春，隱匿職災的罪究竟多嚴重？」

「一旦查到，公司會被科處五十萬圓以下的罰金。」松宮回答。他昨天剛確認過。

小林哼一聲，「抓到這種程度的把柄，就足以威脅人嗎？不過，沒當事人的口供，都是白搭。」

「沒錯，動機只能問當事人。」石垣說：「看來關鍵還是那把刀子。聽清楚，明天的搜查重點，依然是蒐集目擊情報及釐清刀子的來源，明白嗎？」

「了解。」松宮與大夥一同應聲，接著望向加賀。只見他在稍遠處查閱收有證據資料的檔案夾及電腦。

不久，加賀倏然站起，走出會議室。松宮見狀，連忙追上。

「加賀先生，」他喚住穿越走廊的加賀，「你直接回家嗎？」

加賀猶疑一下，聳聳肩：「假如不是呢？」

「你要繞去哪邊？」

「就是去吃個晚餐呀。」

「眞的？」

「唔，不止這個目的啦。」加賀說著搔搔高聳鼻梁的側邊。

「果然，我也一塊去。」

兩人步出警署往北走，沿昭和大道前進，穿越案發的地下道後，通過江戶橋。接下來的路線，之前都朝東，這回加賀卻順著昭和大道向北而行。

「幹嘛走這邊？人形町不是在另一頭？」

「別多問，跟著就是。」

過本町二丁目的路口，在第二個街角右彎，就出現一家和紙專賣店（*1），樓上似乎是

*1 此指「小津和紙」，爲擁有三百五十年歷史的知名和紙老店。

展覽館。松宮再次感受到，這一帶眞的充滿老字號店鋪。

前進一小段路，左側是座小神社，前方設有鳥居。日本橋附近有許許多多的神社，這也是松宮透過這次走訪調查得知的地方特色之一。

加賀在一家店門口停步。松宮望向招牌，頗爲詫異。

「又是蕎麥麵？」

「若青柳先生愛好蕎麥麵，前往各家店品嘗也不奇怪。」

「你就爲這一點特地跑來？」

「要是不想跟，你回去也無所謂。」

加賀逕自打開眼前的「紅梅庵」店門，松宮連忙跟上。店內十分寬敞，顧客約坐滿三分之一，幾乎都在喝清酒或啤酒，大概是打算酒後才點蕎麥麵。

加賀和松宮被帶往角落的桌位，兩人點了幾盤小菜和啤酒。外場唯一的女服務生忙碌地穿梭在客席間，應該沒空接受警方詢問。

啤酒與小菜一上桌，加賀便斟兩杯酒。接著，他舉杯說聲「辛苦了」，就將酒送入喉中。

「恭哥，你怎麼看？」

「什麼？」

「這起案件啊。凶手是八島，動機則是方才小林主任主張的——這麼認定好嗎？上頭似乎打算朝這方向結案。」

加賀掰開免洗筷，夾塊生醃花枝，低嘆一聲「眞好吃」後，喝口啤酒。

「不必管上頭怎麼下判斷，我們該做的就是查出眞相。別死腦筋，捨棄先入爲主的偏見，專注於追尋眞相，有時就能夠看出超乎想像的事實。」

「你的意思是，這案子的背後藏著意外的眞相？」

「很難講。」加賀微微偏頭，接著傾身向前。「你似乎有所誤解。話說在前頭，我也認爲八島嫌疑最大。小林主任提出的動機非常有說服力，只不過，找到證據就算破案嗎？我不覺得。要是沒查清青柳先生頻繁到這街區的原因，對他的家人——青柳母子而言，依舊是懸案。」

「那也是刑警的工作嗎？」

「這是我的想法，但我不會逼你接受。」

此時，服務生送上餐點。加賀的雙眸一亮，「看起來都很好吃」。松宮的筷子伸向酥炸明太子鑲蓮藕，口感與味道的平衡絕妙。

「我十分在意一點。」加賀說：「我提過昨天去中學的事情嗎？」

「青柳先生的兒子畢業的中學嗎？還沒。呃，是叫修……」

「修文館中學。我查出青柳先生打電話去找誰了，對方姓糸川，是游泳社的顧問，而青柳先生的兒子當年參加游泳社。據糸川說，青柳先生最近與兒子相處得不順利，想跟他談談。」

「是嘛？原來青柳先生有這樣的煩惱。」松宮將啤酒一飲而盡。

加賀往松宮的杯子斟酒，繼續道：「不覺得奇怪嗎？通常要商量這種問題，不會找社團顧問吧？」

「你是指，該找導師嗎？不，對玩社團的學生，顧問是很特別的存在。」

加賀搖搖手，「這我知道。但我的意思是，不是會先與兒子的母親，也就是自己的妻子討論嗎？」

「啊，你的話沒錯。」

「可是，青柳太太完全沒提及。甚至，聽他們母子的證言，會以爲青柳先生不太關心家人。怎麼會出現這樣的落差？」

松宮瞪著半空嘀咕：「嗯，確實奇怪。」

「青柳先生為何突然找老師談兒子的事？又為何沒跟妻子商量？」

「原來如此。青柳家的兒子是叫……悠人吧？乾脆直接問他？」

「那也是方法之一，不過再觀望一陣比較好。若青柳悠人刻意隱瞞內情，肯定有苦衷。要是草率行事刺激他，搞不好他會不願吐實。這年紀的孩子很難搞的。」

講得好像你很了解，松宮不禁苦笑。他驀地憶起，時間雖不長，但加賀曾在中學執教鞭。

「該點蕎麥麵了。」加賀喚來服務生，追加雙人份的蕎麥冷麵，並趁機拿出青柳武明的照片。

中年女服務生偏著頭，回道：「不是很確定，我記不住所有客人的長相。」

加賀又拿出八島冬樹的照片，她一樣沒印象。

用完餐，松宮結了帳，兩人走出蕎麥麵店。

「收據借看一下。」加賀說。

「好啊。」松宮遞給加賀。收據的印刷很糟，「紅梅庵」的「紅」字糊成一團，電話號碼幾乎沒印上。

「真遺憾，大老遠跑到這種地方卻一無所獲。」松宮語帶揶揄。

然而，加賀毫不理會，直盯著收據。

「不，並非一無所獲，而是正中紅心，只是那名大嬸想不起來。」加賀取出手機，單手按幾個鍵，找出一張照片，連同收據拿給松宮。

「啊……」松宮不由得驚呼。液晶螢幕顯示的是與這張形式相同，只有日期與金額不一樣的收據。

「這是在青柳先生辦公桌裡找到的收據。我之前就頗在意，猜測或許是蕎麥麵店，上網一查便找到這家店。錯不了，青柳先生確實來過此店。」

松宮再次仰望招牌。「可是，他怎麼會跑到這邊？離人形町或甘酒橫丁都很遠哪。」

「沒錯，這就是新的謎團。」加賀默默注視著筆直延伸的道路前方。

12

悠人按掉鬧鐘，抹抹臉。頭依然有些沉重，卻是幾天來醒得最神清氣爽的早晨。下床後，他大大伸個懶腰，換上制服。今天是返校上課的日子，能見到朋友固然開心，但一想到課業，又不禁感到憂鬱。不過，他決定不再煩惱，就算稍微打瞌睡，老師應該也會體諒他為父親守靈和辦葬禮累壞了。

下到一樓，只見穿著圍裙的史子待在客廳，目不轉睛地盯著電視。

還沒來得及問母親，悠人便掃到螢幕上打出的標題：「日本橋命案背後隱藏意外的眞相！」

畫面中，昏暗的室內坐著一名西裝打扮的男子，看不清長相，下方字幕寫著「曾任職『金關金屬』的員工」。

「唉，那種事是家常便飯。」電視傳出男子經變聲處理的低沉嗓音，「派遣的作業員是用完就丟的消耗品，不小心被機械弄傷流點血，公司只會要我們以毛巾壓住自行止血，沒任何醫療處理，更別想申請職災傷病給付。因爲提出申請，等於告訴勞工局：公司的安全管理有漏洞。公司不願被追究責任，當然不希望我們提出申請。」

「不過，幫派遣人員提出職災申請的不是僱主，而是派遣公司吧？」女採訪員問。

「派遣公司根本不敢違逆要派公司。要派公司只要叮嚀一句『不准遞職災申請出去』，派遣公司也只能乖乖照做。」

「派遣員工要是因職災留下後遺症，該怎麼辦？」

「後遺症算什麼，丟掉性命的大有人在。職業意外一直遭到隱匿，造成工作現場始終處於不安全的狀態，自然容易接二連三引發意外，只不過全被壓下罷了。」

接著，畫面切換到男主持人的特寫。他面色凝重地說：「這就是『金屬金屬』處理職災的現狀。」

鏡頭轉向一名女記者。「經我們調查，嫌犯八島在前述的摔傷意外後沒辦法工作，至少請了五天假在家休養。而根據法令，員工因職業傷害不能出勤超過四天，資方有義務主動向勞工局報告，所以，這是不折不扣的職災隱匿。另一方面，派遣公司也曾指示嫌犯八島，就醫時不得透露受傷原因，並要他自行負擔醫藥費。」

「嗯……」男主持人沉吟道，「雖然尚未確定八島是凶手，可是，這起案件背後似乎藏著無法以個人恩怨概括的複雜因素。」而後，他逐一請現場的名嘴發表意見。

貧富不均的社會、弱肉強食、職場權力騷擾……眾名嘴不負主持人的期待，擺出專家的架勢，滔滔不絕。悠人愈聽愈不舒服，正想關電視，史子搶先拿起遙控器按掉電源。

「講那些什麼話。」史子丟下一句，便走進廚房。

此時，悠人赫然發現，遙香一臉蒼白地站在身後。

「沒必要擔心。」悠人安慰她。

到學校後，朋友紛紛過來聊兩句，不少人守靈夜或葬禮當天來上過香，悠人再次向他們致謝。原本已覺悟，同學看到早晨的那個節目，或許會衝著他講難聽的話，但大夥都沒提及，大概關心那起案子的不多吧。

連上兩堂課，悠人逐漸找回校園生活的節奏。自己遭逢父親逝世的不幸，身邊的朋友卻沒太大變化，大夥都照著平常的步調過日子。悠人暗想，得盡快調適心態，融入同學之中。

然而，午休時間，悠人與杉野一起到學生餐廳，發現幾個同學聚在一起，望著他竊竊私語。

「那群傢伙感覺眞差。」杉野走過去，與對方交談兩、三句後，便沉著臉返回。

「他們怎麼說？」悠人問。

「我聽不太懂，好像是網路新聞報導有個廠長出來道歉。」

「廠長？」

「等等，我查一下。」杉野納悶地拿出手機，按幾個鍵後，望著螢幕皺起眉。

「如何？」

杉野沒應聲，直接遞出手機。悠人湊近螢幕，以下的內容映入眼簾：

「指示隱匿職災的是青柳武明先生？廠長打破沉默……」

13

電視螢幕映出一張熟悉的方臉，正是松宮在國立工廠打過照面的廠長小竹。不知是緊張的關係，還是攝影用的燈光太熱，小竹額頭冒著汗。他以手帕拭去後，不斷鞠躬道歉。

「唔，雖然認爲這樣不對，但上面說要保護公司的名譽，我也很難拒絕，只能聽命行事。」

短暫的黑畫面後，下方打出一行：「指示隱匿職災的是青柳總部長嗎？」

「直接指示我的是總部長，至於總部長是否受到誰的指示，我就不清楚了。」小竹對著麥克風應道。

鏡頭切換至棚內的新聞主播。

「關於這起通報，立川勞工局表示，『金關金屬』可能數度隱匿職災，已迅速展開調查。接下來爲您報導股市動態……」

松宮移開視線，嘆口氣。「媒體的手腳未免太快，居然已追到隱匿職災上頭。」

加賀放下筷子，手伸向茶碗。「不是媒體追到的，八成是課長或理事官層級的人放的消息。這麼一來，就算八島有個萬一，在嫌犯身亡、問不出動機的狀態下，還是能把案子交代過去。」

「原來如此。」松宮繼續動筷。他們在人形町的一家定食店裡，目的是查訪，順便解決午餐。

塡飽肚子，確認店內已無其他客人，他們喚來老闆娘。加賀照例拿出青柳武明的照片，詢問此人是否曾光顧。

年約五十的老闆娘拿著照片端詳，神情頗爲複雜，應該是心裡有數，只是在猶豫怎麼回答。

「想起什麼嗎？」加賀問。

「呃，是最近那起命案的當事人？」老闆娘小心翼翼地開口。

「是的，正是日本橋命案的被害人，您認得他嗎？」

「不不，我不認識。只是，昨天來店裡的客人，好像見過他……」老闆娘愈說愈小聲。

「在哪裡見到的呢？」

「唔，再過去的稻荷大神那邊……」

「稻荷大神？」

「您應該也曉得，正式名稱是笠間稻荷神社。」

「喔，位於濱町吧？是在那裡遇見的嗎？」

「對，說是看對方拜得很虔誠，便留下印象。」

「那客人常光顧嗎？」

「是，滿常來的。啊，我不清楚客人的大名，不過應該是上班族，總帶著下屬一塊用餐……」

加賀點點頭，從外套內袋拿出名片。「不好意思，下次那客人到店裡時，能通知我一聲嗎？我的手機號碼寫在名片背面。請放心，我們絕不會給那客人或貴店添麻煩。」

老闆娘接過名片，卻一臉困惑。「名片我先收下，但恐怕一忙就會忘記，況且，也不確定那客人何時會再度光臨……」

加賀一笑，「您方便就好。可能的話，希望您盡量別忘了這件事。」

「好的……」老闆娘不置可否地微笑著，點點頭。

「看老闆娘那神情，肯定會忘得一乾二淨。」踏出店門，松宮嘟噥道：「溫溫吞吞的，根本沒江戶人的氣質。沒想到人形町也有那樣的人。」

「世上各種人都有，重點是，她提到笠間稻荷神社。唔，原來如此，有點頭緒了。」

加賀似乎瞭然於胸，頻頻點頭。

「什麼頭緒？也告訴我啊。」

「總之，跟我來吧。」加賀帶著意味深長的微笑，邁出腳步。

兩人沿甘酒橫丁朝東前進。八島冬樹當時藏身的濱町綠道就在眼前，但今天加賀橫越綠道後，便在下一個街角左轉。

不久，前方出現一條大馬路，快到路口時，加賀倏地停步，只見左側轉角被石鳥居與矮石垣圍起。這座神社麻雀雖小、五臟俱全，獨樹一格，還豎有幾根寫著「笠間稻荷大明神」的紅旗子。

松宮隨加賀走進神社，環顧四周，目光不禁受眾多狐狸石像吸引，每尊狐狸的頸部都圍著紅布。神殿旁的小平臺上，排放著護身符、祈福品、觀光導覽等，怎麼看都很好偷，但應該不會有人起邪念吧。

「這是日本三大稻荷神社之一。」加賀說：「本社在茨城縣，這裡是東京分祠。」

「青柳先生特地來參拜啊……」松宮眺望著神殿。

「恐怕不止這一處。」

「……什麼意思？」

加賀拿了一份觀光導覽，說道：「隔壁就是咖啡廳，邊喝飲料邊告訴你吧。」

舊式咖啡廳內，小小的桌席並列。加賀點兩杯咖啡後，攤開觀光導覽。

「你大概已曉得，日本橋一帶神社很多，規格較小的分祠全算進來，恐怕數都數不清。知道明治座旁的小神社嗎？那也是笠間稻荷的分祠。」明明調到日本橋署沒幾年，加賀的語氣卻像早摸透這地區。

「嗯，怎麼？」

加賀指著觀光導覽上的地圖。圖上標著幾座主要神社的位置，笠間稻荷神社也是其中之一。

「其實，每年正月，有巡訪參拜『日本橋七福神』的傳統風俗。唔，就像神社的大聯盟吧。而供奉七福神的神社包括——」

加賀手指在地圖上移動，邊念出每座神社的名字。小網神社、茶之木神社、水天宮、松島神社、末廣神社、笠間稻荷神社、椙森神社與寶田惠比壽神社，共八座。

「八座？不是七福神嗎？」

「椙森神社及寶田惠比壽神社都是供奉惠比壽神，不清楚爲何兩座神社都算進來，不過不重要。值得注意的是，這兩座神社的所在之處與其餘六座明顯不同，你仔細瞧瞧。」

松宮端詳起地圖，連黑咖啡送上桌也沒移開視線，拿起杯子直接啜一口。

不久，松宮便察覺一件事。

「寶田惠比壽神社，莫非就是昨晚……」

「沒錯。」加賀滿足地點頭，「這座神社就在『紅梅庵』附近。其他六座神社集中在甘酒橫丁周遭，椙森神社與寶田惠比壽神社則在較外圍。尤其是寶田惠比壽，最近的車站不是人形町站，而是小傳馬町站或新日本橋站。我本來搞不懂青柳先生怎會去離人形町有好一段路程的蕎麥麵店，但若他是在參拜七福神，就解釋得通。實際上，目前查到青柳先生曾出入的店家，幾乎都位於七福神巡訪的路線上。」

松宮望著加賀點點頭，「錯不了，肯定如同你的推測，這正是青柳先生頻繁造訪日本橋一帶的原因。原來是在參拜七福神。」說到最後，松宮不禁提高嗓音。

「果眞如此，就又出現新的謎團。爲什麼要參拜？假使在正月，或許純粹是新春祈福，但他是平日數度前來，顯然有強烈的動機。」

「這麼虔誠，一定是去向神明祈願吧？」

「大概吧。」加賀端起咖啡杯，「脩平，換成是你呢？心裡有願望，會想到神社祈願嗎？」

「也會啊，考大學時就曾去參拜。」

「那只是新年參拜時順便祈願吧？你會三天兩頭跑到遙遠的神社，祈求心願成眞嗎？」

「這倒是……」

加賀短暫陷入沉思，啜口咖啡後，放下杯子。「每個人的喜好與想法不同，這麼問或許有些偏頗，但相信誠心祈禱願望就能成眞的人，你認爲有幾成？信仰虔誠的老人家當然另當別論，可是青柳先生還不到那種年紀吧？」

「那是恭哥的偏見，深信神佛力量的年輕人不少。我同學就每週準時上教會報到啊。」

加賀偏著頭，「嗯，固定上教會與巡訪參拜七福神，似乎有著根本上的不同。」

「那麼，青柳先生爲何頻頻參拜七福神？除了祈願，去神社還能幹嘛？」

加賀蹙起眉，盯著桌上的觀光導覽，「怎會挑日本橋……」

「什麼意思？」

「就當他是去祈願，怎會挑日本橋七福神？他的住家或公司附近，應該也有供奉七福神的神社，何必千里迢迢跑到這一帶？」

「不是因爲……他覺得這裡的七福神最靈驗嗎？」

「靈驗啊，那他一定是相當虔敬鬼神的人。」

「你不認爲嗎？」

加賀喝掉咖啡，摺好觀光導覽說：「去確認一下吧。」

踏出咖啡廳，兩人步行到人形町車站，跳上日比谷線，半個鐘頭後便抵達中目黑。青柳家位在離車站徒步約十分鐘的住宅區，由於交雜著許多小巷，單憑方位隨意走，不小心就會彎進死巷，所以兩人相當留意行經路線。

到青柳家附近時，路旁有幾名男性。從氣質推測，八成是媒體工作人員，松宮不禁暗啐一聲，但加賀沒放慢腳步的意思，他只好緊跟在後。

兩人一靠近青柳家大門，不出所料，其中一名戴眼鏡、小頭銳面的男子立刻衝上前。

「兩位要造訪青柳家嗎？不曉得是爲了什麼事？」

松宮一手制止男子，一手敲敲胸前，示意「裡頭有警徽」。男子意會，怯怯退開。

加賀按下對講機按鈕，應聲的是史子。她請加賀與松宮直接穿過大門到玄關前，大概是不願被媒體捕捉到身影。

今天只有她在家，兩個孩子返校上課。

「大門前好熱鬧。」在客廳沙發坐下後，加賀開口。

「接近中午時就是那樣的情況，應該是在等我出門吧。」史子以托盤端著茶碗，從廚房走到客廳。「他們還透過大門對講機，問我對隱瞞職災一事的感想。可是，教我怎麼回答？我也是看電視新聞，才曉得丈夫做過那種事。」她將茶碗放到兩人面前，焙煎茶的香氣陣陣傳來。

「青柳先生在家裡很少提起公司的事，是吧？」松宮問。

史子深深點頭，哀怨地望著他。

「新聞報導的是真的嗎？我丈夫是因指示下屬隱匿職災而遇害？」

「呃，關於這部分……」松宮看向加賀。

「據我們了解，那起隱匿職災事件有人證。」加賀開口：「不過，青柳先生究竟涉入多深，目前尚未釐清。至於和本案的關聯，也還在調查中。」

史子垂下肩低喃：「這樣啊……」

「其實，今天上門打擾，是想請教一事。當然，與青柳先生有關。」加賀繼續道：「您丈夫十分虔敬鬼神嗎？」

「咦？」史子雙眼圓睜，一臉迷惘。「您的意思是？」

「比方，有煩惱或心願時，他會想借助神佛的力量嗎？像是向神佛祈願或蒐集護身符之類的。」

「不會。」史子緩緩搖頭，「眞要說，他應該覺得那方面的事情挺麻煩的。跨年時，在電視上看到新春參拜的人潮，他就會嘀咕『搞不懂幹嘛特地跑去人擠人』。呃，這跟案子有關係嗎？」

「沒什麼，只是確認一下。」加賀使個眼色，示意差不多該撤退，似乎不打算提起青柳武明持續參拜七福神的事。

於是，松宮放下茶碗，起身說：「那我們就此告辭。」

「問完了嗎？」史子頗意外。

「是的，感謝您的招待。」加賀回道。

「呃……」史子跟著站起，輪流望向兩人，「隱匿職災，就那麼罪大惡極嗎？因此引來殺身之禍，也是死有餘辜嗎？」

松宮與加賀互看一眼。

「青柳太太，」加賀沉聲道：「隱匿職災是犯罪，絕不是正確的行爲，確實可能招致怨恨。但這世上，沒有哪個人是死有餘辜的。」

史子緊抿著唇回望加賀，眼泛淚光。

「走吧。」加賀對松宮說。

14

燈光比想像中要強許多。平時窗外透進來的日光或室內照明照不到的暗處，也全暴露在這強光下，原本沒留意到的髒汙頓時映入眼簾。香織心想，早知道就掃乾淨點，但已太遲。雖然對方答應後製時替臉部打上馬賽克，她卻說不出「別拍室內」。就方才聽到的工作人員對話，拍攝屋況也是他們此行的重要目的之一。

「所以，妳不曉得他在工廠發生意外嗎？」女採訪員發問。她一頭長髮束在腦後，從面貌看來，個性相當強悍。

「是的，他只告訴我，回家途中不慎滾下階梯受傷。」香織老實回答。

「當時他的傷勢如何？」

香織偏著頭思索，「他嘴上說不嚴重，但似乎很不舒服。勸他去看醫生，他回我睡一覺自然就會好，之後接連幾天都躺在被窩裡。」

「他提過職災的事嗎？」

「完全沒有。」

香織曉得鏡頭正移向她的下腹部。拍攝前，她向電視臺的工作人員坦承有孕在身，對方一聽，神情立刻一亮。

「受傷沒多久，派遣公司便通知他遭解聘，對吧？他怎麼向妳解釋？」

「他一直說不明白公司爲什麼無故解約，不過我們也莫可奈何……」

「接著，那次意外的後遺症就陸續出現。具體而言，是怎樣的症狀呢？」

「他肩頸肌肉緊繃，左手甚至感到麻痺。不過，或許症狀出現得更早，總覺得他有時樣子怪怪的，但可能不想讓我擔心，選擇保持沉默。」

女採訪員重重點頭，似乎非常滿意香織的答案。

「這也導致八島先生遲遲找不到工作吧？實際上，那次意外是在工廠執勤時發生的，而且由於公司試圖隱匿職災，害八島先生連醫院都去不成。關於這部分，妳怎麼看？」

「這件事，我也是最近才曉得。果眞如此，我覺得那家公司很過分。要是當時立刻讓他去醫院，後來也不會變成那樣……」

「『不會變成那樣』，是指不會發生這次的案件嗎？」麥克風突地伸向香織面前。

「不，我的意思是……他的身體狀況後來就不會變得那麼糟糕。」

「關於這次的案件，妳有什麼感想？『金關金屬』下令隱匿職災的主謀，正是製造總部長青柳武明先生，妳認爲那次意外與這次的案件有沒有關聯？」

「跟案件……」香織的思緒有些混亂，她搖搖頭，「我不知道。畢竟，冬樹根本跟案件無關呀，他絕不會做那種事。」

女採訪員的神情一沉，蹙眉微微舉手。

「暫停、暫停。這段就照這樣收錄嗎？」女採訪員詢問周遭的工作人員。

一群人低聲商量後，一名戴眼鏡的男子走近香織。

「中原小姐，聽好。我們知道妳很相信他，但事實是他搶走被害人的皮夾，也就是說，雙方並非毫無交集吧？」

「那是因爲……嗯，您說的是。」

「所以他與這起案件確實有關係，對不對？」

「是……」

「既然這樣，能不能請妳就事實回答呢？爲什麼他會涉入這起案件？當初成爲公司隱匿職災的犧牲者一事，會不會是導火線？」

香織的腦袋愈來愈混亂。他們的話沒錯，冬樹確實是公司隱匿職災的犧牲者，而那椿意外導致他們生活貧困，才會發生這次的案件。案發當晚，冬樹那通電話又在她的耳畔響起：「我……犯了不該犯的錯……」

「我覺得……或許眞如您所說。」

「對吧？坦率講出感想就好，沒必要委婉修飾。心裡怎麼想就怎麼講，明白嗎？那我們再來一次。」

「嗯。」香織一應聲，四周的工作人員便迅速動作。女採訪員的神情多了幾分嚴厲，像無言地威嚇：「妳這次可要老實回答！」

「關於這次的案件，妳怎麼看？遇害的青柳武明先生是『金關金屬』隱匿職災的主謀，會不會是這次案件的肇因？當然，無論有何恩怨，殺人都是不被允許的行爲。」

相較於第一次發問，女採訪員添上更強烈的用詞。香織不知該怎麼回應，是不是再麻煩他們暫停，讓自己重新思索呢？但一對上女採訪員銳利的目光，香織便不由得退卻。她實在說不出想暫停，只能硬著頭皮開口。

「我覺得……他成了公司隱匿職災的犧牲者，後來才會發生那種事……」

「意思是，妳認爲隱匿職災成爲這次案件的導火線，沒錯吧？」

「嗯……」即使內心困惑不已，香織還是只能點頭。伴隨一聲「好，Cut」，女採訪員帶著完美達成任務的滿足神情站起，沒再看香織一眼。

整段錄影就在莫名其妙的狀態下結束，電視臺的工作人迅速撤離這棟廉價公寓，而目送他們離去的香織，手邊則多了兩萬圓現金。她答應接受錄影採訪，便是急需這筆收入。

昨天到熟食店打工，店長卻要她休息一陣子。

「日本橋命案的嫌犯，就是妳的同居人吧？」體型如麵包般圓胖的店長吞吞吐吐地問。

香織心頭一驚，「您聽誰說的……」

店長似乎十分傷腦筋，他皺著眉解釋：「有個女的打電話來，自稱是店裡的常客，沒報名字。她住在你們公寓附近，見過你們好幾次。警察還去搜索吧？那時她也在遠處圍觀。」

香織不由得低下頭。警方來搜索的情況，她記得很清楚。那時外頭確實聚集不少圍觀群眾，沒想到當中會有店裡的客人。這世上就是有人會來多嘴管閒事，一旦別人需要幫忙卻不見蹤影。

「我們是做生意的，要是傳出奇怪的謠言會很困擾，所以，對不起妳了。」

香織無法反駁。換成她是店長，恐怕會做出同樣的決定。

她抽出裝在信封裡的兩萬圓，嘆口氣。就現況而言，這是一大筆錢，卻沒解決任何問題，得盡快找到收入來源。她曾被酒店經紀人看上，當時拿到的名片還沒扔掉。之前因冬樹反對，沒想過去酒店上班，說不定能嘗試這條路。

可是……香織撫著下腹部，不可能長期做酒店的工作，更何況，不知對方會不會僱用有孕在身的她。

此時，放在矮桌上的手機響起，顯示的是陌生號碼，香織猶豫幾秒才接起。「喂？」

「是中原香織小姐嗎？」對方是不認識的女性。

「對。請問您是？」

「這裡是京橋中央醫院，八島冬樹先生有點狀況，您能盡快趕來嗎？」

心臟劇烈跳動，香織渾身發熱，拿著電話的手止不住顫抖。

15

聽完松宮的報告，石垣抖著腳點點頭。「日本橋七福神巡訪參拜呀，你們又挖出有意思的情報了。」

「我們是在尋找八島的目擊者時，偶然查到這件事。」

「嗯，雖然不知是不是眞的偶然查到——」石垣的視線移向加賀，又回到松宮身上。「無所謂，這下就能釐清被害人去日本橋的原因。假使他和八島有約，出現在日本橋的咖啡店便說得通。」接著，他又補句「幹得好」。

「下一步要調查的，就是青柳先生巡訪參拜七福神的理由……」

石垣擺擺手，「那跟案件沒關係，不重要。他兒子不是明年要考大學？八成是祈求七福神保佑兒子考上。」

「但是，青柳太太說，他不算是虔敬鬼神或迷信的人——」松宮側腹一痛，原來是加賀手肘突然一頂。松宮望向加賀，只見他目光寫著：「別多話，退下就是。」

「我也不是迷信的人，卻常求神拜佛。」石垣應道：「像請佛祖保佑我的尿酸値下降、女兒別愛上蠢男人之類的。人是善變的動物，突然有需要，一時興起跑去求神問卜也不奇怪。調查被害人的相關情報固然重要，但別在瑣事上鑽牛角尖，明白嗎？」

一次就算了，青柳先生卻是持續巡訪參拜七福神，根本不像一時興起——松宮很想反駁，最後仍老實坐回原位。

「然後呢？關於凶器的部分有什麼進展？」石垣環視身旁的下屬。

坂上舉手。「透過網路買那款刀子的人，已聯絡上九成。雖然有些人住得太遠，員警無法當面確認，但現下幾乎大夥都有可拍照的手機，所以刀子還在身邊的，便請他們拍下傳來。而回覆刀子不在身邊的，多半是弄丟，或毀損扔掉了。目前並未查到任何與八島有關的證言。」

石垣沉下臉，大嘆一聲。「依舊毫無進展啊。查不出凶器的來源，案子怎麼辦下去？」

「這部分問題不大，沒查出也無妨。」小林說：「那把刀原就不是稀有的款式，也可能是八島直接在戶外用品專賣店買的。雖然店員都對八島沒印象，但這樣才正常吧？」

「可是，現下等於沒物證。如果能取得刀子是八島所有物的證言就好了……」

「試著逼問中原香織呢？」

「嗯，那也是一種方法，不過……」石垣神情凝重地思索一會兒後，毫不戀棧般地甩甩頭，「老往這麼陰鬱的方向鑽是看不到破案曙光的，今天先到這裡吧，大夥辛苦了。」

「您也辛苦了。」幾個人應聲後便散會。

此時，稍遠處的電話作響，刑警接起，講兩、三句後，一臉鐵青地望向石垣。「係長，是留守醫院的員警打來的。」聽他的語氣，事態相當緊急。

一股不祥的預感掠過松宮心頭。「怎麼？」石垣問。

握著話筒的刑警回道：「八島冬樹的病況突然惡化，沒多久就嚥下最後一口氣。」

「你們誰跑醫院一趟！」石垣一喊，松宮立刻舉手。走出搜查總部時，加賀追上說：「我也一起去。」

兩人走著，松宮嘆氣道：「這下再也不可能從八島口中問出眞相……」

「但能結掉這案子，上面的人肯定鬆一口氣。只要以嫌犯身亡爲由，函送檢方偵辦就好，證據不足也無所謂，最後被告一定是獲判不起訴處分，案件就此落幕。即使八島不是凶手，死者也不可能爲自己翻案，沒人會不服判決。」

「這樣的話，謎團不就都沒解開，也不曉得青柳先生究竟爲何頻繁參拜七福神？唉，或許警察的工作，做到這種程度就夠了。」

「不夠。」加賀簡潔有力地吐出一句，「不明不白地結案，誰都無法得到救贖，必須想辦法查出眞相。」加賀低喃著，卻隱含強大的決心。

兩人搭計程車趕到醫院，令人訝異的是，路旁已出現電視臺等媒體工作人員的身影。大概是醫院裡也有媒體的眼線，消息才會這麼快走漏。松宮暗忖著這些人不曉得打算怎麼報導八島的死亡，邊隨加賀走進醫院。

踏入等候室，便見一名穿白袍的男子與制服員警在交談，正是初次來醫院時打過照面的八島的主治醫師。對方似乎還認得松宮，微微頷首致意。

「這樣的結果，我們都很遺憾。」醫師語氣十分平靜。

「聽說他的病情突然惡化？」松宮問。

醫師點點頭，「應該是血腫增大造成的。他腦挫傷相當嚴重，說眞虧他能撐到今天，也不爲過。」

「您辛苦了。不曉得遺體安置在哪裡？」

「這要麻煩你們向三樓的護理站確認，約莫已移出加護病房。對了，那名女子也剛趕到，記得是八島先生的女友吧？」

醫師指的應該是中原香織。松宮道謝後，便與加賀離開等候室。

搭電梯至三樓，迎面就是護理站。松宮打算上前詢問，加賀卻喚住他。松宮回頭，加賀以下巴示意走廊。只見中原香織坐在走廊的長椅上，拱著身子，拿毛巾緊緊按住臉。

松宮找不到合適的話語，仍朝她邁開腳步。加賀隨即抓住他的肩膀。

「今晚放過她吧。」加賀開口：「八島死亡已是事實，醫師的說明也沒任何疑點，這樣就沒問題了。讓她靜一靜吧。」

松宮也有同感，默默點頭。

臨走前，松宮再次望向香織，發現她身邊的提包把手上掛著先前沒有的東西。定睛一瞧，那是個護身符。或許是她去哪間神社爲八島冬樹祈福時買的，不會那麼巧是日本橋七福神的護身符吧。

此時，松宮深深體會到，加賀的話一點也沒錯。要是就這麼結案，當事人肯定無法釋懷，也無法得到救贖。不論是青柳一家，或中原香織……

16

不過短短幾天，悠人明顯感受到周遭氣氛和之前截然不同。同學雖不至於把他當空氣，卻都避著他。沒人找他說話，即使他主動攀談，對方的回應也很冷淡。

離他稍遠處，幾名同學圍成一團竊竊私語。偶爾看到他在附近，那群人便露骨地皺眉表示不悅，或露出刻薄的冷笑。

同學態度驟變，悠人當然心裡有數，想必是受接連幾天出現在媒體上的「金關金屬」隱匿職災事件的影響。

昨天，「金關金屬」的社長首度爲此開記者會。這名個頭矮小、戴著一副大眼鏡的男人，先是爲造成社會騷動向大眾道歉，接著堅稱自己從頭到尾都蒙在鼓裡，工廠的一切都交由生產現場的負責人管理。他強調總是交代負責人要特別留意安全管理，萬一作業員受傷，一定要迅速且適切地處理，並盡力避免再發生同樣的悲劇。當然，這裡指的作業員不止正式員工，也包括所有約聘及派遣員工。他也很希望能查明爲何會發生這次的事情，「金闕金屬」將主動配合調查。以上就是社長的說詞。

廠長小竹早就坦言，直接指示他隱匿職災的是製造總部長青柳武明。當時，青柳總部長語帶威脅地說：坦承公司發生職災，不僅工廠「零事故」的優良紀錄將毀於一旦，勞工局介入調查後，工廠各方面的安全管理疏失也會逐一浮上檯面，這麼一來，責任可是會全落在廠長身上。

此外，製造總部長層級以上的管理職人員，皆聲稱對此事一無所悉，並口徑一致地表示生產現場的最高負責人就是製造總部長。

換句話說，一切都是青柳武明的過錯。

公司的安全管理有疏失，導致工廠發生意外，卻因青柳武明企圖隱匿，一名派遣員工無法申請職災傷病給付，連醫院都去不成，甚至遭到解聘，又苦於工廠意外的後遺症，遲遲找不到工作。

作。

這名前派遣員工——嫌犯八島的同居女友懷有三個月的身孕，所以，他得盡快找到工作。

雖仍不清楚走投無路的嫌犯八島冬樹，究竟是怎麼聯絡上青柳武明，但八島極可能以隱匿職災一事爲把柄，約青柳出來談條件，不料兩人一言不合，引發這次的命案——簡單歸納這幾天電視新聞節目的後續追蹤報導，便是如此。

另外，某家電視臺還採訪到八島冬樹的女友，畫面透過電視傳遍大街小巷。採訪在八島冬樹與女友的租屋進行。根據攝影機拍到的影像，看得出是低收入戶的住處。受訪女子的臉部打上馬賽克，但從她的裝扮不難想像其經濟之拮据，鏡頭不時拍向她的下腹部。

女採訪員先關心她最近的生活狀況，及懷孕後接踵而來的困境，接著針對八島冬樹遇到的職災提出許多問題，最後問道：

「關於這次的案件，妳怎麼看？遇害的青柳武明先生是『金關金屬』隱匿職災的主謀，會不會是這次案件的肇因？當然，無論有何恩怨，殺人都是不被允許的行爲。」

受訪女子回答如下：

「我覺得……他成了公司隱匿職災的犧牲者，後來才會發生那種事……」

「意思是，妳認爲隱匿職災成爲這次案件的導火線，對吧？」

「嗯。」八島冬樹的女友悄聲應道。

緊接在這段錄影後，照例由名嘴展開不負責任的評論。像是「把他逼到絕境的究竟是誰」、「雖然殺人是絕不被允許的行爲……」、「爲什麼沒人伸出援手」等，命案剛發生時不曾出現在媒體上的言論紛紛冒出，顯然相當同情嫌犯。而八島的死亡，更擴大這樣的輿論情緒。

連帶地，悠人學校裡的氣氛也有微妙的改變。他承受著周圍的冷漠視線，深深體會到整件事多麼荒謬。明明是被害者，爲何要遭到如此對待？

下課及午休時間，悠人都獨自度過，沒任何人接近，連杉野也刻意避著他。然而，悠人反倒慶幸沒人來打擾。現下的他實在不曉得怎麼與別人接觸，似乎只要稍不合己意，就會突然發飆。

當然，爲這種狀況所苦的不止他。

剛踏進家門，悠人就聽見客廳傳來爭吵聲。

「那妳說，明天我該怎麼辦？說啊！」遙香激動得大吼。

「媽媽也搞不懂爲何會發生這種莫名其妙的事，警方什麼都沒告訴我……」史子怯懦地回道。

「電視早就播到爛了，責任全推到爸頭上。妳曉得嗎？網路上還有人認爲爸被殺是活該。」

「怎麼會……」

「是眞的，妳自己去看。看別人把我們家講得多難聽！」遙香又邊哭邊吼，「今天同學說『早知道就不要同情她』，還故意講很大聲。」

悠人推開客廳的門，母女倆才注意到他已回家，訝異地轉過頭。只見遙香雙眼哭得通紅。

「沒辦法。」他吐出一句，「老爸幹了壞事，自作自受。」

遙香瞪著他，不甘心地緊抿雙唇，抱起書包便衝上樓。大概是直接跑回房裡，關起門大哭吧。

悠人不禁咂嘴。「只會哭，煩不煩哪。」

「同學有沒有說你什麼？」史子問。

「沒有，不過氣氛很怪，根本沒人跟我講話。」

「是嘛，你們學校也變成那樣……」史子語氣頗抑鬱。

「家裡發生什麼事嗎？」

史子猶豫一會兒，拿起角落的字紙簍，撈出一團紙，遞給悠人。

「有人把這個扔進信箱。」

悠人攤開紙團，上頭以簽字筆寫著：「把奠儀還來！」

他隨手一揉，丟回字紙簍。有人就淨幹些無聊事，可能是附近鄰居吧，搞不好根本沒參加父親的守靈夜或葬禮。這種傢伙一定是喜歡看別人痛苦取樂。

悠人大步走過客廳，打開隔間拉門。父親的祭壇設在和室裡，上方掛著遺照。

「收一收吧，擺著只會礙眼。」

「你怎能這樣說！」

「明明被殺的是爸，爲何我們要遭旁人的白眼？」

「忍忍就過去了，大眾很快就會忘記此事。小竹先生也這麼勸我……」

「小竹？」悠人回頭，「妳和他談過？」

「上午他打電話來道歉。」

「道什麼歉？他怎麼說？」

「就是新聞報導的事啊。政府單位已展開調查，上頭交代他實話實說，他只好全部坦白。」

「他仍堅持是爸的指示嗎？」

史子陰鬱地點點頭，又突然想起般看著悠人。「可是，他告訴我，隱匿職災不是太重的罪，頂多被罰款五十萬圓左右。況且，每家公司都暗中做這種事，還不到企業醜聞或犯罪的程度。」

「那妳向大家這麼解釋啊！」悠人用力踹榻榻米一腳，「妳去學校跟每個人講，爸幹的不是嚴重的壞事。自己人在家裡講得再好聽也沒用，外頭早認定爸是死不足惜的大壞蛋，電視不也這麼報導？」

「呃……小竹先生也說是時機不巧，最近沒其他大新聞。這種程度的案件一般根本不會上電視，只因你爸在那麼顯眼的地方遇害，才會被大肆報導……沒想到有人竟會爲這點小事起殺意。」

「騙小孩嗎？事到如今，說這些有什麼用？」

驀地，小竹乍看親切的笑臉浮現眼前。現下想想，那反倒像隱藏狡猾的假面具，小竹肯定暗暗慶幸遇害的不是自己吧。

難堪與憤怒的情緒在悠人胸中翻攪，而引發這些事情的兩人都已不在世上，更讓他瀕臨崩潰。

悠人抓下父親的遺照，就要扔向祭壇。

「住手！」史子大喊。

悠人一頓，手卻不停顫抖。他瞥一眼照片上微笑的父親，正面朝下扣在祭壇上。

17

變得只有這麼一點點呀——這是香織望著散亂的骨灰，第一個浮上心頭的感想。她已流不出淚，甚至搞不清楚究竟還難不難過。

她聽從負責人員的指示幫冬樹撿骨。蒼白如枯枝的骨頭，實在很難與冬樹生前的模樣聯結在一起。

冬樹嚥氣後，院方只答應收留遺體一個晚上。隔天，關於後續的處理，醫院的女職員體貼地告訴香織，以她的狀況，去區公所問問，應該連火葬費都能幫忙負擔。於是，香織立刻前往區公所，向承辦窗口說明自身的處境。對方迅速掌握情況，從語氣聽來，顯然已透過新聞等傳媒得知冬樹的事。

無論是醫院的職員或區公所的承辦人，都對香織非常親切。與冬樹來到東京闖蕩後，她初次感受到人們的善意是這麼溫暖。

步出火葬場時，天邊逐漸染紅。意義深重的一天就要結束，明天將會迎向怎樣的未來？區公所的承辦人建議她申請低收入戶救濟金，有那筆收入，或許能省吃儉用活下去。不過，若只是活著有何意義？冬樹已不在，回到家裡，等待自己的只有冰冷停滯的空氣。

接近住處時，香織注意到家門前有兩名男子。該不會又是電視臺的人？香織頓時不安起來。雖然他們給的錢不無小補，但她不想再上電視。

然而，仔細一看，兩名都是在醫院見過幾次的刑警，其中一名姓松宮。認出他後，香織稍感安心。松宮刑警五官精悍，目光卻非常溫柔。另一名高個子的刑警她也有印象，記得冬樹剛出事時，與他曾在醫院打過照面，但一時想不起名字，或許對方一開始就沒告訴她吧。

香織走上前。見她回來，兩人立刻低頭行一禮。

「今天火化嗎？」松宮的視線落在香織捧著的包袱上。

「是的。」她回道。

「抱歉這種時候來打擾，不過有兩、三件事想請教，不知方不方便？」

「嗯，請進。不好意思，屋裡很亂。」

簡陋的屋內隔成三坪的和室及半坪左右的廚房。香織將裝著骨灰罈的木盒擺到相框旁，那張照片是她和冬樹去迪士尼樂園玩時拍的。

隔著小矮桌，香織與兩名刑警對坐。高個子刑警先自我介紹姓加賀，隸屬日本橋警署。這個人的目光比松宮刑警銳利，香織不太敢與他對上眼。

「看樣子，有誰來拜訪過妳？」加賀望著冰箱前的紙袋。袋上印著知名洋菓子店的商標，那是一盒餅乾。

「前幾天，電視臺的人到家裡，那是他們帶來的伴手禮。啊，抱歉，我馬上去倒茶。」香織說著便要起身。

「不不，妳別忙，真的不用了。」松宮連忙開口：「不好打擾妳太久，能直接請教妳一些事嗎？」

香織挺直背脊，重新坐好。「是什麼呢？」

「同樣的問題不斷重複，妳一定覺得很煩，但我們想再確認一次刀子的事。」

「又是刀子……」香織頗無奈，其他刑警數度追問，她也強調好幾遍，真的沒看過那把刀子。

「先不管是不是同款式，就妳所知，八島先生曾持有任何刀具嗎？或許不是他買的，而是朋友寄放，或向別人借來的。」

「沒有。」香織低著臉，搖搖頭。她很懊惱，明明說過那麼多遍，警方怎麼就是不相信？

松宮從外套內袋取出一張照片，放上矮桌。照片中是把摺疊刀，有著褐色刀柄，卻不是之前警方拿給香織看的款式。

「這款刀子，妳有印象嗎？」

「沒有，從沒見過。這是什麼？」

「高中畢業後，八島先生曾在工務店上班吧？這是他當時使用的刀款。」

「冬樹的刀？怎麼可能。」香織回望松宮，「騙人，他不可能隨身攜帶這麼恐怖的東西……」

松宮一聽，不禁苦笑。

「沒那麼恐怖，這是工作上所需的工具，叫『電工刀』。工務店的同事買了兩把，一把送給八島先生。這張照片拍的是那個人的刀子。」

「原來如此。但，那又怎樣？」

「我們確定八島先生曾持有這樣一把刀，妳卻不知情。換句話說，妳對八島先生的所有物品並非瞭若指掌。或許八島先生把危險的東西收在妳不知道的地方，比方刀子之類的。」

「不可能。雖然沒看過剛剛那把刀，但其他像冬樹手邊有什麼東西、沒有什麼東西，我都清清楚楚。要是我不在身旁，冬樹根本記不住東西放在哪裡。那天也是，光找一雙沒破洞的襪子，他差點翻遍屋內。」

「我想，襪子和刀子應該是兩回事。」松宮收起照片。

香織雙手抵著榻榻米，嚴肅地說：

「請相信我，冬樹不會殺人，一定是哪邊搞錯。他頂多一時起貪念搶皮夾，但絕沒殺人。」她的話聲在狹小的空間迴蕩，之後只聽見老舊燈管發出「唧——」地細微聲響。

接著，她低語：「抱歉。我的話不足採信吧，講再多也沒用……」

加賀一聽，傾身向前。「案發當晚，他曾打電話給妳吧？他只說晚歸很抱歉，馬上回來，妳確定嗎？」

「是的，呃……」

「據通聯紀錄顯示，那通是在案發後打出的。當時，八島先生已持有被害人的皮夾及公事包，不可能毫不知情，他卻沒告訴妳。明明妳是他在世上唯一能推心置腹的人，妳覺得是爲什麼？」

「我……我不曉得……」

「站在偵查的立場，我們推測，正因事態嚴重到說不出口，他才會隱瞞妳。假如犯了罪，肯定不僅僅是竊盜或傷害，而是殺人或強盜層級的——」

「不是的。」香織不由得提高音量，連自己都嚇一跳。於是，眼淚不聽使喚地落下，她連忙以手背抹去。

「中原小姐。」加賀平靜地喚道，「請坦白一切吧，謊言是救不了他的。妳不是最相信他的人嗎？」

香織按著太陽穴，實在已不知如何是好。

「他說『我犯了不該犯的錯』……」她囁嚅著。

「咦，什麼？」松宮不禁追問，「麻煩重複一次好嗎？清楚點。」

香織深吸口氣。「他說『我犯了不該犯的事。糟糕，該怎麼辦』，聽起來非常慌張。」

「原來如此……」松宮低喃。

「對不起，當初我只想著要保護他，認爲不能透露任何與案子有關的事……」淚水再也止不住，香織強忍著趴到桌上大哭的衝動。

兩名刑警默默等香織恢復鎮定。深呼吸數次後，她輕輕搖頭說：「抱歉，我沒事了。」

於是，加賀開口：「方才妳提到，那天他找一雙沒破洞的襪子找了老半天。妳的『那天』，是指案發當天嗎？」

「對。那天我回到家，發現裝襪子和內衣褲的紙箱被拖出來，亂翻一通後也沒收回原位……冬樹每次腳趾甲都隨便剪一剪，襪子穿沒多久，腳尖的地方就會破洞，不過他平常還是照穿。」

「這樣啊。」加賀思索一會兒，豎起食指。「請教一件事。案發當天，妳照常出門打工吧？臨走前，曾與他交談嗎？」

「應該沒講幾句話，我出門時他幾乎都在睡覺。那天也是老樣子。」

「那前一天呢？妳去打工前，或回家後，和他聊過什麼？」

「前一天嗎？早上他還在睡，下班踏進家門後……」香織搜尋著記憶，平常大概是晚上八點左右返家，但印象中那天不太一樣。不久，她想起一事。「啊，那天去看了電影。」

「電影？你們兩個人嗎？」

「對，因爲拿到免費的電影票，我和冬樹約好八點在銀座的電影院碰頭。」她報出電影院及片名。

「看電影前，妳都在工作吧？那他在哪裡做什麼呢？」

「我也不清楚，不過，他遲到了。」

「遲到？他沒在約定的時間出現嗎？」

「他太早到，便四處閒逛，不小心走太遠。電影就快開演，我急得要命。」

「他趕到後，你們便進去看電影？」

「是的。」

「看完電影呢？」

「直接回家，我們沒吃外食的預算。」

「回到家，應該會聊起那部電影吧？」

「當然。那部電影意外地好看，我們聊得很開心，冬樹還邊喝氣泡酒……」想起當時的情景，胸口又湧上一股情緒。明明是不久前，卻像遙遠的往事，她甚至懷疑那是場夢。

「呃，爲何要問這些？前一天發生的事與案子有關聯嗎？」

「只是當參考。那晚你們有沒有談到電影外的話題？」
「唔，我記得沒有。冬樹喝醉睡著，睡臉像個孩子……嗯，那天眞的聊得很愉快。」
而那樣的日子，已回不來。思及此，眼眶再度泛淚，香織試圖忍住，卻還是掉落。
她默默接過松宮遞來的手帕。

18

晚上剛過八點，松宮與加賀回到搜查總部。這個時間，難得石垣沒被一群員警團團包圍。只見他盯著數份報告，神情凝重地沉思。
由於嫌犯身亡，案件朝函送檢方偵辦的方向處理。畢竟是上頭的意思，石垣不好違抗，但他這種身經百戰的警部，肯定難以釋懷。
松宮向石垣報告兩件事，一是中原香織不曉得八島曾持有一把電工刀，二是八島最後與她的通話內容。
「犯了不該犯的錯，這下糟糕……嗯，就當時的狀況，也難怪他會說出這種話。」石垣依然緊蹙著眉，「雖然算間接證據，佐證力卻太薄弱。他沒明講自己殺人，對吧？」
「嗯，這倒是……」

「太薄弱了……」石垣撇著嘴嘟噥。

「係長，還有一件事。」松宮回頭瞥加賀一眼，「關於八島冬樹曾傳簡訊告訴中原香織要去面試，依目前的推測，最有可能是八島找被害人要求重新僱用。不過，眞是那樣嗎？」

「嗯，你想說什麼？」

「會不會八島不是去見被害人，而是眞的到某家店或公司接受面試？」

石垣一臉訝異，「小子，會議上講的你都沒聽進去嗎？我們幾乎問遍所有在徵人的公司，卻沒半個人見過八島或收過八島的履歷表。而且，八島的手機通聯紀錄也沒可能的公司行號或店家的電話號碼。要接受面試的人會完全不與對方聯絡嗎？還是，你認爲他這次找工作都是打公共電話，或借用別人的手機？」

「不，我相信他一定和對方取得聯絡了，但不是透過電話。」

「不用電話要怎麼聯絡？提醒你，他的簡訊中也沒類似的內容。」

松宮搖搖頭，注視著上司的一對細眼，「有個不必打電話或傳簡訊也能聯絡上對方的方法，就是直接前往該公司。」

「直接跑去？幹嘛這麼大費周章？」

「因為當時的情況是直接上門比電話或簡訊聯絡快。四處找工作時，要是那家公司就在眼前，通常會不管三七二十一，先進去問問吧？」

「就在眼前？」原本板著臉的石垣，終於露出認可的神情。「你是指，八島是從貼出來的徵人啓事找到的？」

「對，就是那種貼在店門口的。偶然看到那張徵人啓事的八島，當下便走進去問是不是在徵人，對方回覆沒辦法馬上接受面試，請他隔天再來一趟。這樣便能解釋八島的手機為什麼沒留下任何找工作的紀錄。」

石垣盤起胳膊，抬頭看向松宮。「確實解釋得通，但果眞如此，八島一定會向同居女友提起吧？還是怕空歡喜一場，事成之前不打算告訴女友？」

「大概吧，不過極可能是沒機會提起。案發前一天，八島與中原香織難得去看了場電影，之後都沒聊到工作的事。附帶一提，他們去的電影院在銀座，聽說兩人碰頭前，八島一直在附近閒晃，應該是那時發現的徵人啓事。」

石垣仍盤著雙臂，上半身往後一仰。「根據呢？」

「咦？」

「我問的是，為什麼會往這方向推測。一定有根據吧？」

「喔，是因爲襪子。」

「襪子？怎麼回事？」

松宮轉述中原香織的話。「八島拚命地翻找沒破洞的襪子，代表他要前往的地點需要脫鞋吧？譬如有榻榻米座席的餐飲店之類的。若是去見青柳先生，沒必要特別在意襪子。」

石垣長吁口氣，視線移往松宮身後的加賀。

松宮陳述的，全是加賀的推測。要不是加賀的解釋，松宮仍不明白爲何要詢問中原香織案發前一天的事情。

「很不賴的推理。」石垣說：「好，我接受這個假設，明天就派負責那一區的員警去查清楚。如果八島眞的打算到哪間公司面試，或實際上已接受面試，偵查方向便會大幅改變。當然，不確定是不是朝著破案的方向前進。」

視狀況也可能把偵查進度拉回原點——石垣的話語透露他已有覺悟。

松宮準備下班時，加賀走近。

「看樣子，上面接受了這個推論。」

「全是託你的福。恭哥……加賀先生幹嘛不自己報告，反正係長很明白到底是誰的推理。」

「事情總有分際，你也學著成熟點。」加賀接起手機，「喂……是，我是加賀。……喔，您好。……哦，這樣嗎？我曉得了，感謝您的通知……嗯，沒關係，我馬上過去。」他語氣輕鬆，表情也明朗許多。

「有什麼好事嗎？」松宮問。

「好消息。定食店的老闆娘打來說，在笠間稻荷神社見過青柳先生的那名客人終於出現，眼下在店裡喝酒。」

兩人趕到定食店後，先向老闆娘頷首致意。

只見四名上班族圍著六人座的大桌喝酒，桌上擺著生魚片、煎蛋捲、炸雞塊等菜肴。

老闆娘出聲呼喚坐在靠走道的一名胖男士後，望著松宮他們，邊向對方低語。同桌的另外三人也暫停交談。

胖男士點點頭，看嘴形似乎是說「好啊」。

老闆娘走回松宮與加賀身邊，「對方不介意。」

於是，加賀亮出警徽來到桌旁，「不好意思，打擾你們用餐。」

「無所謂啦。」胖男士神情有些困惑。

加賀先詢問他的名字。他回答姓岩井，在濱町的一間公司上班。

「哎呀，眞的嚇一大跳，沒想到會發生那樣的不幸。不過，我只是和他聊幾句，完全不清楚那個人的事情。」

「不要緊，照實告訴我們就好。您見到的是這位先生吧？」

岩井看著加賀遞出的照片，點點頭，「沒錯。」

「何時遇見的呢？」

「唔，大概是兩個月前吧。」

「在笠間稻荷神社？」

「是的。」

據岩井說，他因八十歲的老母親生病，那陣子下班回家途中都會繞去笠間稻荷神社拜一下。或許是眞的靈驗，老母親沒多久便恢復健康。

「我只是簡單拜一下，那個人卻大費周章，所以我才忍不住和他聊兩句。」

「大費周章是指？」

「鶴啊，紙鶴。」岩井喝一口啤酒，「雖然不到千羽鶴(*1)的地步，粗估也有一百隻。他將整串美麗的紫色紙鶴供在香油錢箱上，然後虔誠地雙手合十。看到那情景，當然會想跟他聊聊吧？」

「紫色啊……平常的千羽鶴都是用多種顏色的紙摺成，你確定那串全是紫色嗎？」岩井稍稍皺眉，「其實我不記得那麼細節的地方，只不過乍看相當詫異，暗暗讚嘆眞是漂亮的紫色。或許還摻雜別的顏色，這我就沒把握了。」

「沒關係。您當時和他聊些什麼？」加賀問。

「我先出聲搭話：『您拜得好虔誠，是這裡的神特別靈驗嗎？』」

「他怎麼回應？」

「他有些不好意思，連忙收起紙鶴，說只是順道來參拜。」

「順道？」

「嗯，很矛盾吧，準備那樣一大串紙鶴，怎麼可能是順道？所以對他留下了印象。之後，看到新聞報導上的照片，就一直覺得十分眼熟，又無意間想起，才會在店裡聊天時講

*1　將一千隻摺紙而成的紙鶴連成一串，多用於祈福。日本古老傳說只要摺一千隻紙鶴，便能讓一個願望成眞。

出來。要是驚擾大家，在這兒跟你們道歉。」岩井的語氣輕佻，恐怕是有點醉了。

「您說他參拜完，便連忙收起紙鶴。不曉得他是怎麼收的？」

「整串拿起，裝進紙袋之類的吧。抱歉，我記得不很清楚。」

「了解。」加賀點點頭，並向岩井致謝。「不好意思打擾您，非常感謝您的協助。」

「那個命案不是已落幕？」岩井問：「電視新聞不是報導凶手也死了？」

加賀一頓，朝岩井微笑道：「案子是否落幕，我們基層員警無法判斷。上頭怎麼交代，我們就聽命進行調查。」

「喔喔，這樣啊。唉，看來不管幹哪一行都很辛苦。」岩井後面那句是對同桌的三名同事說的。

「走吧。」加賀低語，於是松宮向老闆娘道過謝，打開店門。

「居然還準備紙鶴。」松宮邊走邊開口：「看情況，青柳先生並非單純向神明祈願，而是相當認眞地祈求神明幫忙。」

「不過，他卻說是『順道』。笠間稻荷神社若是順道，那麼他主要參拜的就是別座神社。難道是來到這附近，索性把七福神都拜一遭？」

「我也這麼認爲。但是，這下問題就變成，哪座神社才是他眞正的目標？」

加賀突然彎進一條巷子，與之前固定的路線不同，松宮狐疑地跟上，不久，前方突然出現小小的鳥居。由於神社建在大樓裡頭，遠遠根本看不出那邊有座神社。

「這就是松島神社，供奉七福神之一。」加賀穿過鳥居走進去。

松宮尾隨在後，只見主殿前方立起柵欄，應該是入夜的關係吧，香油錢箱也在柵欄另一側。

「這裡供奉的神祇是大黑樣，掌管農業與商業。身爲上班族的青柳先生來祈求事業繁昌並不奇怪，但帶著紙鶴就挺匪夷所思。一般千羽鶴是用於祈求早日康復或長壽，那麼，笠間稻荷神社確實符合……」加賀從外套內袋拿出記事本，「笠間稻荷神社供奉的是掌管長壽延命的壽老人，其他……小網神社也是，主神爲福祿壽神，同樣以保佑長壽著稱。」

「離此地很遠嗎？」

「不遠，就在附近。去瞧瞧吧。」

兩人回到甘酒橫丁後，繼續往西走，途經青柳武明曾歇腳的那家老字號咖啡廳。

彎過巷子，沿日本橋小學後方來到一處大樓林立的三岔路口，狹小的巷弄裡突然出現一綠樹繁生地，而一座鳥居就位於樹叢後方，入口兩側掛有燈籠。

「這就是他目標的神社啊。」松宮說。

但加賀仍一臉存疑，「保佑長壽或無病消災的神社到處都有，何必特地跑來？」

「會不會是這座神社對他特別靈驗？比方，以前實現過他的願望。」

「記得青柳太太怎麼說的嗎？青柳先生不是虔敬鬼神或迷信的人。」

「話雖如此，事實是青柳先生持續參拜神社，還帶了成串紙鶴。」

「沒錯，這也是個很大的謎團。他爲什麼要摺紙鶴？」

「案子查到現在，還是第一次得知青柳先生摺紙鶴的事。數量那麼多，他究竟是什麼時候摺的？」

「這就是關鍵。」加賀應道：「大量的紙鶴到底消失到哪去？」

「天曉得。」松宮聳聳肩，「據剛才岩井先生所說，青柳先生把紙鶴放在香油錢箱上，參拜完又收回。那麼，他是把紙鶴帶到哪裡，還是扔了？」

「不，爲了祈願而摺的紙鶴，不可能隨手扔棄。那會怎麼處理呢？」加賀沉默一會兒，接著緩緩點頭，嘴角浮現笑意。「嗯，原來如此，這樣就解釋得通。」

「怎樣啦？幹嘛得出結論還不告訴我。」

「我知道如何查出青柳先生主要想參拜的神社了，答案就在紙鶴上。」加賀望著逐漸隱於薄暮中的主殿。

19

隔天上午剛過十點，松宮與加賀來到水天宮的社務所（*1）。

「確定是紙鶴嗎？」松宮興奮地問。

穿白襯衫搭開襟灰羊毛衫的男子點點頭。「大概一個月會出現一次吧，就擺在香油錢箱上，還附一只裝著一千圓鈔票的白信封。信封外註明是代爲焚燒的費用。」

「那些紙鶴都不在了吧？」

「呃，是啊，因爲已代燒掉。」男子語帶歉意。

「香油錢箱上的紙鶴，大概是何時出現的呢？」

「唔……應該是這半年才開始的吧。」

水天宮的正門只開到下午五點，但夜間出入口則開放至夜間七點。據這名社務所的工作人員表示，頭一回發現紙鶴的那晚，他照例在關閉夜間出入口前，巡邏神社境內最後一

*1 日本神職人員的辦公處，通常位於神社建築本體的旁邊。

次，卻發現一大串紙鶴擺在香油錢箱上。

「說是一大串，其實沒到千羽鶴那麼多。我試著數過，恰恰一百隻，是很漂亮的黃色紙鶴。」

「黃色？」松宮與加賀互看一眼，「只有黃色的嗎？」

「是的，整串都是黃色的紙鶴。每個月出現的紙鶴顏色都不同。」

「這樣嗎？」

「嗯，有整串綠的、青的、紫的，每次只有一種顏色，每串都剛好一百隻。」

加賀往前一步。「日期是固定的嗎？譬如，每月幾號就會出現。」

「那倒不一定，每個月都不太一樣。」

「還是會固定在星期幾呢？比方，都是六、日才出現？」

「我想應該是平日吧，因爲多半在參拜民眾較少的日子出現。」

「有誰曾撞見那個拿紙鶴過來的人嗎？」

「恐怕沒有，畢竟對方都刻意挑沒人時過來。但又不是做壞事，我也不明白爲何要偷偷摸摸的。」男子苦笑。

松宮與加賀向他道謝後，步出社務所。即使是平日上午，水天宮境內依然人潮眾多。

青柳武明巡訪參拜七福神後，隨身攜帶的紙鶴下落，成爲解謎的關鍵。

加賀推測，他可能是託付給某座神社代爲焚燒。通常神社會替參拜民眾處理祈願圓滿，或持有滿一年的護身符、紙符，這就是所謂的代燒儀式，其中不乏帶著千羽鶴請求社方焚燒的例子。於是，松宮與加賀這天一早就展開七福神的巡訪參拜，到水天宮之前，先去小網神社，但那邊不曾有人委託處理紙鶴，而且社方原本就沒代燒的服務。

「這下可以認定青柳先生的目標是水天宮了吧。」

「還不能斷言，我需要確切的證據，證明擺紙鶴在香油錢箱上的就是青柳先生。」

「話雖如此，可是紙鶴全燒掉了，能怎麼辦？再者，目前已確定水天宮燒掉的紙鶴，與青柳先生帶去笠間稻荷神社的紙鶴特徵一致，只有顏色的差別。而那是他每個月都會換一種顏色的緣故。」

「這就是癥結所在，爲何每個月都要換色？」

「沒特別的原因吧。永遠都用同一種顏色的色紙，難度反倒較高。」

加賀驀地停步。

「紙的問題啊。脩平，換成你會怎麼做？假使想摺千羽鶴，要上哪買紙？」

「隨便都買得到吧，便利商店也有賣摺紙用的色紙。」

「好，去查查。」

兩人離開神社，在附近邊繞邊找，途中發現一家文具店。詢問後，老闆拿出各式各樣的色紙，有一百張全一色的，也有多色組合的，而且不同產品的紙質與尺寸各異。兩人買下代表性的幾款後，走出店門。

「接下來，你打算怎麼辦？」松宮抱著紙袋問道。雖然是色紙，幾百張裝在同一袋也不輕。

「還用問嗎？當然是摺紙鶴。」

「什麼？」

「這裡不錯。」加賀在一間家庭餐廳前停步。

兩人裝作沒看見女服務生鄙夷的視線，自顧自摺著紙鶴。松宮上一次摺紙鶴，已是二十多年前，摺法卻仍清晰印在腦海。

兩人摺好數隻，順便解決午餐後，離開餐廳直奔水天宮，回到社務所請方才的男工作人員鑑定。

「啊啊，這個最像，就是用這種紙摺的。」

男工作人員拿起一隻以和紙摺成的紙鶴，那是松宮的傑作。

「不過尺寸不一樣，要再小一點。我看看，嗯，約莫這麼大隻吧。」他捻起一隻小紙鶴，那是以邊長十公分的正方形色紙摺成的。

松宮與加賀互望一眼。剛才那家文具店並未販售邊長十公分、和紙紙質的色紙，再者，一般摺紙用的色紙幾乎都是邊長十五公分的尺寸。

「邊長十公分的正方形和紙，這是個重要線索。」加賀步下水天宮出口的階梯，「青柳先生的公司在新宿，要買和紙，很可能直接在鄰近的百貨公司選購，多逛幾家應該就找得到。」

「賣和紙的店……」松宮低喃著，忽然靈光一閃。他不禁「啊」一聲，差點踏空。

「怎麼？還好嗎？」

「恭哥，我知道一家賣和紙的店，就在這附近。」

「這附近？哪邊？」

「我們上次去的那間蕎麥麵店……是叫『紅梅庵』吧？那隔壁就是和紙專賣店。」

加賀倏地睜大雙眼，指著松宮，點點頭說：「去瞧瞧！」

焦急的兩人只想早一刻抵達，所以即使是短程，還是選擇搭計程車。不過，在出發前，得先處理沒用到的色紙。此時，一名婦女牽著小孩走下水天宮的階梯，他們上前解釋原委後，對方答應接收剩餘的色紙。見對方興高采烈的模樣，他倆也心頭一暖。

那家和紙專賣店位於日本橋本町三丁目，面對昭和大道的一整棟辦公大樓全是公司行號，唯有一樓是和紙店面。走進玻璃大門，右側是展示用的手工抄紙區，牆上掛著和紙製作過程的說明板。據店家介紹，二樓是特別展示室與史料館，還規畫了一區藝廊。

寬廣的店內陳列著色彩繽紛的商品，不止純粹的和紙，還包括許多和紙製品。看來，要自行找出摺紙用的和紙不太容易。

於是，松宮請教一旁的女店員。

女店員微笑著拿出一款名爲「和紙十色」的商品，包裝上註明是「手抄紙」，共一百張。尺寸爲邊長十公分的正方形，依粉紅、正紅、橘、褐、黃、綠、水藍、青、紫、淺紫的順序各十張，一包定價含稅一千零五十圓。

「沒錯，就是這種。」松宮將「和紙十色」遞向加賀，「青柳先生應該是買了十包，再挑出同色的，一次用掉一百張。」

加賀點點頭，接著亮出警徽，問女店員：「半年前左右，有沒有一次大量買下『和紙十色』的顧客？」

女店員顯然頗爲困惑，回句「請稍候」便快步離去。

松宮重新端詳「和紙十色」，乍看是既薄又輕的一疊，很難想像一包竟有一百張。爲方便一眼看見全部的顏色，設計成各色紙邊緣略微錯開。望著成排的繽紛色彩，松宮不禁覺得拿來摺紙有些可惜。

不久，女店員偕同一名較年長的女士返回。

「聽說兩位想了解關於摺紙的事？」女士問道。

加賀重複方才的問題，女士一聽，緩緩點頭。

「我想確實有那樣的客人，因爲在敝店一次購買大量商品的顧客不在少數。」

「那麼這位先生呢？是否曾到貴店消費？」加賀拿出青柳武明的照片。

年長女士的神情微變，眨眨眼，交互看著加賀與松宮。「嗯，這位先生來過店裡。要是記得沒錯，他當時買了十套『和紙十色』。」

松宮渾身一熱。

「那大約是半年前的事，對吧？」加賀冷靜地確認。

「是的，因爲麻煩他多跑一趟，我印象很深。」

「多跑一趟是指？」

「客人第一次光顧時，『和紙十色』的存量不夠，我們便請他一週後再來取貨。」

加賀點點頭，「了解，感謝妳們的協助。」

買完「和紙十色」，兩人走回水天宮，途中經過寶田惠比壽神社。

「青柳先生會不會是在巡訪參拜七福神的路上，偶然發現這家和紙專賣店？」松宮開口。

「果眞如此，表示當初展開巡訪參拜時，他並未使用紙鶴。那爲什麼突然想到要用紙鶴？」

「沒特別的原因吧，大概只是一時興起。」

「有人會一時興起，就辛苦地摺一百隻紙鶴嗎？而且是每個月摺一批。」

「……這倒是。」

返回水天宮後，兩人拿出以「和紙十色」摺的紙鶴讓社務所的工作人員鑑定。他將黃色紙鶴放上手心，瞇著眼仔細端詳。

「錯不了，是當時的那種紙鶴。」

松宮與加賀一聽，互相點點頭。

「終於能確定供奉紙鶴的是青柳先生。看來，他主要是想參拜這座神社。」松宮步出大門，再度眺望主殿。

「這個假設應該八九不離十。只不過，青柳先生爲何突然虔誠地求神拜佛，此一謎團依舊沒解開……」加賀似乎仍難以釋懷。

水天宮是以保佑安產聞名，那麼，青柳武明是爲誰前來參拜？

正殿籠罩著莊嚴的氣氛，稍前方有座洗手亭。聽加賀說，正式流程中，參拜者必須先在此洗手漱口，以示潔淨身心。

面對正殿的右側是販賣處，陳列著各式各樣的護身符與祈福品。

松宮遞出青柳武明的照片，販賣處的女工作人員偏著頭說：「好像見過，但不是很確定。」這也難怪，畢竟他們每天都要面對爲數眾多的顧客。

正對主殿的左側有座狗媽媽與幼犬的銅像，四周圍著寫上十二干支的半球體。據傳撫摸自己生肖的半球就能招來福氣，但最有人氣的是幼犬的腦袋瓜，磨得發亮的頭頂閃著金色光芒。

參拜民眾中有兩女一男的組合。其中一男一女年紀較長，另一名年輕女子則是下腹微凸，應該是懷孕的女兒與雙親吧，他們臉上都洋溢著幸福的神色。

望著他們，松宮突然想起一名女性。「莫非青柳先生是爲中原香織前來參拜……」說到一半，他搖搖頭。「不，絕不可能。那表示青柳先生與八島私交甚篤，跟目前的推論矛盾。」

「什麼是目前的推論？」加賀反問。「那不過是專案小組根據搜查資料編纂而成的腳本，符不符合都無所謂，重要的是事實。」

「那恭哥的意思是，青柳先生是要替中原香織祈福嘍？」

「可能性不是零，只不過，你忘記一個重點。」

「怎樣啦？」

「中原香織懷孕剛滿三個月，但青柳先生固定參拜七福神，是在更早的時候。」

「啊……」加賀的話沒錯，松宮很氣自己的愚蠢。

「總之，先用最原始的辦案方法，去問問青柳家的人吧。」加賀說著，步向水天宮出口。

青柳家外頭已不見那些行跡可疑的媒體，電視新聞節目也幾乎不再報導日本橋命案的後續。由於八島冬樹身亡，大眾輿論瀰漫著此案已落幕的氣氛。電視臺大概也認爲，隱匿職災這類不算罪大惡極的議題，很難繼續吸引觀眾。

松宮按下門鈴，對講機傳來青柳史子的話聲。松宮報上姓名後，對方顯然有些無措，但仍開門讓他們進去。

和上次一樣，松宮與加賀被帶到客廳，兩人並肩坐下。雖然他們請史子不必招呼，她還是端出茶，使用的同樣是上回的茶碗。

「二位今天有何貴幹？」史子垂著眼問。

「其實，我們收到一個有點奇怪的消息。」加賀開口，「您丈夫似乎提過身邊有人快生孩子了。關於這點，您有沒有想到什麼？」

史子一臉疑惑，「……生孩子嗎？」

「是的，您丈夫好像在考慮怎麼恭喜對方。」

依加賀判斷，青柳武明固定參拜七福神的事，還不宜對家屬公開。既然青柳一直隱瞞家人，一定有其原因。

「我不太清楚。」史子偏著頭思索，「親戚中沒那方面的消息，周遭朋友的女兒也沒懷孕……唔，沒聽說耶。」

「還是，您丈夫有沒有提過類似的話題？像是覺得誰家該添個小寶寶了，或親友中哪對夫妻一直苦於生不出孩子。」

史子一臉迷惑，努力搜索記憶，但似乎真的沒印象。

「抱歉。」史子回道：「我想不起來。」

「這樣啊。嗯，不要緊，其實我們也不確定跟案件有沒有關係，只是想確認一下。」

「呃，不是早就結案？那個叫八島的嫌犯都死了，你們還要調查什麼？」

加賀沒立刻回覆，而是說聲「我不客氣嘍」，便拿起面前的茶碗，慢吞吞地喝口茶，長長吁口氣。

「青柳太太，」加賀接著道：「身為被害人的家屬，您想必對案情仍有滿腹疑問吧？您真的認為案子已落幕？真的能接受這樣的結果？」

「話是沒錯，但……」史子低下頭，摩挲著雙手。

此時，玄關似乎有動靜，一陣腳步聲接近，客廳門旋即打開。衝進室內的悠人看到松宮與加賀，宛如被按下暫停鍵，愣在原地。看樣子，他沒注意到玄關多出兩雙陌生的鞋。

「你好，我們又來打擾了。」加賀開口打招呼，松宮也微微點頭致意。

悠人臭著臉，下巴一揚便走進廚房。伴隨一陣冰箱的開關聲響，悠人拿著一瓶可樂走出，轉開瓶蓋便直接喝起來。而後，他看著松宮和加賀說：「噯，你們還在查什麼鬼啊？」

「悠人，怎能這麼講話！」史子斥責道。

「沒事的。」加賀出聲緩頰，接著望向悠人。「刑警跟普通上班族一樣，上面下指示，我們只能聽命行事。」

「哼，是嗎？不過你們也眞倒楣，居然被派來查這麼無聊的案件。」

「無聊？」這個詞松宮聽來尤其刺耳，「怎麼個無聊法？」

「瞧，說穿了，這不就是樁平凡無奇的案件？那叫什麼來著，『隱匿職災』嗎？我爸幹了那樣的卑鄙事，受害的男子便衝動刺殺他，不過如此吧？平常這種程度的案子根本沒啥好大驚小怪的，偏偏我爸挑了那麼顯眼的死法，導致媒體一窩蜂報導，害警方沒辦法隨便結案，對不對？」

「無論被害人是哪種死法，我們都一視同仁。」

「是嘛？要是我爸死在沒什麼話題性的地點，肯定不會是現下這番情況。聽說他是癱死在橋中央？眞招搖。」悠人緩緩晃著可樂瓶。

松宮強忍著揍悠人那蒼白臉頰一拳的衝動。

「恕我更正。你父親是在醫院斷氣的，並不是橋上。而且，他倚著麒麟像的臺座，沒癱在橋中央。」

「麒麟？」悠人皺起眉，似乎很詫異。

「日本橋的中央一帶豎有裝飾燈柱，造形是一對長著翅膀的麒麟。青柳先生倚著臺座直到氣力盡失，員警是上前詢問才發覺不對勁。你應該已聽說，那裡和他遇刺的地點有段距離。目前我們仍不清楚，青柳先生爲何要硬撐著走到麒麟像下。」

「是嗎？」悠人興趣缺缺地喝一口可樂，「隨便吧，不過橫豎要被殺，眞希望他能挑個不會給人添麻煩的死法。」

「悠人！」史子厲聲喝止。或許多少有了效果，悠人繃起臉，抓著可樂走出客廳，隨即傳來衝上樓的腳步聲。

「抱歉。」史子向松宮及加賀道歉，「因爲父親的事情，那孩子受到不少責難……」

那種狀況不難想像，一旦家人離奇死亡，無論經過多少年，都難逃外人的指指點點，松宮曾有切身經驗。

「對了。」加賀開口：「您丈夫有沒有類似書房的個人空間？」

史子搖頭，「沒有，他很少把工作帶回家。想看書或寫東西，通常都在客廳。」

「那麼，紙筆之類的文具都收在哪裡？」

「在那邊。」史子指著牆邊的矮櫃，「都收在抽屜。」

「方便借看一下嗎？」

「好的，請。」

見加賀戴上手套站起身，松宮也跟著從口袋取出手套。

兩人檢視著抽屜，目標是剩餘的「和紙十色」。倘若在水天宮打探到的消息無誤，青柳武明前後只用掉六百張色紙，剩下的應該收藏在某處。

然而，不出所料，兩人沒找到色紙。青柳武明似乎是在住家以外的地點摺紙鶴。

松宮與加賀結束查訪，向史子告辭。在玄關道別時，松宮感覺身後有人，回頭一看，門口站著一個大眼少女，是長女遙香。

「妳回來啦，這兩位是刑警。」史子說。

但遙香無視兩人，一聲不吭地衝上樓。

「不好意思……」又是史子代為道歉。

兩人踏出青柳家，走沒幾步，松宮回望宅邸。「怎麼？」加賀問。

「沒什麼。」松宮搖搖頭，便邁開腳步。

這件案子還沒結束，事情根本沒解決——松宮重新體認到這點。

20

第二天的搜查會議上，員警報告找到八島冬樹面試的公司。關於這部分，松宮與加賀昨晚回署裡時，已大致聽說。

那是京橋一家名爲「STOCK HOUSE」的公司，主要販售手工家具及生活雜貨，離中原香織與八島冬樹相約的電影院，徒步十多分鐘左右。

「那家公司規模很小，只有社長與三名員工。展示廳兼事務所位於二樓，當初徵人啓事似乎貼在一樓入口。說『似乎』，是因我們找上門時，那張紙早就撕掉。接獲目擊徵人啓事的消息後，我們問遍大樓內的每家公司行號，才查出八島確實曾前往這家公司面試。」資深刑警長瀨緩緩解釋，「首先，案發前一天的傍晚七點，八島到公司詢問是否在徵人，但當時只剩一名員工留守，聯絡社長後，社長交代讓求職者明天過來面試，員工依言轉告。隔天傍晚六點多，八島再度上門，直接與社長碰面。」

查到的事實幾乎如同加賀的推理，唯一沒料到的是，八島應徵的不是餐飲店，而是家具店。不過，中原香織曾說八島的個性不適合服務業，所以八島會找上家具店也不無道理。

而那家具店的展示廳有一區不能穿鞋入內，八島拚命想找出一雙「沒破洞的襪子」，應該是預想到面試時可能需要脫鞋。

「據那名社長表示，八島打一開始就誤會工作內容，便沒錄用他。」長瀨接著道。

「誤會？」板著臉的管理官問。

「那家公司近日將舉辦活動，需要臨時工。社長已先請朋友幫忙找一批人，但仍不夠，才會貼出徵人啓事。可是，八島似乎以爲是製作家具的職缺。」

「原來如此。不過，那家公司爲何至今都沒聯絡警方？該不會不曉得這起案子吧？」

「關於這點，他們說是沒發現。」

「什麼意思？」

「社長聽過這起案子，卻沒想到嫌犯是之前面試的男子。一結束面試，男子隨即離開，所以沒能記住他的名字。另一方面，社長只瀏覽網路新聞，根本沒機會看到八島的照片。」

「最近這樣的人很多。」石垣對管理官說，語氣彷彿在替那社長辯解。「他們從不看報紙。更何況，網路上就算放有八島的照片也是小小一張，沒特地點擊放大，很難認出是誰。」

管理官點點頭，神情依舊苦澀。

「另外，還有一點。」長瀨看著記事本繼續報告，「社長見八島那麼沮喪，也於心不忍，便告訴他，要是想在家具公司上班，不遠處有個同業，不妨去問問看。社長推薦的是『吾妻家具』，位在江戶橋附近。」

會議室裡頓時一陣騷動，松宮昨晚聽到時也嚇一大跳。

「江戶橋？」管理官不由得提高嗓音，「不就是案發現場嗎？」

「對。我們循線找到那家公司，確認八島並未前往面試，因爲那天事務所六點半就休息了。以上。」語畢，長瀨坐回原位。

管理官皺著眉，搔搔後腦杓。「究竟怎麼回事？八島不是約被害人在外談話？」

「就時間上來看，兩人有約的可能性非常低。」石垣回道：「即使八島的面試過程順利，也無法保證何時能脫身。何況，八島的手機裡沒被害人的電話號碼，不可能臨時更改見面時間。」

「那兩人怎麼碰到面的？」

「有一種可能是，在路上偶遇。」

「偶遇？」

「之前也報告過，被害人每個月都會巡訪參拜七福神。所以，我們推論，那天被害人巡訪到江戶橋一帶的神社時，恰巧遇上打算前往『吾妻家具』的八島。」

「然後，兩人就一起進去那家咖啡店嗎？」

「這樣時間上便說得通。果眞如此，問題就出在，無法解釋八島爲何帶著刀子出門。」

管理官的臉色益發難看，「還有刀子這個問題啊。」

「八島與被害人若是偶遇，他沒道理隨身攜帶刀子。」

「當成是防身用的不就得了。」管理官低喃。

「防身用嗎……」石垣的話聲也有氣無力。

關於這一點依舊沒歸納出結論，偵查會議便告一段落。會後，石垣與小林等人圍著管理官繼續深談，想必是在討論那把刀子的事。

此時，一名年輕刑警衝進會議室，走到石垣身旁低語。那群主管一聽，倏地沉下臉。石垣環顧室內，最後視線落在松宮身上，喚了他一聲。

松宮立刻上前問：「有什麼指示嗎？」但石垣只默默招手，要松宮再靠近些，於是他挨近上司身邊。

「麻煩你和加賀馬上去被害人家裡一趟。」

「發生什麼事？」

石垣神情苦澀地微微點頭，「他們家的女兒今天一早割腕了。」

「咦？」松宮不由得驚呼。

「聽說是叫救護車送去醫院，已接受治療，傷勢不重。只不過，醫院聯絡警方，消息便轉到我們這裡。目前她在家休養，總之去看一下情況吧。」

「了解。」

松宮回到加賀身邊，轉告此事。畢竟太過出乎意料，加賀也不禁倒抽口氣。

「青柳家那個女兒，昨天稍微打了照面，就覺得她有些不對勁。」兩人走向車站途中，松宮說道：「看樣子，這次的案子讓她遭受很難堪的對待。明明是被害人家屬，眞可憐。」

「凶殺案件就像癌細胞，一旦發生，痛苦就會不斷往周圍擴散。就算逮到凶手、終結偵查，仍難以阻止癌細胞繼續侵蝕。」

一點也沒錯，加賀低沉的話聲在松宮的心頭迴響。

青柳家外頭和昨天一樣靜悄悄，但不久前救護車才來過，一定有不少鄰居聽到鳴笛聲開窗探看。見青柳家的女兒被抬出，想必又會議論紛紛。松宮暗忖，希望不要傳成難聽的謠言。

松宮按下門鈴。原以爲會是史子應門，對講機卻傳出男聲，是悠人。

松宮報上姓名，表示想探問遙香的狀況。沉默片刻，對講機傳出粗魯的回覆：「請進。」

松宮與加賀走到玄關，史子便打開門。她泛紅的眼眶殘留些許淚痕，神情也有些僵硬。

「不好意思，連續幾天上門打擾。」松宮低頭致歉，「聽說令千金出事，我們想來探視一下。」

「遙香吃過藥已睡著，大概無法接受問話。」

「您代爲回答也可以，方便讓我們了解情況嗎？」

「這樣啊，請進。」

「打擾了。」兩人踏進玄關，便注意到一只運動提包扔在走廊，應該是悠人的。

悠人待在客廳，正確地說，是與客廳相連的和室。他盤腿坐在青柳武明的遺照前，看都不看松宮他們一眼。

「悠人，去上學吧。這裡媽來處理就好。」史子勸道。

「今天不去了。剛才打電話到學校時，我跟老師報備過。」

「可是……」

「我說不用去就不用去，少囉唆。」悠人盤起胳膊，瞪著父親的遺照。

松宮與加賀在沙發坐下。見史子打算進廚房備茶，加賀開口：「您別忙，眞的。我們只是來了解狀況，馬上就走。」

於是，史子神情陰鬱地落座。「今天早上，遙香遲遲沒起床。我覺得奇怪，到她房間一看，發現床上都是血……那孩子就癱在一旁。」

「她是用剃刀還是什麼割腕的？」加賀問。

「是美工刀，就扔在地上。她割了好幾刀，手腕傷痕累累。」

「發現時，令千金有意識嗎？」

「有是有，可是不管怎麼問，她都沒應聲，只是一直哭。」

「去醫院接受治療後，妳們談過嗎？」

史子虛弱地搖頭，「你們來之前，我一直在房裡陪她，但沒能講上話。」

「您曉得她割腕的動機嗎？」

史子嘆口氣，「實際情形我不清楚，不過，因爲父親的事，她似乎被同學講得很難聽，這陣子回到家就關在房裡。」

和室傳出「碰」的一聲，悠人用力捶榻榻米一拳。「蠢斃了，鬧什麼自殺！這樣不就等於承認老爸幹了壞事嘛。」

松宮瞪著悠人，「這麼說不太好吧，多少體諒一下妹妹的心情。」

「我很清楚她的感受，因爲我也遭到相同的對待。」

悠人倏地起身，走過松宮與加賀面前，離開客廳。

待衝上樓的腳步聲消失，加賀問史子：「從昨天到今天早晨，府上發生過什麼事嗎？」

「都很平常啊……」

「你們是不是在網路或電視上，看到案子的後續報導？」

史子搖頭，「我們盡量不去接觸那些。」

「或者，有誰來拜訪嗎？」

「沒有。所以我才覺得，一定是昨天同學對遙香亂講話。」

加賀默默點頭。松宮在一旁聽著，不明白加賀爲何這麼問。依史子描述的狀況，及昨天遙香的模樣看來，她會割腕並不意外，畢竟是心思敏感的年紀。

離開青柳家後，松宮忍不住問加賀，但加賀僅回句：「只是想確認一下。」

松宮打電話向石垣報告。一聽遙香情況不嚴重，石垣似乎鬆口氣。

「幸好沒事。要是被害人家屬自殺成功，媒體肯定會大炒特炒。」

「當事人在休息，交給家人照顧應該沒問題。我們馬上回署裡。」

「不用趕回來。你們重新確認案發當天被害人的行蹤，整理一下。」

「……被害人的行蹤嗎？」

「簡單地講，我需要被害人當天巡訪參拜七福神的證據。今早的會議也提過，若八島和被害人沒約定碰面，就是在路上偶遇。八島出現在江戶橋一帶的原因已查明，只差被害人的部分。」

「原來如此。」

「你們不是最了解被害人的行蹤？拜託嘍。」

「好。」

結束通話後，松宮轉告石垣的指示，加賀卻難以釋懷地偏著頭說：「在路上偶遇……唉，也不無可能。」

「不知上頭打算怎麼解釋刀子的問題？目前的假設不太合理啊。」

「大概想硬編個理由帶過。總之，我們照做吧，本來就得確認青柳先生當天的行蹤。」

加賀與松宮搭日比谷線返回人形町，踏上已熟悉到不需要地圖的街道。至於路線，不用提，當然是巡訪參拜七福神。他們逐一拜訪神社周邊的商店，試圖打探出目擊證言，連之前調查過的店家也再度上門詢問。或許受訪店家之前一時沒憶起，後來又想到什麼相關線索。

然而，兩人耗費數小時四處走訪，還是沒找到案發當天青柳武明參拜七福神的證據。

「搞不好，他那天途中都沒進店裡歇腳。」經過寶田惠比壽神社時，松宮說道。此時天色已暗。

「或者，他根本沒進行參拜……」加賀低喃。

「怎麼可能？那他幹嘛到日本橋這一帶？」

「不清楚。不過，每次要參拜七福神時，他不是都會帶上一百隻紙鶴嗎？可是，水天宮並未發現新的紙鶴串。」

「不一定會帶吧。」

加賀一臉存疑，陷入沉默。不久，兩人走到昭和大道。那間和紙專賣店就在轉角，一樓店面還沒打烊。

加賀停住腳步，「去看一下。」

「咦，昨天不是才去過？」

加賀當沒聽見，逕自走進店門。松宮沒辦法，只好跟上。

昨天接待他們的女店員微笑迎上前，神情卻難掩不安。「需要請主任過來嗎？」

「不用了，只是有件事想麻煩妳。方便再借看『和紙十色』嗎？」加賀問。

「啊，這個嗎？」

加賀接過，仔細地端詳。那與昨天買的是同款和紙。

「哪裡不對勁嗎？」松宮出聲。

「不好意思，」加賀對女店員說：「這款和紙顏色的排序，每套都一樣嗎？還是有不同的排列方式？」

女店員有些困惑，留下一句「請稍待」，便走進店後頭。

松宮望向架上的「和紙十色」。每套最上面都是粉紅，接著是正紅、橘、褐、黃、綠……的順序。

「顏色排序有問題嗎？」松宮追問。

此時，女店員返回。「抱歉讓二位久等。剛確認過，這款商品只有一種形式。」

「了解，感謝妳的協助。」加賀將和紙放回架上。

「怎麼回事？」待女店員走遠，松宮開口：「顏色照什麼順序排列不都一樣？」

加賀緩緩轉向松宮。「記得在水天宮打聽到的情報嗎？第一次出現的紙鶴是哪種顏色？」

「當然，社務所那位先生說是黃色。」

「沒錯。據我們推測，青柳先生買下十套『和紙十色』，取出同色的紙，摺出一串一百隻的紙鶴。但，不覺得奇怪嗎？換成是你會怎麼做？通常是拿最上層的色紙來用吧。這款商品最上頭是粉紅色，黃色在中間。爲何刻意挑夾在中間的顏色先摺？」

松宮再度望向「和紙十色」，確實如加賀所說。「你是指，他有非從黃色摺起不可的理由……」

「嗯，我是這麼認爲的。癥結在於，那個理由究竟是什麼。」加賀的語氣分外沉重。

21

弁慶像比想像中小，雖然一如預期得抬頭瞻仰面容，卻和成人的身高差不多。而且，既非設在高臺上，也沒架起圍欄，一伸手就能摸到。

香織來到濱町綠道。時間接近晚上十點，空氣寒冷乾燥，樹木的枝葉遮蔽了街燈光線，連腳下都看不清楚。

香織看新聞報導才曉得，案發當晚，冬樹就是逃進這座公園。雖然沒記下公園的名字，電視螢幕映出的弁慶像卻成爲線索。

在家吃晚餐時，香織突然想去那個地點瞧瞧——那個冬樹最後與她通話的地點。外頭天冷，她穿上外套，圍條圍巾才出門。搭地鐵到人形町站很快，她走進營業中的食堂詢問有座弁慶像的公園在哪裡，得到大嬸親切的指引。

深呼吸一口，胸腔頓時竄進一股寒意，她忍不住想縮起肩膀。天這麼冷，呼出的氣息卻沒化成白霧，眞不可思議。

四下靜得有點恐怖，但香織仍走向林中的步道。長椅錯落在茂盛的林間，那一夜，冬樹藏身在哪裡？是不是縮著軀體躲在暗處？

「香織……」

耳邊響起冬樹呻吟般的呼喚，正是那晚冬樹打來時的第一聲。

「我……犯了不該犯的錯。糟糕，該怎麼辦？」

他究竟想說什麼，如今已無從知曉。通話後，他就爲了逃離警察被車撞上。

冬樹一定遇上極不走運的狀況，只有這個可能。他絕對幹不出殺人那種事。

此時，香織瞥見長椅上有一大團像行李的東西，好奇地上前探看，卻嚇得倏然停步。灰毛毯外露出一隻手腕，原來是有人蜷著身子睡在長椅上。

她不禁心生恐懼，這一區的樹木特別茂密，四下尤其陰暗。

香織立刻折返原路，眼看弁慶像就在前方，卻又發現旁邊站著一名高大的男子。由於逆光，香織看不見對方的表情，總覺得對方正盯著她。

香織連忙別開臉，打算離開濱町綠道。

「中原小姐。」

對方竟然喊了她的名字，她嚇得倒抽口氣，腳下一個踉蹌。

男子立刻衝過來。「妳沒事吧？」

原來是認識的人。對方是刑警，日本橋署的加賀刑警。

「抱歉，好像嚇到妳了。」對方露齒一笑。潔白的牙齒讓她頓時安心不少。

「該說抱歉的是我。對不起，夜裡看不清楚，沒認出您。」

「這種時間，妳怎麼在這裡？莫非是想……」

「嗯。」香織點點頭，「想看看他最後打電話給我的地點，還有車禍現場。」

「果然。不過，他先是躲在這邊，出車禍的地點則在另一頭。」加賀指著反方向的步道。

「這樣啊……」

「要去瞧瞧嗎？我可以帶路。」

「眞的嗎？」

「當然。」

還是跟著刑警安心，於是香織接受了對方的好意。

「今天松宮先生沒和您一起？」香織邊走邊問。

「剛分別不久。工作以外，我盡可能避開他。一天到晚大眼瞪小眼，早就看膩了。」

大概是想讓香織放輕鬆，加賀才故意這麼說。香織回以一笑。

「那加賀先生怎麼會來這裡？」

「沒特別的理由。遇到瓶頸時，就不斷回到原點重新審視。這是我的辦案方式。」

「原點……」

「這裡正是原點，所以妳才會過來吧？」

香織默默點頭。從這位刑警身上，她也漸漸感受到與松宮同樣的溫暖。原本他給人很強烈的壓迫感，不知何時，那種感覺已消失無蹤。不曉得是所有刑警都這樣，抑或兩人比較特別？

地面依舊樹影幢幢。之前眼中恐怖的景象，此刻卻變成帶著夢幻氛圍的圖紋。

綠道出口就在不遠的前方，外頭是大馬路，車輛川流不息。

「他就是衝上那條新大橋大道。」加賀告訴香織。

「居然往那種地方衝……」

冬樹眞是亂來。看看那條大馬路，單側就有三線道，另一側則是高速公路的出口。

腦海浮現他撞上卡車的幻影，香織不由得緊緊閉上眼，內心一陣激動，淚水就快奪眶而出，但她拚命忍住。

深呼吸數次後，她睜開眼。「謝謝您替我帶路。」

加賀點點頭，帶著些許猶豫問：「方便再跟我去一個地方嗎？就在附近。」

「好呀，可是……哪裡不對勁嗎？」

「嗯，總之跟我走吧。」加賀含糊帶過便邁開腳步。

兩人沿新大橋大道前進。究竟要去什麼地方？香織毫無頭緒。

途中經過便利商店，加賀要她稍等一下，逕自走進店裡。出來後，他拿著熱的瓶裝日本茶和一罐奶茶。

「挑一個吧。」他將飲料遞到香織面前。

「那麼，我喝日本茶。謝謝。」

「原本想買熱可可，可惜店裡只有兩種熱飲。」

「您喜歡熱可可？」

「不，只是想說不含咖啡因的飲料比較好。」

「啊……」原來加賀是顧慮到她的身體狀況。眞是個貼心的人，香織自己都沒考慮那麼多。

加賀打開奶茶，香織也跟著轉開寶特瓶。

「對了，冬樹最喜歡可可。」她喝口熱茶，繼續道：「去家庭餐廳時，他總會點飲料喝到飽，然後狂喝可可。」

「他很喜歡甜食嗎？」

「嗯，這樣的男生很少見吧，不過他也很愛酒(*1)。」

可是，永遠無法再和他去家庭餐廳，也不能一起去居酒屋乾杯了。

「妳身體狀況如何？不能走太久吧？」加賀握著奶茶罐，邊走邊問。

「不要緊，孕婦得適度運動。」
「是嘛？那就好。對了，有沒有告訴親友妳懷孕的事？」
「還沒，但也該通知一下故鄉的朋友了。」
「那他……八島先生呢？他有沒有提過，曾把這件事告訴誰？」
聽到加賀稱呼冬樹「八島先生」，而不是「嫌犯八島」，香織有些高興。
「沒有。其實，他這陣子沒跟任何人碰面……」
香織與冬樹在東京沒親近的朋友，不然應該能幫困苦的兩人出些主意。
走到一處大十字路口，加賀停下腳步，身旁是掛著大型人形燒看板的店家。
「請問……我懷孕一事，跟案件有關係嗎？」
「不，還不確定。是說，妳曉得水天宮嗎？是一座以保佑安產聞名的神社。」
「好像有印象……」

＊1 日本有個說法，通常愛吃甜食的人不愛喝酒，而愛喝酒的人不愛吃甜食。前者稱為「甘黨」，後者稱為「辛黨」。

「去參拜過嗎？」

「沒有。」

「所以，也不曾和他聊這方面的事嘍？」

「嗯……」香織不自主地撫著下腹部。她從未想過要祈求神明「保佑安產」，若是一般即將添小寶寶的夫婦，身旁一定有許多能給建議的親友吧。「您爲什麼問這個呢？」

加賀指著斑馬線另一頭，「那裡有間派出所吧？」

「對。」

「從這邊看不太清楚，不過再過去就是水天宮。所以，妳瞧，這個路口就叫……」

香織望向號誌燈旁的路牌，恍然大悟。牌子上寫著「水天宮前」。

「其實，遇害的青柳武明先生曾到水天宮參拜許多次，而且是定期的。」

「咦？」香織看向刑警。

「如何？有沒有讓妳想到什麼？」

「我不太懂您的意思。畢竟，我根本不認識這號人物啊。」

加賀溫和地點點頭，似乎對香織的回答不意外。

「也是。好，我明白了。」

「請問……究竟怎麼回事？」

「不清楚。」加賀搖搖頭，「大概是某處還有另一個人懷孕吧。」

「怎麼說『某處』……」

加賀苦笑著搔搔頭，「唉，我眞的快舉手投降了。每個謎團都找不到線索，唔，所以我想回到原點重新思考。」

香織心頭一凜。這名刑警不認爲冬樹是凶手，才會如此苦惱。

「氣溫愈來愈低，還是回家比較好吧？我送妳。」

「不要緊的。加賀先生，我想拜託您一件事。」

「嗯？」

「案發現場離這裡不遠吧？能帶我去看看嗎？」

加賀驚訝得睜大眼，「現在？」

「是的。您不方便嗎？」

「不，不會……」加賀皺起眉，似乎在考量什麼。不久，他點點頭說：「好吧。不過，我再確認一遍，孕婦眞的需要適度走動嗎？」

「對，醫師是這麼交代的。」

「那就沒問題，我來帶路。」

此時，綠燈恰巧亮起。加賀邁出腳步，香織連忙跟上。

兩人沿人形町大道前進，在路口左轉。街上的店家大多已打烊，只剩小酒館之類的還在營業。

「八島冬樹先生是怎樣的人？」加賀問：「平常有哪些嗜好？看書嗎？」

「嗜好……」香織回道：「我沒見過他讀書，連漫畫他都鮮少翻閱。眞要說，頂多就是看球賽吧。像電視轉播的棒球或足球賽，他倒是很常看，不過算不上球迷。」

「案發前一天，你們不是去看電影？他喜歡電影嗎？」

「啊，我們偶爾會去看電影。不過因爲沒錢，只有像這次拿到免費票，或在試映會時才進電影院。」

「試映會？」

「嗯，哪裡辦試映會，我們馬上塡資料參加抽選，還滿常抽中的。」

「哦，有祕訣嗎？」

「當然。」

聽香織如此肯定，加賀有些意外，不由得望向她。

「關鍵在於明信片。」香織解釋：「我們都是寄明信片。現下很多是透過電腦或手機塡抽選資料，那類的就放棄。試著想想，方便申請的，表示參加抽選的人愈多，競爭也愈激烈，對吧？就這點來看，寄明信片既麻煩又貴，大家都是能避就避，那麼相對地，寄明信片的我們中獎機率就高嘍。」

「唔，不無道理。」

「有些同時接受網路和明信片報名的，也是寄明信片的抽中機率較高，大概兩種是分開抽選的吧。所以，我們雖然沒錢，唯獨明信片一直很捨得寄。」

「原來如此，是這個原因啊。」

「還有，蒐集情報也十分重要。透過手機就能輕易查到的試映會，競爭率較高，我都盡量尋找沒發布在網路上的資訊。」

加賀停下腳步，「比如翻閱電影雜誌？」

「答對了。」香織豎起食指，「不過，這樣還是不保險，因爲會看電影雜誌的，肯定是影迷吧？換句話說，主要讀者群參加抽選的可能性很高，所以我們隨時留意一般雜誌的電影介紹專欄，而且不挑女性雜誌，盡量翻男性雜誌。」

「怎麼說？」

「加賀先生，您不曉得嗎？女生貪小便宜，像塡資料參加試映會抽選這種麻煩事也很樂意。但男生大多怕麻煩，與其大費周章，寧可花錢解決。」

加賀大大點頭，徐緩邁開腳步，「嗯，學到一課。」

「這些全是我想出來的。冬樹他啊，一旦出現喜歡的電影，就馬上要衝去買預售票。加賀先生，您不妨試一次。照我的話，一定會抽中。」

「嗯，我會嘗試看看。」

或許是顧慮香織的身體狀況，加賀的步履相當緩慢，和他並肩走在一起，一點也不覺得累。沒多久，前方出現一座橋，加賀告訴香織：「那就是江戶橋。」

穿越大馬路後，爬上江戶橋往南側走，便來到一座階梯前方。下了階梯就是地下道，香織不禁倒抽口氣。她想起電視新聞曾報導，案發現場在地下道。

「這裡就是……」

「是的。」加賀點點頭。

這條地下道既窄又短，白牆被燈光照得明晃晃。

單是站在入口，香織便不自主地顫抖，卻不只是空氣冰冷的關係。有人曾在此遇害，而且大家都認定凶手是冬樹——這個事實化爲一道看不見的牆，逐漸逼近。她無處可逃，眼看就要被壓垮……

「妳還好嗎？」加賀問。

香織抬頭望著刑警。「加賀先生，相信我，冬樹眞的沒殺人。他不會幹那種事，請相信我，拜託。」

她很清楚再怎麼哭喊都沒用，卻克制不了自己。狹小的地下道裡迴蕩著她的話聲。對上加賀冷靜的目光，香織心想，那是刑警的眼睛，是打定主意只相信事實、絕不受私情左右的刑警才會露出的表情。顯然地，她的哀求根本無法動搖這名刑警的決心。

然而，加賀的下一句話，徹底顚覆她的預測。

「嗯，我曉得。」

「咦？」香織不由得回望加賀，「您說……」

加賀微微頷首，便走向地下道出口。香織連忙跟上。

踏出地下道，加賀指著眼前的大馬路。「被害人遇刺後，就是從這邊的人行道走至日本橋。」

「啊，新聞報導過這件事。」香織嘆口氣，「爲何偏偏是那個地點……」

加賀稍稍皺起眉頭，臉上閃過一絲疑惑，旋即會意。

「對了，之前聽松宮提過，你們是一路搭便車到東京的？」

「是的……」

「所以，對你們而言，那是個充滿回憶的地點啊。嗯，今天就走到這裡吧。」

「不，我要過去。」香織語氣堅決，「我想再去看一眼。」

「好，我明白了。」加賀回道。

於是，兩人並肩走向日本橋。明明是東京的正中央，而且還不到深夜，卻幾乎不見行人的蹤影，車流量也很少。照這情況，即使一個遇刺的人搖搖晃晃走在路上，也不大可能被發現。

「這麼問有點失禮。」加賀開口：「但肚裡的孩子，妳打算怎麼辦？依妳的處境，要自己帶大一個孩子恐怕不容易。」

「您建議我不要生下來嗎？」

「不，也不是那麼說，只不過——」

「我要生。」香織打斷加賀的話。她邊走邊以右手撫著下腹部，低喃：「我要生下來，要是沒這孩子，我就眞的是孤身一人。我知道往後會很辛苦，而這孩子沒有父親，將來也會因此受苦，可是，總有辦法的。不管發生什麼事，我都要生下他。」

香織字句鏗鏘，因爲這段話也是說給自己聽的。沒錯，我絕不能被挫折打敗，爲了這孩子，我一定要振作活下去。

加賀默不吭聲。香織有些在意他的想法，偷偷覷著他的側臉，發現他凝視著前方。

「……您肯定認爲這種事嘴上說得輕鬆，做起來又是另一回事吧。」香織試探著說：「您可能覺得我把世界看得太美好……」

加賀面向她，「如果妳能夠把這世界看得美好，我就放心了。要是妳滿心絕望，我才眞的擔憂。」

「加賀先生……」

「妳沒問題的。我認識好幾位女性，都是獨力把孩子帶大，教育出很優秀的下一代。像松宮的母親，就是一個例子。」

「松宮刑警也出身單親家庭嗎？」

「看不出來吧。眞要說，他還比較像不懂人間疾苦的大少爺。」

香織也有同感，於是點點頭。加賀這番話，帶給她些許勇氣。

日本橋就在前方，石砌的橋欄顯得莊嚴氣派。當年看到這座橋時，香織內心訝異不已，東京的高速公路下方竟然存在這麼一座橋。

加賀與香織經過派出所，來到橋頭。剛要上橋，加賀忽然停步，直視著前方。橋中央，一個穿連帽運動外套的高中生，正仰望著設於護欄間的橋燈。

少年逐漸走向兩人，似乎打算下橋，卻忽然如壞掉的機械般停下動作，一臉驚訝地盯著加賀。

加賀上前與少年交談，但少年似乎不太情願，厭煩地揮揮手，轉身便朝橋的另一頭跑掉。

香織走近加賀問：「那位是？」

「被害人的兒子。之前我們提過，他父親當時倚著這個青銅像的臺座，他可能想來瞧瞧吧。」加賀抬起頭。那是兩尊類似龍的雕像，背對背夾著中央的橋燈燈柱。

「這是龍嗎？」

加賀一笑，「很像吧？其實這是中國傳說裡的生物——麒麟，也出現在某個啤酒標籤上，有印象嗎？」

「嗯。」香織點頭，「可是，麒麟有翅膀嗎？」

眼前的兩尊麒麟像都長著翅膀。

「麒麟原本沒有翅膀，據說是當初決定以麒麟像裝飾這座橋時，特地添上的。」

「爲什麼？」

加賀指著橋面中央，「這裡是日本道路的起點，妳應該很清楚吧。」

「您是指『道路元標』嗎？」

「是的，『日本國道元標』。換句話說，幫麒麟加上翅膀，便是希望人們能由此處飛向日本各地。」

「原來如此……」香織再次仰望麒麟像。

她暗想，這兩尊麒麟的姿態，宛若當時做著美夢的自己與冬樹。告別鄉下，一路搭便車到這裡。但這裡不是他們的目的地，而是迎向未來的起點。兩人當時都滿懷夢想，深信自身擁有翅膀，能展翅飛向耀眼的未來。

可是，最後沒能翱翔。

唯有冬樹去了天國。

22

「案發前一天，嫌犯八島冬樹與同居女友中原香織，約好晚上八點在銀座的電影院前碰頭，一起看電影。八島由於太早到，便在附近閒逛，途中看見京橋的生活家具用品店

『STOCK HOUSE』貼出徵人啓事，隨即進店洽詢。因社長已下班，員工請他隔天再來面試。」

安靜的會議室裡，迴蕩著小林洪亮的話聲。員警幾乎全部到齊，前方的長官席也坐滿管理官。

「當天，八島一如計畫，看完電影便與中原小姐一起回家。至於八島獲得面試機會一事，中原小姐還不知情，但八島並非刻意隱瞞，應該是單純錯過說出口的時機。第二天，中原小姐一早便出門打工，下午五點多，八島以簡訊告訴中原小姐要去面試。六點多，八島抵達『STOCK HOUSE』，才發覺誤會對方徵人的條件，大爲沮喪。面試八島的社長好心建議，江戶橋那邊有個同業，不妨去問問。八島離開『STOCK HOUSE』後，推測是打算前往社長告訴他的『吾妻家具』事務所，不過『吾妻家具』傍晚六點半就打烊了。雖然無法確定八島實際上是否走到『吾妻家具』，但極可能在江戶橋一帶遇見被害人青柳武明。曾在『金關金屬』工作的八島想到能拜託青柳先生再次僱用他，於是上前打招呼，或許也稍微提及公司隱匿職災一事。因爲高居製造總部長的青柳先生不大可能記得只在公司待過短暫時日的派遣員工，兩人之後卻一同走進附近的咖啡店談事情，想必青柳先生有弱點在八島手上。兩人在咖啡店待不到兩小時便離開，接著不曉得是哪一方提議前往江戶橋一帶。就在兩人穿越上橋前的地下道之際，八島確認四下無人，刺傷青柳先生，搶走他的皮夾與公事包，經江戶橋逃離現場。確切逃亡路線目前仍不清楚，但他後來藏身濱町綠道。十一點多，他打電話給中原小姐，說自己『犯了不該犯的錯』、『糟糕』時，員警發現他，欲上前盤查。他又拔腿逃跑，不幸在衝出新大橋大道時被卡車撞上。員警立刻叫救護車送他到醫院。」

小林從資料中抬起頭，說聲「以上，報告完畢」，便坐回座位。

石垣接著對管理官說：

「管理官，這是假設八島爲凶手，整理目前釐清的事實後得出的推論。想請教您的意見。」

管理官噘起下唇，似乎不甚滿意。「關於凶器的部分呢？怎麼沒提到那把刀子的事？」

「關於那部分，由另一位同事向您報告。坂上！」

被點到名的坂上站起。「這次案件中被視爲凶器的刀子，仍無法證明是八島的所有物。只不過，八島打從任職工務店起，手邊就不時備有電工刀等作業用的刀具，研判那把凶刀是他自行購入或別人送的。此外，據專家表示，那把凶刀是戶外用的款式，尤其適合削木材，常用於木工作業。報告完畢。」

坂上坐下後，管理官依然緊皺著眉。

「那又怎樣？根本沒辦法證明，案發當天八島外出時帶著那把刀子。」

「管理官，」石垣回道：「八島前往『STOCK HOUSE』應徵，似乎是想以職人的身分工作掙錢。」

「職人？」

「他想當木匠。然而，『STOCK HOUSE』只是要徵在活動期間幫忙的臨時工，所以社長才會推薦他去試別的家具店。」

「想當木匠，所以身上才帶著刀子嗎？」

「由於八島想以木匠的身分受僱，擔心對方會考他的技術，所以帶著慣用的木工道具去面試，並非不可能。」

「這樣啊。」管理官頓掃臉上陰霾，雙臂交抱靠向椅背。「的確，那些職人對工作用的器具都有自己的堅持。嗯，這個推論不錯。」

「是的，這麼一來，刀子的部分就解釋得通。」

「好，可行，朝這方向繼續查。」

「遵命。」石垣應道，神情卻不似管理官開朗。

散會後，便是小組會議的時間。松宮與加賀的組長小林也一臉抑鬱。

「主任，就那樣帶過嗎？」松宮悄聲問小林。

「你說刀子的事？」

「是。」

小林板起臉，搔搔眉尾。「不然怎麼辦？上頭一直催促快點把案子結掉、盡快提出說得通的解釋，係長也是抱著頭燒，難道你要我袖手旁觀？」

「不是那個意思……」

「我也覺得牽強，說什麼想當木匠所以可能帶專用刀具在身上。但沒辦法，只能乖乖聽上頭的。」

看到小林一副苦澀的神情，松宮無言以對。他又深切感受到，自己不過是聽命行事的小卒。

小組會議的結論是，松宮與加賀負責重新走訪八島冬樹手機內留有紀錄的聯絡人，查出八島對隱匿職災一事有多強的被害者意識，再依此補足石垣與小林他們想出的案件背景。

「現下的偵辦方向，已完全把八島視爲凶手。這樣眞的好嗎？」與加賀並肩走在廊上，松宮開口。

加賀沒吭聲，但從他散發的氣息能清楚感受到，他心裡正嘟噥著：「當然不好。」

「對了，金森小姐傳簡訊給我。」踏出警署時，松宮冒出一句。「她想和你討論舅舅兩週年忌的事。說是傳簡訊給你，可是你沒回。」

「目前沒空想那些。」加賀冷淡地應道。

「只是稍微聊聊，還是挪得出時間吧？金森小姐也很忙，卻表示能配合你過來警署附近。恭哥要是不回覆，就由我安排碰面嘍。」

「隨你便。倒是我有件事——」加賀停下腳步，環顧周遭後說：「想跟你商量。」

「關於兩週年忌的事嗎？」

加賀蹙起眉頭擺擺手，「不，是工作的事。能暫時讓我單獨行動嗎？半天就好。」

松宮望向表哥，「你想幹嘛？」

「講白了是想搶功吧。」加賀回答，一逕望著大馬路。「不過，很可能是空忙一場，所以我一個人去，有好消息會告訴你。」

「至少讓我知道你想調查什麼吧？」

加賀思索一會兒，直視著松宮說：「八島冬樹似乎非常喜歡喝可可。」

「可可？」

「在家庭餐廳點無限暢飲時，也是卯起來喝可可。」

「從哪打聽到這消息的？」

「昨天晚上跟你分別後，我在濱町綠道遇見中原小姐。」

「這麼巧？」

「根據那家自助式咖啡店店員的證詞，雖然不記得青柳先生點什麼，但確定是兩杯一樣的飲料。如果和青柳先生一同進店裡的是八島，青柳先生很可能點的是兩杯可可。那家店的菜單上有可可。」

「這代表什麼？」

「我確認過驗屍報告，青柳先生胃裡未消化的東西中不包含可可。」

松宮一聽，不禁睜大眼，微微張嘴。

「我想證明，八島沒進去那家自助式咖啡店。」

「那麼，與青柳先生同行的便另有其人……」

「就是這麼回事。」加賀嘴角微揚，目光卻完全不帶笑意。

「而那個人就是凶手？」

「很難講。」加賀偏著頭，「有待進一步調查。不過，確定的是，萬一八島沒去那家咖啡店，剛才會議中編的故事將被全盤推翻。」

「可是，店員沒看到青柳先生的同行者，這點很難證明啊。」

「是嗎？要證明某人沒出現在某地方，不是有個老方法？我們一向都這麼幹。」

「老方法？」松宮思索片刻，應道：「你是指『不在場證明』？」

「沒錯。」加賀點點頭，「假使八島冬樹並未進咖啡店，那麼，離開『STOCK HOUSE』到案發之間，約莫兩小時的空檔，他去哪裡、做些什麼，就是我要調查的。」

「你要怎麼查起？」

加賀沒回答，扔下一句「傍晚見」便大步離開，松宮甚至來不及出聲喊住他。

23

悠人走進輔導室，導師眞田見他進來，強光炫目般連眨數次眼，指著對面的椅子說：

「坐吧。」

於是，悠人拉開椅子坐下。

「最近如何？心情有沒有平靜點？」眞田問。

悠人偏著頭，「案子偵破前，暫時沒辦法恢復平靜吧。」

「也是……」眞田嘆口氣，目光落在手邊的資料上。「現下你可能沒心思想那麼遠，但關於畢業後的出路，老師必須和每位同學談過，所以還是找你來。盡量回答就好，讓老師知道你目前的志向。」

「嗯。」悠人回道。

「先談最基本的。剛升三年級的那次畢業出路輔導，你說想繼續讀大學，這個志向依然沒變吧？」眞田望著資料問。

悠人沒立刻答覆。不，其實是答不上來。

眞田抬起頭，「怎麼？不是嗎？」

悠人呼出胸口鬱積的氣，應道：「我還在猶豫。」

「猶豫？」

「因爲……呃……」悠人垂下臉。

「錢的問題嗎？」

「那也是原因之一。」

「『也是』？還有其他原因嗎？」

悠人沉默不語，眼下什麼都不能說。

「青柳，先抬起頭。」

悠人依言抬頭，目光卻依舊低垂。

「老師明白你的心情。父親遇到那種事，你一定很擔心家裡的狀況。升大學需要錢，而且金額不小，所以你考慮去工作貼補家用，是嗎？」

眞田的揣測與悠人的想法天差地遠，但悠人姑且回道：「嗯，大概是那樣。」

眞田點點頭，「果然。你能這麼想，非常了不起。要是你堅持走這條路，老師會盡力幫忙。可是，那不容易喔，只有高中學歷很難找到工作。老師每年都負責協助幾名同學就業，外頭的狀況卻一年比一年嚴苛。你若有心擔起養家的責任，至少讀到大學畢業吧，不然念專門學校也行。」

聽不懂眞田在講什麼。悠人壓根沒考慮過找工作，升不升大學也無所謂，重要的是現在。悠人只想知道現在該怎麼辦。

「你有沒有親戚能援助呢？」或許是悠人一直沒吭聲，眞田講起籌錢的事，「不過，你父親職位那麼高，或許有留下一些存款？」

「這個……我不太清楚。」

「你和母親討論過畢業後的出路嗎？」

「案件發生後就沒再提起。」

「這樣啊。」眞田雙手交握放上桌面，「找個時間跟母親談談吧。雖然是我的猜測，不過母親肯定希望你繼續升學。錢的問題，可以申請獎學金之類的，總有辦法。先跟母親好好商量，明白嗎？」

「嗯。」

悠人回到教室。雖然已放學，教室裡仍有幾個男同學，杉野是其中之一。他們看見悠人，紛紛拿起書包離開，只有杉野留下。

「你不和他們一塊走，沒關係嗎？」悠人問，「跟我待在一起不太好吧。」

「沒那回事。」杉野板起臉，話聲卻沒什麼精神。

「隨便啦。對了，我聯絡不上黑澤，你有他的消息嗎？」

「黑澤？」

「他沒回我的簡訊，電話也不通。那傢伙該不會換手機了？」

「不曉得。你找黑澤幹嘛？」

「我有話想說。你也一起，我們三人談一下。」

杉野似乎一驚，倏地睜大眼，神情僵硬。「難不成……」

「嗯。」悠人點點頭，「和那件事有關。」

杉野別開臉，「事到如今，還有啥好說。」

「才不是『事到如今』。現在也不遲，所以想找你們談談。」

杉野目光低垂，「誰跟你講了什麼嗎？」

「沒有誰跟我——」悠人一頓，「不，算是有吧。」

杉野瞅悠人一眼，「誰？」

「我爸。」

「啊？」杉野渾身一顫，「你爸不是……」

「那不是重點。總之先這樣，幫忙聯繫黑澤吧，拜託。」語畢，悠人拿起書包走出教室。

踏出校門，悠人趕過幾個悠哉的同學，快步前往車站。他臉泛潮紅，冷空氣拂過，感覺很舒服。一想到即將進行的事，就不禁陷入憂鬱。那不得不扛起的過往，搞不好會沉重到壓昏自己，但他明白，再也不能逃避，得正視事實。

搭上地鐵，在中目黑站下車。走到自家附近時，他發現前方有個認識的人。
悠人加快腳步，幾乎要並肩同行時，對方注意到他，於是停下腳步。
「喔喔，是悠人啊。」小竹的方臉擠出笑容，「剛放學嗎？」
「嗯。您有事找我媽？」
「對，公司那邊不少事要交代，便由我負責聯絡。」
「隱匿職災的事後續如何？」
小竹一聽，似乎不甚愉快，頓時撇下嘴角。
「那件事已處理妥當。雖然期間你可能不太好過，總之你不用管。而且，勸你早點忘記比較實際。」
「怎麼『處理妥當』的？說我爸……青柳武明是一切的幕後指使者，你們就是這樣把事情處理掉的，對吧？」
「什麼幕後指使者，太誇張啦。」小竹別開臉苦笑。
悠人見狀，氣得渾身發熱。
「那你呢？」悠人大吼，「不用負任何責任嗎？」
小竹忿忿瞪向悠人，「聽著，我也被函送檢方嘍，罪名是隱匿職災的共犯。」

「但公司沒開除你，也沒要你辭去廠長一職。你們把所有過錯都怪到我爸頭上。」
「我只是聽你爸的命令行事。」
「謊話連篇！」
「謊話？」
「我爸不可能命令下屬幹那種骯髒事，根本是你一手主導的吧。」
「明明什麼都不懂，聽你這小鬼在胡扯。」小竹不屑地吐出一句，便邁步向前。
悠人頓時熱血沸騰，還來不及思考，身體便已行動——他握緊拳頭，重重揍上小竹的方臉。

24

松宮接到加賀的電話時，正要前往拜訪八島冬樹手機通訊錄中的第四名友人。時間剛過午後五點，一路問下來，前三人都沒能提供有力的消息。雖說是八島冬樹的友人，其實只是在同一個打工地點短暫相處，或在同一家公司面試後聊過幾句。即使交換過電話號碼及電子信箱，之後幾乎沒聯絡。
松宮邊走邊接起手機。「是我。找到什麼線索嗎？」

「還很難講。你在哪裡？」

「這裡是……龜戶吧。」松宮環顧四周後回道。

「那剛好，先把查訪的部分告一段落，幫我一個忙。」

「怎麼幫？」

「帶中原小姐過來，有東西想請她確認。」

「等等，要帶她去何處找你？」

「書店。」

「書店？」松宮停下腳步。

加賀報出店名。那是日本橋一家知名書店，整幢建築面對著中央大道（*1）。

原來如此。松宮暗忖，女性另當別論，假如男性必須在街上消磨空檔，能去的地點有限，頂多找個咖啡店坐坐。但經濟拮据的八島冬樹，不大可能只爲打發時間而獨自走進咖啡店。就這點來說，站著看閒書不必花半毛錢，八島冬樹當時很可能是泡在書店裡。

*1 指的是日本知名大型書店「丸善」日本橋店，賣場包括地下一樓至三樓，店鋪總面積約千坪，藏書六十萬冊。

「你要讓中原小姐確認什麼？」

「來就知道，拜託你嘍。」加賀隨即切斷通話。

幹嘛神祕兮兮的。松宮邊嘀咕，邊朝空計程車舉起手。

中原香織待在家中，素著一張臉，顯得氣色不太好。

聽松宮說要帶她去個地方，她十分疑惑。

「關於那起案件，我知道的都已告訴你們。」

「不是的，有樣東西想請妳確認。」

「可是……」香織神情依舊憂鬱。

「這次搞不好……」雖然有點猶豫，松宮仍繼續道：「能夠洗清他的嫌疑。」

香織不禁睜大雙眼，「意思是，有辦法證明他的清白嗎？」

「不，還說不準。只是有這種可能性。」

香織深吸口氣，注視著松宮。「等我十分鐘好嗎？馬上就能出門。」

「當然，別著急。」松宮回道。

中原香織迅速打點妥當，松宮帶著她坐上計程車。途中，香織仍不免在意，忍不住問松宮究竟需要她確認什麼。

「詳情我也不清楚，不過現下是要去與加賀會合。」
「加賀先生啊……」
「聽說你們昨晚碰過面？聊了哪些話題呢？」
「只是一些無關緊要的事，像提高電影試映會抽中率的祕訣之類的。」
「祕訣？」
香織簡要地轉述她與加賀的對話，松宮頓時恍然大悟。由於八島冬樹愛喝可可，加賀研判與青柳武明前往咖啡店的並非八島。接著，他又根據試映會的那段閒談，推測八島看電影前應該耗在某家書店。
抵達目的地，松宮以手機聯繫加賀後，帶著香織走向書店。香織抬頭望著這棟建築，似乎感到很新奇。
加賀在書店入口迎接兩人。他對松宮輕輕點個頭後，向香織道歉：「不好意思，麻煩妳大老遠跑一趟。」
「真有可能證明他的清白嗎？」
「目前說不準。總之，請先跟我來。」加賀領著香織，松宮隨後跟上。
打開工作人員專用的出入口，三人繞到賣場後方，穿過堆著許多紙箱的走廊，踏進一個小房間。只見一名應該是警衛的中年男子，坐在監視螢幕牆前。

「原來是監視器啊。」松宮終於明白加賀的目的。

「來到日本橋一帶，如果要逛書店，首先就會想起這家吧。雖然監視器不是隨時隨地拍下每個角落，但顧客若待上兩小時，被拍到身影也不無可能。」

「原來如此。不過店這麼大，裝設的監視器數量應該很驚人吧？」

「嗯，看完案發當天傍晚六點半到八點半的所有影像，眼睛真的滿累的。」加賀揉揉眼皮。

松宮凝望著這名既是表哥又是資深前輩的刑警。連警視廳搜查一課內部，也盛傳日本橋署的加賀是個厲害角色。此時，松宮再度深深感受到，加賀確實非常聰明，但他最大的武器，是那教人害怕的鍥而不捨精神。

「那麼，要讓中原小姐確認的是？」松宮問。

「嗯，麻煩播一下剛才的影片。」

聽到加賀的指示，警衛操作著手邊的機器。螢幕上的影像一轉，換上一格靜止畫面，映出數名站著翻閱雜誌的來客身影。拍到的大多是女性，似乎是從設在女性雜誌區的監視器調出的。

「中原小姐，準備好了嗎？現下要播放一段影片，發現任何在意的地方，請立刻告訴我。」

見香織走近監視螢幕，加賀吩咐警衛：「請開始吧。」

畫面不停流洩，卻沒太大變化。有些女客把雜誌放回架上後離開，又有幾名新的女客加入站著翻閱的行列，如此而已。

但沒多久，香織發出「啊」的一聲。「暫停。」加賀指示警衛。

「那個人應該是冬樹。」

松宮定睛注視香織所指的位置。定格畫面上，翻閱雜誌的女客身後有一名男子行經。因在斜後方，看不清楚男子的容貌，不過確實很像八島冬樹。

「請重播這段影像。」加賀對警衛說。

片子又回到一開始的畫面，香織看過後，重重點頭：「我想沒錯。」

松宮精神一振，渾身發熱。影片的角落顯示為19：45，這時間青柳武明還在自助式咖啡店。換句話說，與青柳同行的可能不是八島。

相較於激動的松宮，加賀冷靜地出聲：「那麼，請再看一段影像。」

螢幕映出另一段影像，很快就聽見香織說「是冬樹」，而松宮也隨即認出。畫面上，一名男子拿起架上的雜誌。雖然只拍到背影，但從服裝就能辨認。

在這區待了二十多分鐘後，這名疑似八島冬樹的男子才離開，但始終不曾面向監視器。

「接下來是最後一段影片。」

第三段影像與之前兩段拍到的地點，氣氛截然不同。客人非常少，兩側是成排的書架，看來並非熱門的雜誌樓層。

看著畫面，松宮驚呼一聲。一名男子的背影從下方冒出，身形極似八島冬樹。

男子在某處停下腳步，拿起左側書架上的幾本書，監視器偶爾捕捉到側臉，同樣非常像八島冬樹。

不久，男子沒買書便離去。

「這也是冬樹，錯不了。」香織語氣肯定。

加賀點點頭，「嗯。妳都這麼確定，應該就是他。」

「這樣便能證明他的清白嗎？」香織目光盛滿企盼。

但加賀沒回答，只交代松宮：「麻煩你送中原小姐回家。」

「爲什麼不回答我？」香織不由得提高嗓音，「是你們說能夠證明冬樹的清白，我才跑這一趟的！」

加賀低頭嘆口氣後，直視著香織解釋：「要證明一件事，需要花很多時間。這點請妳體諒。」

香織無言以對。加賀見狀，再度囑咐松宮：「麻煩送她回去。」

松宮帶著香織走出小房間。香織陷入沉默，而松宮也不知該說什麼。加賀的顧慮沒錯，讓對方懷抱希望的話語，不應輕率出口。

走出書店大門，香織開口：「送到這裡就好。」

「爲什麼？我送妳回家呀。」

香織搖搖頭。「難得過來，我想在這一帶繞繞，畢竟是他生前最後走過的街道。」

「噢，這樣啊。」

「刑警先生，」香織懇切地注視松宮，說著「一切請您多幫忙」便深深鞠躬。

「我們會盡全力查出眞相。」這句官方的回答，其實是松宮的眞心話。

目送她離去後，松宮回到方才的小房間，只見加賀坐在監視螢幕前。

「沒送她到家門口嗎？」

「她想在附近散散步。話說回來，這幾段影片你打算怎麼辦？」

「當然是帶回總部。只不過，光這些是影響不了上頭的。」

「什麼意思？」

加賀看向螢幕。「無法百分之百證明監視器拍到的是八島冬樹。我覺得很像，才請中原小姐來確認。但不管她多肯定，也難以成為證據，因為她是關係人。」

松宮盯著螢幕。「沒有把臉部拍得更清楚的影片了嗎？」

「我仔細檢查過，很遺憾，剛才那三段已是全部。」

松宮咬著下唇。螢幕上映著最後一段影像的定格畫面，八島正將書放回架上，準備離開。

他靈光一閃，猛地指著螢幕。「指紋！查一下那架上的書，或許能找到八島的指紋。」

「這方法確實不妨一試。」

「這拍的是哪層樓？趕快去拿書啊，要是又被誰觸摸或買走可不妙。快告訴我，這到底是哪層樓？」

「不要那麼激動，證物又沒長腳。」

「可是——」松宮忽然把話吞回去。只見加賀從桌下拿出一個裝著許多書籍和雜誌的紙袋，而其中一本是《日本科幻電影經典100部》。

25

從筆記型電腦的螢幕移開視線，石垣一臉嚴肅地沉吟。螢幕上映出書店監視器拍到的影像。

日本橋署的小會議室裡，松宮與加賀面對著石垣。兩人認爲此事不宜張揚，於是只請石垣過來商量。

「你這小子，本性不改啊。」石垣望向站在松宮身旁的加賀，「看樣子，那不全然是謠言。你果然是不想受限於組織，才刻意留在地方警署。」

「這是和松宮刑警討論後才進行的調查。」

「哦，是嘛。」石垣撇著嘴，哼一聲。「算了，眼下最重要的是，這些影片該怎麼辦。拍到的男子確實很像八島，不過，就只是很像罷了。」

「所以，希望能夠調查書上的指紋——」

石垣伸手打斷松宮的話，接著盤起粗壯的胳膊，閉上眼嘆氣。

松宮也察覺上司的顧慮。萬一書上驗出八島的指紋，警方原本對案件所做的假設，將被全盤推翻。屆時該怎麼向高層解釋，接下來的偵查方針又該怎麼規畫，都不是馬上能得出答案的棘手問題。

石垣睜開眼，輪流瞪著松宮與加賀。「去找鑑識吧。不過這麼緊急，要有心理準備，對方可能不會給你們好臉色。」

松宮吁出長長一口氣，向石垣行一禮：「謝謝您。」

「等等，有個條件。」石垣雙手壓上辦公桌，傾身向前。「若沒驗出指紋，你們就得把這些影片的事忘掉，明白嗎？」

松宮望向身旁。只見加賀平靜地回覆「好的，就這麼辦」，彷彿早料到會有這種情況。

「嗯，你們辛苦了。」驀地，石垣忽然想到般補上一句：「啊，今天傍晚，被害人的兒子好像被抓去目黑署。」

「被害人的兒子……悠人啊。」松宮說：「被抓去？他犯了什麼事？」

「傷害罪，他好像在路上揍『金關金屬』的人。在那之前，雙方似乎曾大聲爭吵，於是附近居民連忙報警。」

「『金關金屬』的人是指？」

「聽說是廠長。」

「哦……」松宮想起，那個人姓小竹。先前在工廠見過他，出面應付電視媒體也是他。

「悠人為什麼動粗？」

「聽目擊者描述，他堅持父親是清白的，還大喊『我爸才不會幹那種骯髒事』。」

「咦？」松宮和加賀面面相覷。

「之前他妹妹不是鬧自殺嗎？這一家子也眞是的。不過，挨揍的那個人不打算追究，青柳家的兒子馬上就被釋放，總之還是告訴你們一聲。」

「了解。」松宮應道，接著便與加賀步出小會議室。

「一想到青柳太太的心情，就覺得鬱悶。」松宮開口：「殺人案件跟癌細胞一樣，只會讓不幸不斷擴散。」

「嗯，這倒沒錯。不過，有點奇怪。」加賀凝望著半空。

「怎麼？」

「悠人怎會為父親生那麼大的氣？之前不是都說父親是自作自受嗎？」

「他其實是相信父親的吧。不過，現下要緊的是，關於監視器拍到的影像，我們就這樣乖乖接受係長的條件嗎？」

「那些影像的佐證力太低，只能祈禱書上能驗出指紋。」加賀瞥一眼手表，「七點五十分啊，恐怕會趕不上。」

「你有約？」

「嗯，你也一起來。」加賀迅速邁開腳步。

「欸，對方是誰？」

「你在說什麼？不是你一直催我聯絡的嗎？」

「我？啊，難道你約的是……」

「就是金森小姐。」加賀答得乾脆，「約好八點在人形町碰頭。」

「是恭哥主動聯繫的嗎？」

「對，剛剛在書店等你們的空檔，我打電話過去。原本預估八點走得開，這下來不及了。」

「原來如此。不過，怎麼約在人形町？銀座不是比較方便？」

「我也這麼想，可是，金森小姐想去人形町一家洋食店吃吃看。」

「是喔？」

由於趕時間，兩人在警署前跳上計程車，待彎進人形町的大門大道便衝下車。店招牌就在前方，那是一家外觀如傳統舊民宅的雙層建築(*1)。

一進店裡，店員隨即帶他們上二樓。榻榻米座席的和室裡並列著數張長桌，一眼就看到金森登紀子的身影。她坐在裡側的座位翻看筆記本，注意到松宮和加賀進來，便衝著他們一笑。

「好久不見。」松宮鞠躬打招呼，盤腿在座墊坐下。

「眞的好久不見，不過看到你這麼有精神，我就安心了。」金森登紀子笑得瞇起眼。她似乎比兩年前瘦了些，但健康的笑容依舊。「這次的案子，也是和加賀先生同組嗎？」

「只是偶然啦。」松宮回道。

加賀攤開菜單說：「來這裡必點的就是燉牛肉，還有可樂餅。當然其他的料理也都很好吃。」

「那麼，加賀先生，交給你點菜吧。」金森登紀子提議。

松宮也贊同。於是，加賀考慮一下，便喚來女店員，點了數道料理。從他熟稔的舉動，看得出來過不少次。

---

*1　指的是人形町最具代表性的老字號洋食店「芳味亭」，西元一九三三年開業至今。

「所以，決定如何？抽得出空嗎？」先以啤酒乾杯後，金森登紀子問加賀。

加賀啜口啤酒，偏著頭回答：「還不確定。這次的案子解決前，都很難講。」

「可是，那起日本橋命案，不是調查得差不多了嗎？」

「那只是媒體擅自下的判斷。目前仍無法證明，凶手就是死亡的男嫌犯。」

「這樣啊，複雜的事我不太懂。總之，就照上次決定的日子走，你覺得呢？」她的語氣溫柔，卻說得堅定。「嗯，都好。」加賀含糊地同意。窺見表哥在這位女性面前不得不投降的模樣，松宮內心有點樂。

不久，餐點送上桌。可樂餅香酥美味，配啤酒堪稱一絕。肉質彈牙的炸蝦一咬便香味四溢，而加賀最推薦的燉牛肉，更是入口即化。

金森登紀子對餐點讚不絕口，但她沒忘記今晚碰面的目的，不時停下筷子，攤開一旁的記事本，針對隆正兩週年忌的細節逐一徵詢加賀的意見。包括怎麼聯絡親友、送給出席者的謝禮，法事結束後的聚餐地點等，要決定的事堆積如山，然而，加賀的回答不是「比照一般情形」，便是「交給您就好」。

「加賀先生，」金森登紀子擺出有些嚇人的神情，「這可是你父親的兩週年忌，不積極點怎麼行！」

可是，加賀悠然地喝口餐後咖啡，搖搖頭。「之前提過，在我而言，其實沒必要辦週年忌，但您說必須爲想追思父親的人提供一個機會——」

「這對你也是必要的。」金森登紀子反駁，「至少一年一次好好懷念你父親，這要求不過分吧？」

「我不是不想念他，而是，那在我心中已告一段落。」

「告一段落？什麼意思？」

「我和父親之間的問題已解決，所以沒必要再回顧。」

「你錯了！在我看來，你還是一點也不明白。」

金森登紀子的語氣強硬且堅決，旁聽兩人對話的松宮也不禁心頭一凜。

「我不明白什麼呢？」加賀問。

「你父親臨終前的心情。你可想過，父親在不得不揮別這世界時，究竟懷抱著怎樣的心情？」

加賀平靜地放下咖啡杯。

「恐怕是百感交集吧。不過，我有必要理解那部分嗎？」

「有必要。你該明白，隆正先生是多麼想見自己唯一的骨肉。」

松宮詫異地望著加賀。然而，加賀只苦笑道：

「關於這一點，我也提過。那是我和父親很早之前便約定好的。」

「因爲離開的妻子……加賀先生的母親，是孤伶伶地往生，連獨生子都沒能見到，所以自己嚥氣時也不要兒子在身邊——這是你父親提議的，對吧？」

「就是這麼回事。」加賀點頭，「男人之間的約定。」

金森登紀子的唇畔浮現奇妙的笑意，甚至近乎冷笑。「無聊透頂。」

「您說什麼？」加賀話聲一沉。

「身體健康時約定的事根本算不得數。加賀先生，你曾親眼目睹死亡嗎？」

「好多次嘍，應該數都數不清。畢竟是幹這行的。」

金森登紀子緩緩搖頭。「你看到的都是屍體，而不是活著的人，我卻是一路目送無數步向死亡的人們。人之將死，都會老實地吐出眞心話，尊嚴也好、逞強也罷，全都拋開，在最終的一刻毫無掩飾地面對最後的心願。而去理解他們臨終時發出的訊息，就是我們活著的人的義務。但是，加賀先生，你沒盡到這個義務。」

她字字句句都沉重地敲進松宮內心。恭哥會怎麼回應？松宮望向身邊的加賀，但加賀只是一逕無語，側臉露出些許苦澀。那是松宮從未見過的神情。

「抱歉，」金森登紀子平靜地出聲：「我說了自以為是的話。雖然我一直覺得，加賀先生和父親以那種形式告別也好。不過，你若能多理解父親眞正的心情……這只是我個人的希望。」

加賀眉頭緊蹙，潤潤唇後，低喃：「謝謝。」

用完餐，三人走出店門，剛好一輛空計程車駛來，加賀舉手攔下。

「今晚多謝招待。那麼，晚安嘍。」道別後，金森登紀子便坐上車。

目送計程車遠去後，加賀邁出腳步，似乎沒要搭車的意思。於是，松宮與他並肩而行。

「難得有你講不贏的對手。」松宮試著開口。

加賀沒回應，逕自望著前方。從表情猜不出他的思緒。

江戶橋就在眼前。顯然地，加賀不打算回署裡，而是想去案發現場。松宮由加賀的步伐察覺出這一點，所以沒太訝異。

加賀走過江戶橋，穿越案發那座地下道，來到大路時短暫駐足，旋即朝日本橋前進，沿途不發一語。

行經日本橋派出所，一直走到橋中央，加賀才終於停步。他站在那兩尊背對背的麒麟青銅像下方，目不轉睛地抬頭凝望。

「理解他們臨終時發出的訊息，就是我們活著的人的義務嗎……」加賀喃喃低語，雙眼猛地一睜，迸出銳利的目光。

加賀大步前進，而且愈走愈快。

松宮慌忙追上，「這種時間你要去哪裡？」

「回署裡，我恐怕誤會了一件很重要的事。」

26

修文館中學位於安靜的住宅區內，刻在大門柱上的校徽發出沉穩的光芒，揭示著悠久的歷史。

之前來過一次的加賀，熟門熟路地穿過校門，松宮默默跟上。

「今天能否讓我們自由調查？」搜查會議結束後，松宮試著問小林。小林找石垣商量後，帶著探詢的眼神回到松宮身旁。

「係長答應了。雖然不曉得你們想幹嘛，記得如實回報，明白嗎？」

「當然。」

松宮鞠個躬就要離去，卻被小林一把抓住手臂。小林湊近他耳邊說：「至少跟我透露一下。凶手不是八島吧？」
「這部分還沒確——」
小林使勁一扯。「你們在查什麼？打算從哪方面下手？」
看樣子要是什麼都不講，小林不會放人。松宮只好坦白：「他兒子。」
「兒子？」小林頗爲意外，「被害人的兒子？」
「現在一切都是未知數啦。」松宮說完，掙脫小林的箝制。
沒錯，一切仍是未知數，也可能完全猜錯，但松宮感覺自己逐漸接近事實的核心。加賀前往的彼方，必定存在眞相。
操場上，學生正在上體育課，打籃球或是打排球，而一旁較年長的男性應該是體育老師，與其說是在指導學生，更像望著學生的球賽放空。
職員辦公室位在校舍一樓，加賀到接待窗口說明來意，不久，一名女職員走出辦公室，似乎負責招呼他們。
女職員帶兩人到會客室。兩側桌旁擺著頗高級的舊沙發，女職員請兩人在三人座的沙發坐下，並送上茶。
「好久沒踏進校園，上次不曉得是幾年前的事。」松宮有感而發。外頭飄來一陣歌聲，或許音樂教室就在附近。

加賀站起身，走向獎盃與獎座的展示櫃。「哦，這所學校相當重視運動比賽。」

「游泳社呢？」

加賀指著其中一座獎盃，「這是游泳接力賽的，得到全國大賽第二名。」

「很厲害嘛。」

「只不過是十年前的紀錄。」

此時，敲門聲響起。「請進。」加賀應道。

一名濃眉大臉、肩膀寬闊的男子步入會客室。松宮暗想，他大概是沖繩一帶出身。

這名教師姓糸川，案發三天前，青柳武明便是打電話到學校找他。上次加賀曾爲此詢問糸川，得到「青柳與兒子處得不順利，想與人商量」的回答。

松宮先自我介紹，糸川不感興趣地頷首致意。

「不好意思，百忙中打擾。」加賀道歉，「您在上課嗎？」

「沒有，這段時間剛好沒課。兩位今天有何貴幹？上次那件事，我已說出所知的一切。要是沒記錯，您也問過我的不在場證明了吧？」

「眞的非常抱歉。當時解釋過，我們得確認所有關係人的不在場證明。如果讓您心裡不舒服，再次向您致歉。」

「倒不至於心裡不舒服……那麼，今天要問什麼？」

「是這樣的，暫且不提案件，我們想請教更早之前發生的事。」

聽加賀這麼說，糸川困惑地皺起眉，「之前發生的事？」

「三年前暑假發生的意外，您應該不陌生吧？」

「哦，那個啊……」糸川臉上浮現警戒的神色，「哪裡不對勁嗎？」

「調查這次案件的過程中，發現有必要重新了解三年前的那起意外，所以來請教您。」

糸川僵硬一笑，交互看著加賀與松宮。「我不太懂，這次的案件怎會扯上那起意外？根本是兩碼子事吧。況且，凶手不是已落網？那個死掉的嫌犯就是凶手吧？你們爲什麼還在調查？」

「這樁案子還沒結束。」松宮插嘴道，「也還沒確定凶手就是那名男子。」

「是嗎？那也沒必要翻出陳年往事吧？」糸川刻意誇張地偏著頭。

「您似乎不太願意回想那起意外？」加賀問。

「嗯，是啊。」

「不希望那次的意外被翻出來，是摻雜著個人因素嗎？」

糸川雙眼一瞪，「這話的意思是？」

「抱歉，刑警都是這麼解讀事情的。對方若遲遲不肯回答問題，我們就會猜想是不是有內情。」

糸川的嘴角微微抽搐。「關於那起意外，你們到底想問什麼？」

「想問清楚細節。糸川老師，當時第一個發現出事的是您吧？」

「嗯。」

「那起意外發生前——當天剛好有一場校際游泳比賽吧？方便的話，希望您從那場比賽開始告訴我們整起意外的經緯。」

糸川舔舔唇，挺直背脊後，直視著加賀應道：「好啊。」一旁的松宮則專注地觀察糸川的一舉一動，想看出他是否有所掩飾。

昨晚他們和金森登紀子分別後，加賀似乎有了新發現，說要回署裡一趟，松宮當然奉陪。踏進署裡，加賀立刻連上網路，先查一些關於神社的事，接著搜尋新聞報導。看到加賀輸入的關鍵字，松宮嚇一跳。加賀輸入的是「修文館中學、游泳社、意外」。

松宮詢問加賀原因，他回道：

「青柳先生把參拜過的紙鶴拿到水天宮請社方代燒，足見他巡訪參拜七福神的最終目的地是水天宮。推理至此都沒問題，接下來卻遇上瓶頸。提到水天宮，通常會想到保佑安產，可是，我們太專注在這一點，沒發現水天宮其實另有強項，就是除水難。」

「水難……」松宮不曉得水天宮還保佑這方面，不過仔細回想，販售處擺著護身符等物的平臺上，也有做成河童面孔的祈福品。

「東京有許多保佑遠離災害的神社，其中大多是除火難，也就是火災，除水難的卻非常少，可能只有水天宮及台東區的曹源寺。所以我推測，青柳先生參拜水天宮的動機，會不會是出於什麼水難意外？而這樣一想，就想起他兒子悠人中學時代參加過游泳社。」

「對了……」松宮也記起一事，「案發的三天前，青柳先生曾聯絡悠人從前游泳社的顧問老師……」

「現下，你明白這幾個關鍵字的來由了吧。」

沒多久，加賀的推測就被證明是正確的方向。三年前的新聞報導中，出現以下的內容：

十八日晚間七點左右，修文館中學一名二年級學生，在校內泳池溺水。經救護車緊急送往醫院急救，至今仍未恢復意識。該生為游泳社員，研判是在放學後偷溜進學校泳池獨自練習，卻不幸發生意外。這天稍早，游泳社曾參加校際比賽，但成績不甚理想，該生相當沮喪。最早察覺異狀的是游泳社的顧問老師，他在巡視泳池時發現溺水的學生。目前正調查該生究竟是如何偷溜進學校。

遺憾的是，查不到此案的後續報導。不過，與修文館中學有關的水難意外也僅有這一起。

糸川一副回憶往事的神情，平淡地敘述。那天，游泳大賽約在下午四點結束，他和社員留在賽場開了一小時左右的檢討會，便原地解散。社員想必都直接回家，他卻必須回學校一趟，將比賽成績輸進電腦。

「輸入到一半，我發現缺了一些資料，便想去社辦拿。由於社辦在泳池旁，走過時不經意瞥一眼，注意到不知是誰衣服脫掉就扔在池畔，上前一看，竟有人沉在池底，連忙拉上來急救，赫然發現是二年級的社員。我馬上撥119，並在急救人員抵達前，不斷幫他做人工呼吸和心臟按摩。當時學校老師只剩我一個，直到救護車抵達校門，警衛才跟著趕來。通知家長及校長則是在這之後，畢竟我沒辦法兼顧那麼多事情。」糸川長吁口氣，「以上就是整起意外的來龍去脈。」他一副「這樣夠清楚了吧？」的眼神瞪向加賀。

「溺水的學生叫什麼名字？」聽加賀一問，糸川皺著眉緊抿嘴。加賀見狀，補上一句：「查一下馬上就能知道吧？」

糸川臭著臉說出學生的名字——吉永友之。「之後他們一家搬去長野縣，詳細住址我不清楚。」

「吉永同學康復了嗎？」

「沒有……」糸川神情苦澀，「很遺憾，好像留下後遺症。」

看樣子，只是勉強救回一命。

「學校沒被追究責任嗎？」加賀進一步問。

「多少受到一些責難，好比，學生爲何能輕易溜進學校泳池。校方的管理確實有疏失，但泳池設在戶外，又不像校舍能上鎖，以現實層面來看，無法徹底防範。而那學生的家長也理解這一點，並未對校方提告。」

「夜裡有人溜進學校泳池之類的事常發生嗎？」

「不能說完全沒有。依學生之間的講法，至今仍不時出現這種情況。不止在校生，也有不少住學校附近的畢業生。」

「新聞報導寫著，吉永同學似乎十分在意比賽成績不佳？」

「關於這一點，我也深切反省。」糸川口吻沉重，「或許是對他們期待很高，責罵也就比較嚴厲。我沒想到他會那麼沮喪，解散後還獨自回校練習。可能是突然腳抽筋或心臟病突發，才釀成意外。」

邊筆記的加賀，突然抬頭問：

「他真的是獨自一人嗎？」

「啊，什麼意思？」

「我只是在想，當時會不會有其他人在場？和伙伴一起練，不是比較開心嗎？」

「開心不是他的目的吧？自主練習原本就是一個人做的事，更何況，要是有人在他身邊，就不會發生那種意外。」

加賀顯然無法釋懷，卻仍點點頭，回句「原來如此」。

「方便看看泳池嗎？」

「當然。只不過，現下這時節泳池沒放水。」

「沒關係。」加賀站起身，「那就麻煩您。」

三人步出校舍，經過操場旁，走向泳池。泳池設在體育館對面，距校舍有段路程。確實，離這麼遠，偷偷潛入似乎不無可能。況且，泳池四周僅有簡陋的圍欄，中學生要翻越不難。

糸川領著兩人到池畔。二十五米的泳池內沒放水，池底堆積著不知何處飄來的落葉。

「這裡沒有照明設備嗎？」加賀問。

「只有緊急照明，平常幾乎用不上。」

「您是在傍晚七點左右發現吉永同學？那時雖是夏季，天色應該頗暗吧？」

「是啊。」

「虧您能發現池底有人。」

「什麼？」

「唔，四下那麼暗，眞虧您有辦法發現吉永同學沉在水底。雖然池邊扔著衣物，不一定代表那人就在池裡吧。」

糸川吸口氣，應道：「當時我帶著手電筒。」

「噢，這樣啊。」加賀點點頭，「對了，吉永同學擅長哪種泳式？」

「自由式，就是捷泳。尤其是五十米之類的短泳。」

「所以，那天他也在這項目出賽？」

「是，沒記錯的話……刑警先生，我知道協助辦案是國民的義務，也一直很配合，不過，能不能請教你們的目的？日本橋命案應該與我毫無關係。」糸川難掩不快，忍不住高聲質問。

「我明白您的不滿。」加賀一派心平氣和，「進行查訪時，對方常指責我們光會問，卻不做任何解釋。其實，我們是有苦衷的。」

「我曉得，搜查機密不便對外公開，是吧？就算這樣——」

「不僅如此。說明目的後，對方便會有先入爲主的觀念。就警方的立場，當然希望打聽到的消息是不含偏見的。」

糸川嘆口氣，抹抹臉。「我懂您的意思。」

「還有一件事。若有游泳社畢業社員的名冊，方便借閱嗎？」

糸川拒絕加賀的要求。「這沒辦法，因爲裡頭都是個人資料。若堅持要看，請帶搜索票來。」

「這樣啊。」加賀乾脆地放棄，「今天非常感謝您的協助。」

「問夠了嗎？」

「是的。之後如有需要，還請您多多幫忙。」加賀向糸川行一禮，便對松宮說：「走吧。」

27

踏出修文館中學的大門，加賀便嘀咕著：「看來猜中了。三年前的意外與這次的案件關係重大，總覺得那個老師有所隱瞞。」

「我有同感。案發三天前，青柳先生打電話給糸川，八成是要談那起意外的事。」

「應該沒錯。不過，疑點依然不少。」約莫走過一個街區，加賀停下腳步。「今天早上，我打電話給這邊轄區的朋友，請他幫忙找那起泳池意外的相關資料，現在得過去拿。我們約個地方碰頭吧。」

「那麼，我到青柳家一趟。」

加賀有些意外，不禁望著松宮。「這個時間，悠人還在學校吧？」

「嗯。我想拜託青柳太太，讓我看看悠人中學時代的通訊錄。」

加賀讚許地點點頭，「原來如此。」

約好在中目黑車站會合，兩人便兵分二路。

松宮前往青柳家，應門的是史子。聽她說，遙香向學校請假在家休息。

史子打算帶松宮到客廳，松宮卻沒脫鞋，在玄關搖著手說：「我就不進去了，今天只是想向您借悠人游泳社的通訊錄。」

史子難掩困惑。「那與案件有關嗎？」

「目前不確定。」

「但，凶手不就是那個人嗎？」

「如果您指的是八島冬樹，那只是媒體擅自給他冠上的罪名。關於這起案子，我們還未正式對外宣布任何事情。」

史子驚訝地睜大眼，高聲問道：「那個人不是凶手嗎？那麼，我丈夫爲何會被殺？凶手究竟是誰？」

這下麻煩了，松宮不禁心生焦慮。換成是加賀，遇到這種狀況會怎麼應對？

「請冷靜，一切仍在調查中。今天能不能別多問，先借我一下通訊錄呢？」

史子的神情混雜著不滿與迷惑。她盯著松宮一會兒，目光移向二樓。

「通訊錄在我兒子的房裡。可是，沒經過他同意就進去，之後會被他罵的……」

「我影印完馬上還給您，保證絕不會外流。」

或許是懾於松宮的強勢，史子不情願地點頭。「好吧，請稍等。」

「謝謝。」松宮深深一鞠躬。

不久，史子拿著A4大小的冊子回來，封面印著「修文館中學游泳社創社六十週年紀念冊」，應該是去年製作的。最後幾頁是通訊錄，記載著現任社員與社團前輩的姓名及聯絡方式，似乎是每十年製作一冊。

「非常感謝。」松宮行一禮，正要打開玄關門往外走，驀地想起一事，又回過頭。「請問，您對三年前修文館中學的泳池意外有印象嗎？」

史子錯愕地睜圓眼，「嗯……要是沒記錯，溺水的是悠人小一屆的學弟。」

「最近你們家曾提及那起意外嗎？」

「沒有，我沒印象。」

「這樣啊，謝謝。我馬上回來。」

松宮走出青柳家，到附近的便利商店影印需要的頁面。另外，冊子第一頁刊了篇糸川的前言，松宮也順便印下。

歸還紀念冊後，在前往中目黑車站的路上，松宮接到加賀的電話。他已在站前一家咖啡店等候。

「就檔案上的紀錄，整起意外的來龍去脈，確實與糸川顧問所言一致。」加賀將咖啡杯推到一旁，攤開資料說：「由於是吉永友之自身的過失，校方沒被追究責任，恐怕也沒支付任何賠償金。我打電話到吉永家詢問詳情，卻沒接通，大概是搬家了。」

「究竟怎麼回事？事隔多年，青柳先生怎會突然想參拜除水難的神社？若是悠人還能理解……」松宮把通訊錄影本疊上眼前的資料。

「而且，青柳先生對家人隱瞞參拜一事，連悠人都蒙在鼓裡，這也是個謎。」

「莫非是青柳先生與吉永友之有所關聯？」

「什麼意思？」

「比方……」松宮壓低嗓音，「其實，吉永友之是青柳先生的私生子之類的。」

加賀噗哧一笑，「那倒不可能。」

「爲什麼？沒查過又不能確定。」

「要不就查查看吧。」加賀拿起咖啡杯，「噢，上頭寫著吉永友之的新住址，那老師還說不知道。在輕井澤啊，這距離出個差剛好。」

「得先回總部跟係長報告一聲，老是擅自行動，之後不曉得會被怎麼念。」

「嗯，那就麻煩你。哦？這裡還有糸川顧問的話。『水不會說謊，謊言也騙不過水。要是試圖對水撒謊，一切報應都將還諸己身。』——很會講嘛，那個老師若打從心底這麼想，我們現下做的調查便都是白費力氣。」

松宮喝一口咖啡，注視著加賀。「噯，該告訴我了吧？」

「什麼？」

「你怎麼會發現青柳先生參拜水天宮的眞正目的？要說是憑直覺，我也沒辦法，不過，一定有個關鍵吧？」

加賀放下通訊錄影本，手伸向咖啡杯。「嗯，算是吧。」

「哪個環節給了你提示？」

「也不到提示的程度，我只是很在意悠人驟變的態度。之前他甚至輕蔑地批評父親，不知何時，竟產生明顯的轉變。聽到他毆打廠長小竹，我更確定事有蹊蹺。」

「我也注意到這一點。不過，我以爲是他妹妹割腕的影響。」

「不是的。記得當時悠人的話嗎？自殺不就等於承認父親的罪——換句話說，早在妹妹鬧自殺前，他已決定相信父親。」

當時的情形松宮記憶猶新，確實如同加賀所說。

「那麼，改變他的是什麼？」

「合理的推測是，他得知某些關於青柳武明先生的事。但青柳家從割腕案的前一天就不曾與外界接觸，青柳太太也說他們都沒看電視或網路新聞。」

松宮憶起加賀詢問青柳母子的情景，原來加賀早已察覺悠人心境的變化。

「這樣一來，會是誰透露消息給悠人？我怎麼也想不通，卻在無意中找到答案。」

松宮回溯記憶，但遍尋不著可能的人選。他板起臉，瞪向加賀：「我投降。別裝神祕，快告訴我到底是誰？」

加賀戲謔一笑，「遠在天邊、近在眼前，就是你。」

「我？我說過什麼嗎？」

「遙香割腕的前一天，你在青柳家提到麒麟像吧？日本橋上的青銅像。」

「青銅像？喔，沒錯。不過我只稍微提及，便沒多說，因爲悠人不是轉頭就回房？」

「其實，你那番話深深撼動他的心。我不是在濱町綠道遇見中原小姐，還聊了好一會兒嗎？之後，我們發現悠人杵在日本橋中央。」

「在日本橋上看到他？」松宮初次聽聞這段插曲。

「當下我不覺得奇怪，後來一想，悠人應該是在仰望麒麟像。這意味著，他或許已察覺父親遇刺後堅持走到橋上的理由。就是麒麟像隱含的意義，讓悠人對父親頓時改觀。這樣便能解釋，悠人的心境爲何會有一百八十度的轉變。」

「那麒麟像隱含著什麼意義呢……」

「我也不知道。唯一能確定的是，那麒麟像是青柳武明先生想傳達給悠人的訊息，是瀕死的父親想告訴兒子的話語。」

「青柳武明先生想傳達給悠人的……父親想告訴兒子的啊……」松宮聯想到一事，「恭哥，你是從金森小姐的話得到靈感嗎？」

「推理的過程隨你想像吧，重要的是，悠人已明白父親的用意。這就表示，他也曉得青柳武明先生何以會有一連串謎般的行動。究竟爲什麼要巡訪參拜日本橋七福神？我試著假設，青柳武明先生並不是爲了替自己祈福，而是爲了兒子悠人。莫非是悠人的女友懷孕？可是，目前沒查到類似的情報。」

「所以，你才想到是祈求除水難。」松宮吁口氣，點點頭，「原來如此。」

「那吉永友之可能是青柳先生私生子的假設呢？」

「我撤銷。青柳先生是爲悠人前去參拜，絕不會錯。不過，這下詳情就只能問悠人。」

「是啊。」加賀瞄一眼手表，「唔，差不多要放學了吧。」

喝完咖啡，兩人走出店門，再度步向青柳家。來到附近後，他們決定以路旁卡車爲掩蔽，先觀察狀況。

「依你看，那起泳池意外的眞相是什麼？」加賀問。

松宮思索片刻，搖搖頭。「不曉得。不過，總覺得吉永同學應該不是一個人在泳池裡……」

「若有其他社員在旁，肯定會立刻發現吉永同學的異狀，但他最後仍被送上救護車。這就表示，他沉在池底很長一段時間，實在不合常理。」

那麼，究竟是怎樣的情況，才會造成這種不合常理的悲劇？松宮苦思許久，依然沒有答案。

「喂。」加賀努努下巴，松宮順著加賀的視線望去。道路另一頭，青柳悠人拖著沉重的腳步走來。

松宮與加賀同時邁開步伐。低著頭的悠人察覺氣氛有異，抬眼瞧見兩名刑警，倏然駐足。

「有話想問你，」松宮說：「方便嗎？」

「幹嘛偷偷摸摸地躲起來堵我？」悠人露出挑釁的目光。

「我們希望能跟你單獨談談。」加賀回答：「要是媽媽或妹妹在場，你大概不會吐實。」

「你們要談什麼？」

「待在路邊不太好，找個地方坐下吧。」

語畢，加賀便邁步向前。松宮以眼神催促悠人跟上。

他們回到方才那家咖啡店，加賀還是點咖啡，松宮換喝紅茶，悠人則選了冰咖啡。

「上高中後，你似乎沒參加社團。」加賀先開口：「爲什麼？」

「沒特別的原因，我原本就沒有感興趣的社團。」

「中學時，你不是很熱中游泳嗎？」

悠人眼睫一顫，「這算開始盤問了嗎？」

「你要這樣想也無所謂。怎麼？你好像很不開心，不想談游泳社的往事嗎？」

「我又沒那麼說……」悠人低頭囁嚅。

「換個話題。你父親這半年來常跑日本橋一帶，我們已查出原因。他持續巡訪參拜日本橋七福神，正確地說，是參拜水天宮，而且每次都供上一百隻紙鶴。你應該也已察覺。」

悠人微微抬起頭，復又垂首，搖頭否認：「不，聽你說我才知道。」

「是嗎？但你看起來不太訝異？」

「怎樣才叫訝異？你講水天宮什麼的，我又聽不懂。」

「據我們推測，你父親持續祈求避水難。莫非他身邊最近有誰遭遇跟水有關的意外？最後循線查到，修文館中學三年前曾發生泳池意外，吉永友之同學溺水送醫。你肯定有印象吧？」

「嗯。」悠人潤潤唇，啞聲應道。

「關於那起意外，希望你能告訴我們眞相。說出你所知的就好。」

沉默片刻，悠人拿起冰咖啡，以吸管喝一口後，輕輕嘆氣。

「悠人。」加賀催促。

「我不清楚。」悠人語氣強硬，「只曉得吉永是自己溜進學校泳池，卻不小心溺水。」

「那青柳先生——你父親怎會持續去參拜？他到水天宮是想祈求什麼？」

「我不知道。」

「悠人，這一點非常關鍵，或許與你父親遇害有關。不，我們認爲兩者肯定有所關聯。所以，告訴我們眞相吧。」

悠人的臉頰微顫，吐出長長一口氣後，抬起頭。

「我不知道。」悠人直視加賀，「我可以走了嗎？你們的問題我都答不上來。」

「悠人！」松宮想留住他，加賀卻微微抬手制止。

「好啊，請回。只不過，要是能得到你的協助，便能早點破案，實在遺憾。」

悠人抓起書包，旋即站起。「先走一步，多謝招待。」他猛地鞠躬便步向店門，背影散發著堅毅的決心。

松宮喝口紅茶，納悶地說：「怎麼回事？難不成那起意外的眞相，非常不利於他？」

「不，應該不是。若是爲了保護自己，不會是那種眼神。」

「眼神？」

「那是打定主意要保護別人的眼神。那種年紀的孩子露出那樣的表情時，大人說什麼都沒用。」

悠人究竟想保護誰？松宮思索著，手機忽然響起振動聲。是小林打來的。

「喂，我是松宮。」

「我是小林，有緊急消息。現下方便講話嗎？」

「嗯，請說。」

小林一頓，「驗出指紋了。」

「指紋？意思是……」松宮的腋下微微滲汗。

「你們拿回來的書上採到八島的指紋，確定監視器拍到的就是八島冬樹。所以，和被害人一起去咖啡店的不是八島。」

28

一到傍晚，氣溫驟降，呼出的些許氣息化為白霧，寒冬的腳步已愈來愈近。

悠人抱著書包走在路上，卻不是回家的方向。放學後他原要直接回去，被刑警抓去一談，頓時改變主意。

這一點非常關鍵，或許與你父親遇害有關——加賀刑警的話是真的嗎？這是什麼意思？莫非那起泳池意外，不單是父親撐著走到那個地點的原因？

各種思緒在悠人腦中交錯，甚至瞬間掠過「乾脆把一切告訴刑警」的念頭，但他終究辦不到，那不是他能單獨決定的。

來到這處不算陌生的住宅區，悠人朝其中一戶人家前進。那是棟西式大房子，門柱上嵌有刻著「黑澤」兩字的名牌。

悠人按下門鈴，過一會兒，對講機傳來女聲：「請問是哪位？」

「您好。」悠人先打招呼，「呃，我是翔太中學時的同學，姓青柳。不曉得翔太在家嗎？」

「哦，稍待。」對方似乎很快就想起他是誰。

不久，玄關門打開，黑澤翔太一臉意外。「怎麼突然跑來？」

「方便講話嗎？」

「嗯，聊一下沒關係。」

悠人走近玄關。「你手機怎麼打不通？傳簡訊給你也沒回。」

「啊。」黑澤半張著嘴，說著「對了，等等」，便縮回屋裡，門也順手帶上。伴隨著匆促的腳步聲，玄關門再度打開，黑澤拿出手機。

「我換了新手機。抱歉，一直在忙，沒機會通知你。」

「哦？」不是在忙吧？悠人心想，他父親因隱匿職災變成人人喊打的大壞蛋，黑澤不可能沒聽說，八成是覺得最好暫時別和他有所牽扯。

記下黑澤的新號碼及信箱後，悠人望著黑澤說：「噯，我也跟杉野提過，我們三個碰面談談吧。」

黑澤目光一黯，「談什麼？」

「還用問嗎？」

黑澤視線低垂，「事情都過這麼久了……」

「談一下沒關係吧。」

「也是啦……」

「那你現在有空嗎？」

黑澤抬起臉，困擾地皺眉，搖搖頭。「今天沒辦法，家教老師馬上就會來，我不能出門。」

「明天呢？」

「明天……大概幾點？」

「放學後吧。所以，五點在中目黑車站前集合，如何？」

黑澤思索片刻，回答：「好。」

「那就明天見，杉野我來聯絡。」

悠人正要離開，黑澤喊住他：「阿青！」

待悠人回過頭，黑澤問：「發生什麼事嗎？」

「你也知道吧？」悠人說：「我爸被殺了啊。」

語畢，悠人便拋下一臉愕然的黑澤，穿過大門朝馬路走去。

29

一大早，松宮與加賀在東京車站搭上九點二十分出發的新幹線淺間號511班次，預定十點三十二分抵達輕井澤。

「那邊應該相當冷，要有心理準備。」加賀將摺好的大衣放至行李架，坐回座位。今天松宮拎著公事包，加賀卻一如平日兩手空空地出門。

「提到輕井澤，腦海首先就會浮現避暑勝地的印象，不過仔細一想，也有人一年到頭都住在那裡。」松宮說：「雖然夫人解釋，他們住的原本就是吉永家的別墅。」

松宮口中的「夫人」，是指吉永友之的母親。昨晚他們打電話過去，表示希望今日能上門拜訪，但沒明講目的，只說想請教關於她兒子的事。

這趟輕井澤出差的申請，意外地很快得到上司的同意，因為凶手是八島的推論搖搖欲墜。

由於在書店的書上採到八島的指紋，證實與青柳武明一起進入自助式咖啡店的另有其人，換句話說，專案小組目前對整起事件所做出的假設已全被推翻。

當然，八島是凶手的可能性並不是零。離開書店的八島在路上偶遇走出自助式咖啡店的青柳武明，突然心生歹念行搶，也不是說不過去。但這麼一來，問題就變成，爲何與青柳進咖啡店的人沒出面協助警方？只是害怕與案件有所牽扯，而選擇保持沉默嗎？

「搞不好你們追的那條線是正確的。」石垣如此說道。答應兩人的出差申請時，他的目光彷彿充滿威嚇：「准許你們這麼亂來，最好給我找出答案！」

但實際上，究竟三年前的泳池意外隱藏什麼祕密，根本是一團迷霧。昨天松宮和加賀找青柳悠人談過後，又去找與吉永友之同屆的兩名游泳社社員詢問，但兩人都認爲那只是一起單純的意外，而看他們的反應也不像在說謊。

「我覺得他很傻，幹嘛一個人溜回學校泳池練習？大概是前輩滿看好他，他也有了自信，導致他得失心特別重吧。」和吉永友之較親近的少年感慨道。

唯一確定的是，那並非練習中發生的意外，因爲不可能所有社員串供，否則遲早會有誰說溜嘴。

松宮恍惚地陷入沉思之際，電車抵達輕井澤。一路上，他和加賀幾乎沒交談。到站後，加賀起身伸懶腰，還轉轉頭活絡脖頸，似乎睡了一覺。

兩人在車站前跳上計程車，告訴司機目的地後，順便問多久會到，司機答約十分鐘。

計程車奔馳在蒼鬱的林間。四下雖然還沒積雪，但待在車內也感受得到外頭已籠罩在冷空氣中，行人都穿著厚厚的冬衣。

駛進別墅區後，車子停下，司機表示應該是這裡。松宮先下車探情況，隨即瞧見一棟建築物，門柱上掛著刻有「吉永」二字的木牌。

「沒錯，就是這一戶。」松宮對車內的加賀說。

加賀付完車費下車，低喃著「眞的很冷」，扣上大衣鈕釦。

由於找不到門鈴，兩人直接走進大門。寬廣的庭院映入眼簾，長長的步道連通大門與玄關。

主屋以淺褐爲基調，散發出平靜的氛圍。窗戶皆裝上護窗板，門口的架高設計似乎是爲方便積雪時出入。

玄關門旁有個對講機，松宮按下門鈴，馬上傳來應答的女聲。

「我是警視廳的人，昨天跟您聯絡過。」

「好的。」

隨著一陣開門聲，出現一名身材和臉龐都很嬌小的女性。她穿毛衣搭牛仔褲，略微花白的頭髮束在腦後，看上去約五十歲。昨天在電話裡得知她名叫美重子。

松宮與加賀自我介紹後，美重子讓兩人進屋。室內相當溫暖，還飄著淡淡花香。

「友之同學呢？」換上拖鞋後，加賀問道。

美重子輕輕合掌，看著兩名刑警說：「他在客廳。」

穿過走廊，盡頭有扇門。美重子說聲「請進」，松宮與加賀便踏入客廳。門內是寬闊的挑高空間，隔出一區餐廳。除了高級沙發與茶几，窗邊還有張安樂椅——上頭坐著一名少年。

他穿著運動服，膝上的毛毯遮住下半身。雖面向兩人，卻緊閉雙眼。體型瘦削，肌膚如陶器般蒼白，齊眉的劉海梳得十分平整。

松宮緩緩走近，低頭一看，少年像屍體般動也不動。

「他能自主呼吸喔。」吉永美重子的語氣甚至帶著點自傲，「狀況好時，也會有表情。」

「他會睜開眼嗎？」

聽加賀這麼問，美重子似乎有些意外，嫣然一笑。「他在睡覺呀，不會睜開眼的。他只是在睡覺。」

聽起來彷彿在強調——這孩子很健康，沒任何問題。或許她想這麼說服自己吧。

「二位這邊請。」

於是，松宮與加賀在沙發坐下。美重子端來紅茶，看得出杯子也是高級品。

「你們是何時搬來這裡的？」加賀問。

「那起意外發生的隔年吧，我丈夫剛好屆齡退休，就處理掉東京的房子，一家三口搬來這裡生活。因爲我們想待在空氣清新的地方，好好照顧那孩子。」

「您丈夫今天不在嗎？」

「他去東京。由於手上還有幾間公司的顧問工作，他得定期回東京辦公。」美重子微笑道。

松宮心想，還好吉永友之生在有錢人家。對一般家庭而言，這筆照護費肯定是非常沉重的負擔。

「那麼，二位想談什麼呢？」美重子說。

加賀微微傾身向前，「是關於您兒子的那起意外。根據我們手邊的資料，意外發生後，府上並未提出任何告訴，是對事情經過毫無懷疑嗎？」

美重子輕輕搖頭，「老實講，我有滿腹的疑問。很難相信那孩子會一個人偷偷跑到學校泳池，也不相信他會溺水。畢竟他從小就固定在上游泳課，比誰都識水性，非常清楚水是多麼恐怖。」

「但你們接受了學校的說法？」

「那是不得已的。警方也沒發現疑點，更何況，當時最重要的是救這孩子，我們根本沒心思去管責任歸屬。」美重子望向安樂椅，「另一方面，我也覺得，他責任心那麼強，並不是不可能……」

「怎麼講？」

「直到比賽的前一天，他還在擔心會拖累其他人。」

「拖累？」

「他被選上參加游泳接力賽。其餘幾棒都是三年級生，只有他是二年級，所以很怕給學長添麻煩。」

「接力賽……」加賀似乎陷入思索。

「呃，你們在調查什麼呢？事到如今，怎會突然對那起意外感興趣？」

十分合理的疑問，於是加賀解釋：「其實，不久前東京發生一樁命案，我們負責調查。」

「命案……」美重子的表情蒙上一層陰影。

「請放心，我們並非懷疑府上與那案子有關。只是，我們查出被害人生前的一些行徑，似乎與您兒子發生的意外有關，所以想來打探詳情。」

「那位被害人是？」

「他姓青柳，青柳武明先生。您有印象嗎？」

「青柳先生……好像聽過，不過很抱歉，應該不是我們認識的人。」

松宮心想，大概是吉永曾與家人提過社團前輩，美重子才隱約記得青柳這個姓氏。但上門造訪前，松宮與加賀商量過，今天暫時別告訴吉永的家人，青柳武明是吉永社團前輩的父親。

「您曉得日本橋的水天宮嗎？那座神社以保佑安產著名，但對保佑除水難似乎也很靈驗。」

聽加賀一提，美重子眨著眼，回道：「雖然曉得……」

「依我們調查，青柳先生會固定前往水天宮參拜，而且每次都摺一百隻紙鶴供奉，關於這部分，您有沒有——」

加賀不禁一頓。只見美重子的神情驟變，雙眼圓睜，倒抽口氣。

加賀又問：「您想到什麼嗎？」

美重子大大點頭。「是的。我想，那個人就是『東京的花子小姐』。」

「花子小姐？」

「稍待一下。」美重子起身走出客廳。

松宮與加賀面面相覷。即使是身爲菁英刑警的表哥，也露出莫名所以的表情，但目光比平日強烈，顯然已預見將取得關鍵線索。

美重子抱著一臺筆記型電腦返回。

「其實，我持續在寫部落格。原本只是想記錄照護我兒子的過程，卻陸續收到來自各方的鼓勵。」美重子按下電源開關。

「『東京的花子小姐』就是其中一人？」加賀問。

美重子點頭，「我和那網友都是透過電子郵件聯繫。我也猜過對方可能是男性，這樣啊，原來他不幸遇害……」

「所以，您曉得那一百隻紙鶴的事情？」

「是的，他說要把千羽鶴分十次幫我送去供奉。至於詳細內容，看我的部落格就明白。不好意思，獻醜了。」美重子將筆電轉向松宮與加賀。

螢幕上映出部落格的首頁，頁面妝點著許多色彩繽紛的圖樣。

「喂。」加賀指著畫面上方。松宮一看，大吃一驚。美重子部落格的名稱，就叫「麒麟之翼」。

30

下午兩點過後，松宮與加賀回到東京車站。接著，兩人依加賀的提議，直接前往修文館中學。

抵達學校，兩人先前往職員辦公室。再度見面，昨天帶他們到會客室的女職員一臉訝異。

「不好意思，我們想和糸川老師多聊一下。」加賀說。

女職員面向電腦查了一會兒。「糸川老師上課中，兩位很急嗎？」

「沒關係，等他下課再說。方便在昨天那間會客室等候嗎？」

「嗯。記得怎麼走嗎？」

「不要緊，我們自己過去就好。」

來到會客室，兩人和昨天一樣並肩坐在沙發上，卻沒交談。該討論的事，他們在新幹線的回程已全商量好。不過，說是商量，其實都是加賀陳述推理，松宮只有聽的份。

二十四小時內，釐清不少疑團。兩人有十足的把握，這起案子很快就能偵破。

鐘聲響起，校園內一陣騷然，走廊上腳步聲來來去去。

幾分鐘後，會客室的門打開，糸川帶著比昨日更甚的警戒神色出現。

松宮與加賀起身行一禮。

「今天有何貴幹？我所知的已全告訴你們。」糸川毫不掩飾內心的不悅，高聲道。

「抱歉又來打擾，我們希望能借閱一份文件。」加賀說。

「什麼？」

加賀一頓，回答：「比賽成績。三年前那起意外發生前，有場游泳大賽吧？我們想看當時的紀錄。」

「何必呢？」糸川的臉龐微微抽搐，語氣有些退卻。

「據先前的證詞，吉永友之同學是因比賽成績不理想，受到打擊才會溜回學校泳池自主練習，對吧？那麼，成績究竟多糟？我們認爲得確認一下。」

糸川皺起眉，「沒必要吧？吉永那次賽績不佳眾所皆知，我也記得很清楚。」

「但是，」加賀逼近糸川一步，「警方需要具體的數字，麻煩您。」

被高頭大馬的刑警俯視，糸川似乎也沒轍。「我明白了。那麼，兩位稍候，我去拿。」

「不，我們直接去看就好。教師辦公室就在附近吧？」

「資料不在教師辦公室，都收在社辦。」

「這樣啊。沒關係，一塊過去吧。」

松宮也站到加賀身旁，催促糸川：「走吧。」

糸川苦著臉步出會客室，松宮與加賀隨後跟上。

校園到處是高聲談笑的學生，見糸川三人經過，紛紛露出好奇的眼神。對他們而言，校內出現老師以外的大人似乎相當稀奇。

游泳社社辦位於泳池旁一棟小建築物的二樓，一樓則是更衣室。

糸川打開門鎖。社辦空間很小，只有書桌、置物櫃和收納櫃，書架上擺著成列的文件夾。根據上頭的標示，那些顯然都是比賽成績的檔案。

「就是這個吧？」加賀拿出白手套，「方便借看嗎？」

糸川粗魯地應聲：「請便。」

加賀迅速翻開文件夾。松宮也戴上手套，湊近加賀手上的資料。

翻到某一頁時，加賀手一頓。資料上標記著三年前的八月十八日，也就是那起意外發生的當天。
松宮目光掃過比賽項目與出場的選手名單，發現吉永友之的名字出現在五十公尺自由式的項目，青柳悠人也在同一組。
加賀指著一處，正是兩百公尺接力賽的紀錄。看到選手名單，松宮不禁嚥下口水，因為上頭寫著：
第一棒　青柳悠人（三年級）
第二棒　杉野達也（三年級）
第三棒　吉永友之（二年級）
第四棒　黑澤翔太（三年級）
「記下來。」加賀低聲吩咐松宮。其實不用他提醒，松宮早拿出記事本和筆。兩人想調查的並非比賽成績，而是這份接力賽的成員名單。
青柳悠人和吉永友之沒再出現在別的項目。
加賀闔上文件夾，放回書架。回過身，只見糸川陰鬱地站在他們身後，眼神甚至帶著些許攻擊性。
「看夠了嗎？」糸川出聲。

「嗯。另外，方便請教一事嗎？」
「什麼？能快點問完嗎？」
「糸川老師教的是哪門課？」
糸川微訝地皺起眉，回道：「數學。」
「這樣啊，中學的數學有很多公式，像畢達哥拉斯定理或公式解之類的。」
「是的，那又怎樣？」
「雖然背下公式便能解出許多問題，但要是一開始就記錯公式，只會不斷答錯，也有這種狀況吧？」
「對啊。」糸川臉上明顯寫著「你這個刑警到底想說什麼」。
「請務必教導學生記下正確的公式。」
「不需要您提醒──」
「是嗎？嗯，今天打擾了，謝謝您的協助。」加賀很快說完，向松宮使個眼色，兩人便告辭。
踏出校門，兩人到附近的家庭餐廳吃了頓午晚餐。中午回東京的新幹線上，兩人討論得太專注，錯過用餐的時機。

用完餐，松宮從公事包拿出一份影印文件，是游泳社的通訊錄。

「杉野達也和黑澤翔太啊。可以確定的是，這兩人加上悠人，肯定和三年前的意外脫離不了關係。」

加賀喝著餐後咖啡，點點頭，「應該吧。最起碼，他們一定曉得某個重大關鍵，而且約好絕不向外人透露。昨天，悠人恐怕是在保護伙伴，認爲沒經過另外兩人同意，不能擅自洩漏眞相。」

「你的意思是，要讓他們吐實，得找齊三人？」

加賀拉近文件，「我負責杉野達也，黑澤翔太就麻煩你。」

「好的。」

依通訊錄上的資料，雙方的住處離得很遠。

「現在四點半，學校差不多要下課了吧。」加賀瞄一眼手表。

「找到黑澤翔太後，在哪裡碰頭？」

加賀思索片刻，應道：「到青柳家吧。或許那時悠人已進家門，就算還沒，也遲早會回去。」

「了解。總之，找到黑澤翔太，我就先通知你。」

「好。」

兩人在餐廳前分開，松宮跳上計程車。由於車上裝有衛星導航，松宮請司機輸入黑澤翔太家的住址，發現最近的車站也是中目黑，只不過與青柳家方向相反。

車子停在住宅區的中心，松宮付完錢下車。這一帶的宅邸相對高級，他確認著門牌前進，很快找到黑澤家。那是一棟豪華的洋房。

松宮按門鈴，朝對講機報上身分。一聽是警視廳的人，對方不禁提高嗓音。

到玄關迎接松宮的，是一名穿開襟紫羊毛衫、氣質優雅的女性，應該是黑澤翔太的母親。松宮表示有事要找她兒子，她不安地縮起肩膀問：「那孩子做了什麼……」

「不是的。」松宮笑著搖搖手，「只是有點小事想請教。他還沒回家嗎？」

「剛回來又馬上出門，說是與朋友有約。」

「朋友？高中同學嗎？」

「不，是他中學的社團朋友。」

「社團？您是指游泳社？」

「對……」黑澤太太怯怯斂起下巴。或許是刑警如此清楚兒子的事情，她不禁心底發毛。

「那朋友的名字是？」

「他說是青柳同學……」

松宮心頭一驚。這只是偶然嗎？

「您曉得他們要去哪裡嗎？」

「唔，我也不清楚。」黑澤太太偏著頭，「好像約在車站碰面。」

松宮心中的不安益發強烈，事態似乎正朝一點也疏忽不得的方向前進。

「方便打個電話，問出他在哪裡嗎？不過，請別提到我。」

「咦，要怎麼問？」

「就交給您了。」

黑澤翔太的母親困惑地轉身進屋，松宮趁空檔通知加賀目前的狀況。

「看來得先逮到黑澤翔太。好，我馬上去車站，想辦法找出他們。」

「那杉野達也呢？」

「家人說他還沒回家，搞不好也和悠人有約。」

「三人在這節骨眼碰面，只是偶然嗎？」

「應該不是。青柳先生的案件改變了悠人的想法，加上昨天我們問過他那椿意外的細節，或許他也思考起兩者的關聯。」

「怎麼覺得不太妙……」

「不能出事，得盡快找到他們。」

「了解。」松宮結束通話，黑澤翔太的母親神情黯然地出現。

「他在車站前那一帶，可是不肯告訴我詳細地點……」

沒辦法，松宮只好記下黑澤翔太的手機號碼，匆匆離開。

一趕到中目黑車站，松宮馬上聯繫加賀，兩人分頭到附近的速食店及咖啡店找人。由於客層多是同樣年紀的高中生，要找出悠人他們格外耗神。

經過一家漢堡店時，松宮瞥見熟悉的高中制服，立刻停步探看。只見青柳悠人坐在窗邊的吧檯座位，身旁的長髮小夥子應該就是黑澤翔太。

松宮聯絡加賀，他恰好在離這裡不遠處。

不久，加賀趕到，和松宮一起踏進店內，筆直走向悠人。長髮小夥子先注意到他們，悠人也跟著回頭，大吃一驚。

「你是黑澤吧？」加賀問長髮小夥子。

「對……」小夥子神色警戒。

加賀低頭看向悠人，「莫非你也約了杉野？」

悠人默不作聲，側臉流露年輕人的倔強。

「果然。」

「囉唆。」悠人別開臉，「我約誰碰面不關你們的事，還是說這樣也犯法？」

「不就是犯了法，你們才決定約出來談？」加賀應道。

兩人的臉色慘白，黑澤翔太的雙眼逐漸泛紅。

「杉野何時會到？」加賀問。

悠人臭著一張臉，「他不來了。我們約五點，那傢伙還沒出現。打電話沒通，傳簡訊也不回。」

松宮看看時間，杉野已遲到超過三十分鐘。

「你幾時約他的？」加賀問。

「白天我傳簡訊通知他。雖然跟我同校，但被撞見我們交談，他可能會遭排擠，所以我才用簡訊。」

「他回傳了嗎？」

「嗯，只說會盡量抽空。保險起見，我又傳一封，提醒他一定要來。」悠人咂個嘴。

加賀伸出手，「方便借看那幾封簡訊嗎？」

「啊？」悠人瞪大眼，「要幹嘛？」

「別管那麼多，快點拿出來！」

或許是震懾於加賀的嚴厲語氣，悠人拿出手機，熟練地按幾個鍵便遞出。

松宮從旁湊近，手機裡確實有兩封悠人今天傳給杉野達也的簡訊。第一封是：「我有話要說，五點在中目黑的漢堡店集合，我已通知黑澤。」杉野回傳：「家裡有點事，不確定能不能到。我會盡量抽空過去。」然後，悠人傳出第二封：「我要談的是很重要的事，你一定要來，或許跟我爸的案子有關。昨天刑警問我吉永的事了。」

加賀把手機還給悠人，望向松宮。看著加賀的神情，松宮心頭一凜，從沒見那麼銳利的目光。

「聯絡總部，請他們立刻動員，全力找出杉野達也。不快點就糟了。」

31

室內溫度明明不低，悠人卻恍若身處冰箱中，或許是牆壁太過蒼白的緣故。空間裡只擺著會議長桌與摺疊椅，更加深他內心的不安。之前也來過這裡，那是在父親身亡當晚，跟著警察到日本橋署確認父親的遺物。

悠人獨自呆坐，同行的黑澤被帶進不同的房間。黑澤現下在做什麼？兩人在漢堡店碰頭後，其實沒聊到重點，因爲悠人想等三人到齊再說。

他完全搞不清狀況。那個加賀刑警爲何急著找出杉野？又爲何要他和黑澤來警署？

悠人檢查手機，杉野依舊沒回簡訊。要不要直接聯絡他？算了，之前打那麼多次，全沒接通。

把手機放回口袋時，敲門聲響起，他登時挺直背脊。

加賀與松宮在悠人的對面坐下。

「還是找不到杉野。」加賀說：「目前我們動員了全東京的警力，我們原本該去協助搜尋，但另有任務在身，就是來跟你問個明白。」

悠人想嚥口水，卻是口乾舌燥。

加賀注視著他。「希望你把一切告訴我們，包括三年前那起意外的眞相。」

悠人垂下目光，直盯著桌面細微的傷痕。

「你一定很後悔，」加賀繼續道：「所以摺紙鶴供奉到水天宮。之後，你覺得這樣不夠，便決定把日本橋的七福神拜過一輪，對吧？」

悠人詫異地抬起頭，沒想到刑警查得這麼深入。

那雙眼想必有過人的洞察力，隨口撒謊肯定騙不倒他。不過，先前在漢堡店見到時的壓迫感已消失，現下悠人只覺得，就算坦白所有事情，他也會溫厚地包容。

「『東京的花子小姐』就是你吧？然後，代替你的是青柳武明先生，也就是你的父親，對不對？」

聽到加賀這段話，悠人心知已無法隱瞞，是時候揭開事實了。

「嗯。」悠人應道。

加賀輕吁口氣，「你願意告訴我們嗎？」

「是。」悠人回答。

「那麼，從哪邊講起？當年的意外，可以嗎？」

「唔。不過，能不能先給我一杯水？」

松宮站起，「水就行了嗎？也有茶和咖啡。」

「水就好，謝謝。」悠人應道，思緒已飛回三年前。

吉永友之是個囂張的二年級生。

不，正確地說，是在悠人等三年級生的眼中，這學弟很狂妄。但實際上，會給人這樣的印象，吉永本身沒有任何責任。他既不曾頂撞前輩，練習也從不偷懶，甚至該誇獎是認眞乖巧的優良社員。

這樣的吉永會成爲三年級生的眼中釘，起因於某天回社團指導的前輩的一段無心之言。前輩看過所有學弟的狀況後，集合告訴大家：

「你們當中游得最好的是吉永。一、二年級生當然要向他看齊，然後，包括你們幾個三年級生，也得多學著點，明白嗎？」

悠人聽到這番話，受到相當大的衝擊。不是前輩對大家評價甚低的緣故，而是他早隱約察覺吉永的實力，只是不願正視這一點。

確實，吉永的泳姿非常漂亮。現階段只因體力還沒養成，泳速仍是悠人領先，但不久吉永就會超越自己。這麼想的，不止悠人一個。

前輩來指導的那天，練習結束後，三年級生聚在一起，不停地講前輩與吉永的壞話。

「搞不懂前輩在想什麼，那種慢吞吞的游法，最好大夥都學得起來。」

「就是說，游成那樣搞屁啊。你們看到那傢伙得意的表情嗎？」

「他根本沒把我們放在眼裡。」

那天之後，三年級社員對吉永的態度驟變，都不主動與他交談。要是他向學長尋求技術層面的指導，甚至有人會冷言冷語：「哎呀，我哪有什麼好教給吉永教練的呢？」在吉永游出不太理想的成績時，三年級生還會暗地擊掌歡呼。

不過，那還不到霸凌的程度，只是點到為止地捉弄。

在這樣的氣氛下，校際游泳大賽來臨。修文館中學游泳社全員出賽，但各項成績都不盡理想。其中，遠遠辜負顧問糸川期待的就是接力，包括兩百公尺及混泳接力，成績都比練習時糟。要是拿出平常的實力，奪金根本不是夢想。

「你們今天的表現讓我非常失望。」比賽結束後，糸川告訴社員：「好好反省，檢討究竟哪裡做得不夠。找到答案，就以行動表示。否則照這樣下去，你們只會愈來愈退步。」

悠人參加的是兩百公尺接力，成員是杉野、黑澤，加上吉永。糸川宣布解散後，四人聚在一起。

「老師的意思，不就是要我們練習再練習。」杉野說。

「練夠多了好嗎？都練成那樣，還要我們怎麼做。」悠人反駁。

此時，吉永幽幽開口：「對不起，是我拖累大家……」

雖然是事實，但三人都很清楚，這不是慘敗的唯一原因。然而，巴不得把責任推到別人身上的他們，卻抓著吉永的話起鬨。

「你這小子，不過是被前輩稱讚幾句，就很驕傲吧？」黑澤說。

吉永搖頭，「沒有。」

「那今天的成績怎麼會這樣？你說啊！」

「對不起，我明天起會加緊練習。」

「什麼明天，今天就開始。喂，吉永，馬上就練習吧，特訓、特訓。」黑澤雙眸閃著光芒，顯然自認出了個好主意。

「馬上？」悠人訝異地望著黑澤，「在哪練？」

「回學校啊，泳池應該進得去。」

「這種時間？」現下是傍晚五點多，回學校就超過六點。

「啊，我溜進去游過，泳池的圍欄有個地方很好翻越。」杉野也躍躍欲試。

悠人曉得黑澤和杉野在打什麼鬼主意。他們一定是想藉特訓的名義，整整吉永。其實，他們沒那麼氣吉永，也不討厭他，只是想找個出口把挨罵的鬱氣一掃而空。

當時，要是出聲阻止「不要幹那種無聊事」就好了，悠人卻沒能說出口，因爲不想被另外兩人覺得自己不上道。或許杉野，甚至是提議特訓的黑澤，內心也這麼想。

吉永當然無法拒絕，於是四人溜進學校泳池。因正值暑假，校內一片靜寂，天色也愈來愈暗。

他們在池畔換上泳褲便跳進水裡。起初四人自在地游著，沒多久，黑澤命令吉永發揮全力練習。

「不過，不能用腿，得靠臂力游。我們會抓住你的腳，你就拉著我們前進吧。」

特訓方式如下：第一棒的黑澤潛水抓住吉永的雙腳，待吉永游到正中央，就交給第二棒；等吉永游到池邊，再交棒給第三人。吉永雙腿持續被抓著，來回不斷地游。

游完二十五米的距離兩趟，游回泳池中央一帶時，抓著吉永的腳的黑澤交棒給杉野，悠人則移向池畔。

不久，水面冒出兩個腦袋，但四下太暗，認不出是誰。

「怎麼？」悠人問。

「不見了。」傳來黑澤的話聲，「吉永不見了。」

「啊，為什麼？你不是抓著他的腳嗎？」

「我放手交棒，那小子卻突然消失。」

「逃走了嗎？」悠人掃視整座泳池，卻不像有誰上岸的跡象，而且四下一片漆黑，連水中的情形都看不清。

「啊！」杉野大叫，「在這裡，他沉下去了！」

三人心裡一涼，悠人立刻衝回泳池中央。

他們把吉永拉上池畔，但吉永全身癱軟，動也不動，喊也沒反應，似乎已沒呼吸。

杉野連忙幫吉永做心臟按摩，但他依然毫無反應。

悠人正不知所措時，突然傳來一聲大喊：

「喂，你們在幹嘛？」

悠人嚇到心臟差點停止，抬頭一看，糸川拿著手電筒衝來。

「你們幾個搞啥鬼！」

沒人回答，悠人也只默默望著吉永。

「怎麼回事？你們對吉永做了什麼？」糸川一把抓住黑澤的肩膀。

「……我們在特訓。」

「特訓？」

「是，沒想到他會溺水……」

「笨蛋！」糸川罵一句後，立刻掏出手機，瞪著悠人他們說：「發什麼呆，繼續心臟按摩，還有人工呼吸啊。我不是教過嗎？」

杉野重新幫吉永心臟按摩，悠人也回想著學過的人工呼吸法照做。

糸川通報119後，隨即推開杉野，接手心臟按摩，然後吩咐：「你們去換衣服離開這裡。救護車馬上就來，你們不要在場比較好。」

「……那我們該待在哪裡？」杉野問。

「快走就對了，不要被看見，回家等消息。還有，不准跟任何人提起這件事，也不能告訴父母。聽好，今天大賽結束後，你們和吉永便各自離開。事情就是這樣，明白嗎？」見悠人他們默不作聲，糸川追問：「懂不懂？」

「嗯……」三人答得有氣無力。

「好，快走吧。絕不能被看見。」

三人連忙換回衣服，沿溜進泳池的路線離開。翻過圍籬時，傳來救護車由遠而近的鳴笛聲。

後續大人怎麼處理的，悠人並不清楚。深夜，他接到杉野的電話。

「糸川老師剛聯絡我，吉永救活了。」

聽到這句話，悠人登時卸下心頭大石。他擔心吉永就這麼喪命，整晚悶悶不樂，飯也沒吃幾口，一直關在房裡。

「真是太好了，終於能放心。」悠人由衷感到慶幸。

「呃，不，還不能放心。」與悠人相反，杉野語氣低沉。「聽說他沒醒來。」

「什麼？」

「雖然恢復呼吸，可是一直處在昏睡狀態，所以他仍待在醫院。」

情緒只短暫獲得舒緩，沉重的巨石很快又壓上心頭。

「明天一早，應該會召集游泳社全員問話，老師交代我們別多嘴。」

「這樣好嗎？」

「不然游泳社可能會被廢掉。」

或許吧。悠人深深體認到，他們犯下多麼嚴重的錯。

隔天，警察來學校，集合游泳社員詢問前一天的事。參加兩百公尺接力賽的悠人他們自然被問得最仔細，但三人全照糸川的囑咐回話，而警方也沒起疑。

這場騷動不久就平息，糸川編的腳本似乎如下——

游泳大賽結束，社員就地解散。糸川回學校整理並記錄社員的成績，途中想起得去社辦一趟，走到池畔時，看見地上有衣物，於是拿手電筒照向池內，赫然發現有人沉在水底，拉上岸後，認出是二年級的社員吉永友之。糸川馬上通報119，邊持續幫吉永做心臟按摩及人工呼吸，救護車很快趕到現場，把吉永送進醫院。

「大概是賽後遭我責罵，認為得負起責任，他才會偷偷跑回學校練習。」糸川向警方如此供稱。

誰都沒對這腳本起疑。畢竟從警方問到的證言，顯示吉永責任心很強，賽後曾對同年級的社員吐露，接力成績不理想都怪自己拖累大家。

然而，悠人內心七上八下。就算沒人起疑，一旦吉永恢復意識，謊言馬上會被戳破。

「到時就這麼解釋。」糸川找來悠人、杉野和黑澤交代，「只能向吉永和他雙親鄭重道歉，說是為了救游泳社才撒謊，我也會陪你們一塊低頭謝罪。不過，不到緊要關頭，全閉上嘴巴，絕不能洩漏眞相，懂嗎？」完全是不容抗拒的語氣。

即使有所猶豫，悠人他們仍遵從糸川的指示。不得不承認，他們一方面祈禱吉永早日恢復健康，但心底某個角落其實希望他別醒轉。

之後回想，糸川恐怕早預見吉永不會醒來，而吉永也沒再回到學校。隨著光陰流逝，悠人他們帶著內心深處的傷痕，迎向畢業。

32

告訴悠人那個部落格的是杉野。某天，他跑來問悠人「你曉得『麒麟之翼』嗎」，神情有些凝重。

「麒麟？那是什麼？」

「你果然不知道。那是一個部落格的名稱，用平假名寫成『麒麟之翼』。」

「部落格啊，有啥特別的地方嗎？」

杉野沒正面答覆，只說：「你去看就明白，搜尋一下便找得到。」

回家後，悠人上網搜尋，的確馬上查到，部落格全名是「麒麟之翼——夢想著展翅高飛的那一天」。格主似乎是女性，最近的一篇發文如下：

我家的麒麟君今日依然在夢鄉中。看他指甲有點長，便幫他修剪了。

即使在沉睡，頭髮和指甲還是持續生長，可能再過不久又該幫他剪頭髮，這次剪個成熟點的髮型吧。

下星期就是節分(*1)，祈禱今年福氣真能降臨我們家。

什麼嘛——悠人心想，不過是平凡無奇的生活雜記。麒麟君是寵物，還是小嬰兒？總之內容跟喃喃自語差不多，搞不懂杉野幹嘛特地叫他看，難道杉野指的不是這個部落格？幾篇文章貼了照片，拍的不外乎是一些日常用品或戶外風景，沒值得一提的，攝影技術也談不上高明。

忽地，一張照片映入眼簾，悠人拉動視窗捲軸的手停下。

那張照片發表於一月一日，也就是元旦，拍的是一名坐在輪椅上的少年。他穿西裝繫領帶，一頭短髮梳得整整齊齊。

然而，少年瘦削的臉龐面對鏡頭，眼睛卻沒睜開。頸部後方墊著厚毛巾，似乎是幫他固定頭的方向。

這篇內文寫著：

我家的麒麟君也迎向新的一年。我幫他買了套西裝，特此拍照留念。

悠人驚愕不已，終於明白杉野的用意。

*1 節分在日本指季節的分際，通常指立春的前一天，約在每年的二月三日或四日。日本人在這一天有許多傳統活動，例如撒豆驅鬼招福、吃惠方卷等，各地寺廟與神社也有祭典。

照片上的少年正是吉永，而寫部落格的是吉永的母親。

悠人回頭查看舊文，發現部落格已開一年多。從最初的幾篇，他明瞭吉永的母親開設部落格的目的。

她的兒子在中學二年級的夏天發生意外，之後一直沒清醒，醫師也已不抱希望，但她和丈夫仍不斷祈禱兒子有一天會睜開眼睛。於是，全家搬到輕井澤定居，持續照護昏迷的兒子。她寫部落格，是想記錄兒子的狀況，以及她與兒子的生活點滴。

悠人僵坐在電腦前。

其實，他以爲吉永早就不在人世。雖然中學畢業時，曾聽說吉永仍沒恢復意識，但不知怎地，他總覺得那狀況應該撐不了多久。不，講得極端一點，對他而言，意外發生當下，吉永就跟死去沒兩樣，或許杉野他們也有同感。

然而，吉永還活著，從那之後就沒再醒來。他母親一直沒放棄，始終相信兒子會睜開眼……

悠人再度痛切體認到，自己和同伴犯下的罪孽有多深重。那件事根本沒落幕，吉永一家至今仍困在水深火熱中。

後來，悠人告訴杉野，他已看過那個部落格。

「是喔。」杉野只簡短回應，接著補一句：「不過……那也沒辦法。」

像是他試圖說服自己的話語。

那也沒辦法，我們一點忙都幫不上——確實如杉野所說，他們怎麼補救都沒用，就算對吉永的雙親坦白眞相，吉永也不可能清醒，反而會害他父母一輩子抱著悔恨的心情。

可是，這樣眞的好嗎？

悠人每天都上去看部落格。吉永母親更新的頻率不算頻繁，沒更新的日子，悠人就回頭翻舊文。

某天，他發現一篇文章：

因爲有點事要辦，今天去了一趟久違的東京，還順道參拜水天宮。雖然水天宮以保佑安產著名，其實對除水難也相當靈驗。麒麟君出意外後，我不時會前去祈福，加上水天宮屬於日本橋七福神之一，我也就一併參拜其他七間神社（雖然是七福神，卻共有八間神社）。講個題外話，部落格的名稱，就是那陣子我看到日本橋的麒麟像得到的靈感。不過，遺憾的是，搬來這裡後就少有機會再去參拜。

「水天宮」與「日本橋七福神」兩個名詞，隨即烙印在悠人腦海。不過，這並不代表他立刻決定要做些什麼。實際採取行動，起因於一次偶然——

親戚辦婚禮的飯店，就在水天宮旁邊。

受邀前往的悠人偶爾得空，便溜出飯店，想去看一下水天宮。由於這天是假日，神社境內滿是參拜的民眾，大多是來祈求安產的，只見許多人圍著那對知名的狗媽媽與幼犬的銅像撫摸著。

悠人投下香油錢，誠心祈求吉永友之早日康復，便退到稍遠處，以手機拍下主殿的照片。回到飯店後，爸媽問他跑去哪裡，他當然沒講實話，隨口編了個理由。

猶豫三天後，他決定上部落格留言。

妳好，我常來逛部落格，眞的很希望麒麟君能早日醒來。前幾天碰巧有機會去一趟水天宮，便替他祈福，還拍了照片。請繼續加油，誠心祝福你們。

他的署名是「東京的花子」。

不久，吉永的母親就回覆他的留言。

謝謝妳，這對我們是很大的鼓勵。不曉得妳拍到怎樣的照片？方便讓我們看一下嗎？

悠人有些不知所措。照片雖可透過電子郵件寄給對方，且經由免費信箱寄出，便能隱藏眞實身分，但能瞞多久？要是對方問起，又該怎麼蒙混過去？

最後，悠人仍藉電子郵件寄出照片。因爲要是一直沒反應，恐怕會傷害到對方。

吉永的母親很快就回信，除了道謝，還問：「我能把照片放上部落格嗎？」悠人答覆：「當然。」

隔天，部落格便貼出悠人拍的水天宮照片，並加註一行：

這是東京的花子小姐寄來的照片。

看到這篇發文，悠人的內心逐漸產生變化，深深封印在心底的結，彷彿得到解放。他發現，自責做這種事也無法贖罪時，心中一隅又不禁覺得，總比袖手旁觀好吧？至少，比耗費精神努力忘掉那件意外要好得多。

他思考著還能爲吉永做什麼，終於決定去巡訪參拜七福神。雖然全都拍下照片，但心意似乎不太夠。

偶然間，他逛到一家和紙專門店，看著美麗的摺紙，登時靈光一閃——就是這個！

悠人暗中摺起紙鶴，目標是以千羽鶴爲吉永祈福。不料，這項作業相當耗時，於是他先挑出所有粉紅摺紙，摺一百隻紙鶴後，帶到水天宮，放在香油錢箱上拍下照片，然後將照片寄給吉永的母親。對方馬上回信，從字裡行間看得出她非常感動，而悠人所拍的照片，隔天就被貼上部落格。

次月，悠人挑出正紅摺紙，又摺一百隻紙鶴。這回他不僅參拜水天宮，還把紙鶴帶到七福神的每間神社，並全拍下照片。下個月，他摺的是橘色紙鶴，再下個月是褐色。每次變換顏色，是想證明不是重複使用同一串紙鶴。他暗下決心，至少要持續到摺完一千隻紙鶴爲止。

然而，計畫卻出乎意料被打斷。某天，他一如往常坐在電腦前寄電子郵件，史子突然喊他下樓，雖然不是什麼要緊事，但緊接著朋友來電，悠人待在客廳和朋友聊了許久，回房時竟撞見正要走出的武明。

悠人大聲抗議：「你怎麼隨便進我房間！」

但父親沒理會他的抗議，逕自問：「那是什麼？」

悠人心頭一驚，想起電腦螢幕還開著免費郵箱的畫面。

「你偷看我的郵件嗎？」他瞪向父親，「就算是爸媽，也有能做和不能做的事吧？這樣是侵害個人隱私。」

父親一副懶得爭論的神情揮揮手，「不用扯那麼多。先交代清楚，那到底是什麼？你用女生的名字寫信給誰？」

「煩不煩，我又沒幹壞事。」悠人推了父親胸口一把，便走進房裡。

他立刻檢查電腦。之前寄給吉永母親的郵件都有存檔，不曉得父親看過幾封，總之他刪光所有寄件備份。

不甘心與不舒服的情緒在他心中擴散，彷彿珍視的東西遭到玷汙，神聖的場所被任意踐踏。

悠人拿出藏在衣櫥的紙箱檢查，至今摺的紙鶴全收在箱內，父親似乎沒翻到這裡，但他還是把紙鶴塞進便利商店塑膠袋，趁隔天上學找個地方整袋扔掉。

之後，悠人就沒再寫電子郵件給吉永的母親。況且，由於已刪除郵箱帳號，即使對方寫信給他，他也看不到。而紙鶴當然沒繼續摺，更別提去參拜七福神。

至於與父親之間的相處，他決定盡可能不和父親照面。半年過後，就發生這次日本橋的案件。

儘管依然在意「麒麟之翼」部落格，悠人卻沒再上去看。「東京的花子小姐」突然斷絕聯絡，吉永的母親想必很失望，悠人不敢看到她吐露那份心情的隻字片語。漸漸地，他便淡忘這一連串的事情。

所以，得知父親在日本橋遇害時，他壓根沒想到會和「麒麟之翼」扯上關係。更何況，父親遇刺的地點與神社有段距離。

直到松宮刑警提起日本橋上的麒麟青銅像，他才如冷水澆頭，驚愕不已。長著翅膀的麒麟銅像……

聽到這個消息前，悠人以爲部落格的平假名標題「麒麟之翼」，當中的「麒麟」指的是長頸鹿（*1）。因爲他曾在搜尋引擎輸入「麒麟、日本橋、銅像」，查到的是一尊長頸鹿雕像，就矗立在日本橋地區的某大樓入口，似乎是相當知名的地標（*2）。於是，他還擅自想像吉永可能從小就很喜歡長頸鹿。

但他發現自己完全誤會。吉永的母親巡訪參拜七福神後，回程繞去日本橋上，抬頭望著那兩尊麒麟青銅像燈柱，才決定用來當部落格的名稱。會這麼決定，肯定是她眼中展翅仰望天空的麒麟身影，與兒子清醒後健康奔跑的模樣重疊的關係。

這麼一想，父親遇刺後硬撐著走到日本橋上，倚靠麒麟像的臺座才倒下，莫非別有含意？還是純粹的巧合？

悠人決定再到「麒麟之翼」部落格看一下狀況。許久未上來瀏覽，更新頻率依然不算高，然而，悠人卻看到不可思議的事情。

「東京的花子小姐」仍每個月寄照片過去。最近拍的是擺在香油錢箱上的一百隻淺紫紙鶴，共有八張類似的照片。看樣子，拍下照片的人帶著紙鶴把日本橋七福神參拜了一輪。

悠人往前瀏覽舊文，看到這篇文章：

一陣子沒消息的東京的花子小姐，傳來久違的照片，據說是電腦出狀況才一時聯絡不上。這次她幫我們摺黃色紙鶴，還帶著去巡訪參拜七福神。而且她買了新的數位相機，拍的照片尤其漂亮。

悠人出神地盯著螢幕，好一會兒無法動彈。

這是怎麼回事？有人用「東京的花子小姐」的化名，持續寄電子郵件給吉永的母親，並承接千羽鶴的計畫。

但不用想就曉得冒名者是誰，別無其他人選。

悠人腦海浮現父親摺完紙鶴，串起一百隻，帶到水天宮及小網神社等地逐一參拜的身影。眞是難以想像，卻是不爭的事實。

---

*1 日語的「麒麟（キリン）」可指中國傳說中的神獸或實際存在的動物長頸鹿，臺灣的閩南語中也將「長頸鹿」稱爲「麒麟鹿」。日文中欲指「長頸鹿」時，多以片假名撰寫。

*2 指的是東京日本橋三丁目的「STARTS八重洲中央大樓」入口處的長頸鹿雕像，爲金屬雕刻家安藤泉一九八九年的作品。雕像頭戴王冠，高約六公尺，據說是比照實物尺寸，爲日本橋地區的知名地標。

父親爲何要這麼做？

看情況，他讀過悠人的寄件備份後，得知「麒麟之翼」部落格，而瀏覽過內容，想必會更疑惑：爲什麼兒子要寫信給這個格主？爲什麼要爲他們摺紙鶴？世上不幸的人何其多，爲什麼唯獨如此關心這家人？

武明一定很快察覺，部落格上提及的「麒麟君」，便是過去在修文館中學泳池發生意外的游泳社社員，也就是兒子的學弟。

發現這層關係後，又引出新的疑問。假如悠人純粹是祈禱出意外的學弟早日康復，爲什麼要用化名，還裝成不相干的人寄郵件給學弟的母親？

想知道答案，最快的方法就是直接問悠人，但武明沒這麼做，或許是隱約察覺那起意外背後藏著重大的祕密。

另一方面，武明開始摺紙鶴，決定代替悠人完成「東京的花子小姐」的使命。由於部落格上曾記錄花子小姐是使用「和紙十色」，武明特地跑去買同樣的摺紙。

如今已無從得知武明這麼做的原因，說不定是他表達歉意的方式。無論那起意外的眞相如何，他打斷兒子的祈願計畫是事實，所以，至少在查明眞相前，得代替兒子持續爲對方祈福。

然後，終於摺完淺紫色的紙鶴。這是「和紙十色」的最後一個顏色，換句話說，千羽鶴計畫已大功告成。

悠人似乎能明白，瀕死的父親硬撐著走上日本橋的心情。他想告訴兒子：「拿出勇氣，不要逃避，好好面對眞相。你覺得對的事就放手去做吧！」

淚水奪眶而出，胸口深處彷彿亮起光明。悠人相信自己聽懂了父親想傳達給他的話語，同時，深深的自責與後悔也湧上心頭。爲什麼沒再多和父親聊聊？爲什麼沒試著理解父親的苦心？

他不禁爲父親感到驕傲。父親絕不可能幹出隱匿職災那種卑劣行爲，就算全世界都懷疑父親，他也相信父親的清白。

悠人緊捏著手帕，那是用來拭淚的。連父親逝世時他都沒哭，現下淚水爲何怎麼也止不住？而且他一點也不覺得丟臉。

「謝謝你告訴我們一切。」加賀的語氣十分溫柔，「起初你父親帶去水天宮的紙鶴是黃色的，我們一直想不透特意挑出『和紙十色』中間的顏色的原因，直到看見那個部落格才恍然大悟。你父親是接替某人繼續祈福，對吧？」

「我真的很訝異，爸竟然繼續進行那個計畫。一方面也感到羞愧，自己到底幹了什麼好事，毀掉一個人的一生，還滿不在乎地活得好好的，簡直不配為人。」

「所以，你才想找齊三人商量？」

悠人點點頭，「現下去自首也不遲。我想和他們一起向警方坦承過錯，老實接受懲罰。要不然，我們永遠無法成為問心無愧、堂堂正正的大人。」

加賀神色一斂，凝視著悠人。「你能察覺這一點，真是太好了。人都會犯錯，重要的是如何去面對。若是選擇逃避或別開眼，便會重蹈覆轍。」

「我也這麼認為。不過，刑警先生，那次的意外與我爸遇害，究竟有何關聯？我怎麼都想不透。」

加賀的視線微微游移，似乎有所猶豫。悠人頗為詫異，難得見這位刑警露出這樣的神情。

此時，敲門聲響起，松宮和門外的人交談幾句後，向加賀附耳低語，似乎是相當嚴重的事。

加賀聽完，端正坐好，開口道：

「找到杉野達也同學了。他在品川車站京濱東北線的月臺上，正打算跳軌自殺，被巡邏的員警及時攔下。」

加賀吐出的字字句句，全出乎悠人意料。

「跳軌？那小子？爲什麼？等等，這究竟怎麼回事？」

「杉野達也同學他——」加賀一頓，稍微調整呼吸後才繼續說：「他已坦承殺害青柳武明先生，也就是你父親。」

33

杉野達也的精神狀態相當不穩定，根本沒辦法好好說話。一方面他未成年，警方原本考慮先放他回家，最後仍決定拘留在日本橋署，畢竟他已出現企圖自殺的行爲。

第二天，石垣命令松宮與加賀負責訊問杉野達也。於是，兩人去見了杉野，但他和前一天一樣，難以有條理地敘述。即便如此，兩人依舊耐心問話，終於逐漸整理出這次案件的全貌。

連哄帶騙地問過一番後，杉野達也的供述內容大致如下。不過，實際上在回答時，他的思路沒這麼井然有序。

案發當天，放學回家的路上，杉野達也接到一通奇怪的電話。

「那是我不認得的號碼。」杉野反覆強調這一點。而且那不是手機號碼，是室內電話。

一接起來，對方竟是完全意想不到的人物——他自稱是吉永友之的父親。

「關於三年前那起溺水意外，我想和你聊聊，方便見個面嗎？」

杉野心頭大驚。事情都過了那麼久，吉永的父親爲什麼突然找上門？莫非他察覺那起意外不單純？

「您還找過誰嗎？」杉野問。

「沒有。雖然遲早得和其他人聊聊，但我想先跟你談。我們約在哪碰頭好？」

對方語氣溫和，卻帶有不容拒絕的威嚴，杉野一時想不出藉口推託，只好不情願地答應。對方提議在日本橋車站的剪票口會合。

「我想帶你去一個地方。」吉永的父親說道。

約定的時間是傍晚七點。結束通話後，杉野還是先回家，內心卻充滿不安與恐懼。對方到底要跟他談什麼？要帶他去哪裡？

搞不好是想帶他去警局。他們對吉永友之做的事等同殺人未遂，不，吉永友之一死，他們就是殺人凶手。所以，吉永的父親打算把他們送進監牢嗎？

不，大概不會那麼輕易放過他們。

寶貝獨生子的人生毀在他們手上，怎麼可能關進監牢就作罷？對方恐怕打算親手讓他們嘗到苦頭，換句話說，對方想復仇。

錯不了。吉永的父親一定是從哪裡打聽到那起意外的眞相，決心向三人復仇，而自己就是他第一個下手的對象。

假使對方抱著這樣的打算，當然要拚命逃跑。雖然覺得很對不起吉永，但他不願被殺。

比蠻力贏得了對方嗎？雖然是中年男性，卻大意不得。那個年紀的男性，不少人擁有區區高中生絕拚不過的壯碩體格。要是對方存心復仇，說不定還會帶傢伙赴約。

杉野從抽屜拿出堂哥以前送的小刀。當然，他沒用過這把刀。爲防萬一，他把刀子藏進運動外套的口袋。

傍晚七點，杉野來到日本橋車站的剪票口，突然有人拍拍他。回頭一看，吉永的父親站在身後，臉大肩寬，一身曬出來的淺褐膚色，要是打起架，他肯定毫無勝算。

然而，對方毫無敵意，反倒親切地微笑道：「先找地方坐下，喝點東西吧？」

於是，兩人走進附近的自助式咖啡店。吉永的父親問他想喝什麼，他回答都可以，對方便買了兩杯咖啡歐蕾，端來桌上。

面對面坐好後，對方卻冒出意外的話：「得先向你道歉。其實，我不是吉永同學的父親，而是你的老友青柳悠人的父親。」

杉野大吃一驚，但仔細瞧瞧，對方的確和青柳悠人長得很像。他去青柳家好幾次，卻沒遇過悠人的父親。

「冒充吉永同學的父親，是想知道你會有何反應。要是沒做虧心事，你一定能抬頭挺胸地應對。遺憾的是，你似乎很忐忑不安，或許該說在害怕？」

杉野無話可說。上當的不甘，與對青柳父親的用意的疑惑，在他腦中交錯盤旋。

「杉野，」青柳的父親繼續道：「如何？坦白告訴我，三年前究竟發生什麼事？那起意外的真相到底是什麼？我們家悠人也是當事者之一，對吧？你是我兒子最要好的朋友，一定知道真相。」

看來，青柳的父親懷疑那起意外不單純，卻不曉得當時究竟發生什麼事。只不過他很確定悠人脫不了關係，所以想從悠人好友口中問出真相。

「我不知道。」杉野回答：「我什麼都不知道。」話聲簌簌顫抖，他曉得自己的演技糟透了，不，在那種狀況下他根本無法搬出演技。

「果然，你也牽扯在內。」青柳的父親看透他的謊言，「杉野，我已有最壞的打算，或許得送兒子去自首。繼續隱瞞那件事的眞相，對你們的人生沒半點好處。坦白吧，我兒子和你是不是都與那起意外有關？」

好想逃。好想丟下一句「不是你想的那樣！」就衝出店門，雙腿卻動彈不得。而且，即使僥倖逃掉，問題一樣沒解決。很顯然地，這個人非常堅持要揭開那起意外的眞相，甚至不惜送兒子到警局。

「怎麼樣？告訴我吧。」對方再度逼問，杉野達也走投無路，於是點點頭。

一旦開口，就再也守不住。青柳父親問什麼，杉野就答什麼。他把那天發生的事全盤托出。而一邊告白，杉野感覺內心輕鬆起來。他深深感慨，這一路上，心頭竟壓著如此沉重的漫天大謊。

「謝謝你的誠實。」聽完杉野的告白，青柳父親開口：「這樣一來，我兒子做的那些事就都解釋得通了。」

杉野問他「那些事」是指什麼？青柳的父親回道：「我想帶你到一個地方。今天有點晚，可能沒辦法進去，不過在外頭眺望一下也好。我們一起前往那個能夠贖罪的地點吧。」

究竟要帶他去哪裡？青柳的父親並未明講。

一踏出咖啡店，青柳的父親說著「跟我來」，便邁出腳步。

「你們的行爲是錯的。要是公諸於世，恐怕會遭到世人強烈的指責，對你們的升學可能也多少有影響。不過，那些只是細枝末節，你們的人生還很漫長，一定能改過自新，重新做人。而爲了重新做人，絕不能對自己撒謊。」

青柳父親語重心長地告訴杉野，坦承一切才是最好的路。這番話確實相當具有說服力，但也讓杉野預見即將面臨的苦難。

杉野達也已推甄上第一志願的大學。難道自己高中三年努力不懈換得的成果，也將全數化爲泡影？

杉野停下腳步，不能再跟著這個人。

「怎麼啦？」青柳的父親問。

「我還是沒辦法。」杉野回道：「剛才那些話，請當沒聽見，拜託。」

「不可能，我會把眞相告訴警方，因爲那才是眞正爲你和我兒子著想。好了，快跟我來。」

青柳的父親再度邁開步伐，背影散發著冰冷無情的氣魄。

那一刻內心的轉折，杉野達也無法解釋，總之他滿腦子只想著「得趕快阻止這個人！」回過神，手上已緊緊抓著刀子。

或許察覺杉野的舉止有異，青柳的父親停下腳步，回過頭。杉野瞄準他直衝上前。兩人緊貼著撞上牆壁。此時，杉野才意識到他們來到一處類似地下道的地方。

青柳的父親幾乎沒發出叫聲，便沿著牆面滑下，緩緩蜷起身子。那把刀深深刺進他的胸口，杉野試圖拔出，刀子卻文風不動。沒辦法，杉野只好拉起青柳父親的領帶拭去刀柄的指紋。明明已慌到不行，卻還記得不能留下指紋。

他打算折返原路，來到地下道出口，發現居然有個男的躲在建築物的暗處。杉野達也擔心那個人可能目擊一切，拔腿奔離現場。

回到家，他關在房裡，止不住全身顫抖，徹夜未眠。他怕得不得了，總覺得警察馬上就要來抓他。然而天亮後，他滿懷恐懼地打開網路新聞一看，報導內容卻大大出乎意料。

上面寫著，刺殺青柳父親的嫌犯被車撞成重傷。

怎麼回事？一頭霧水的杉野四處查閱相關報導，不久便明白自己有多走運。嫌疑最重的是一名和他八竿子打不著的男子，而且目前陷入昏迷狀態。

這簡直是奇蹟。只要那個男的不再醒來，他就得救了。不，就算這個男的醒來，他也不會遭到警方懷疑吧。

杉野想著這些事時，青柳悠人傳簡訊過來，標題是：「我爸死了」。看完後，杉野的心揪成一團，但他已做出決定——只能瞞下去。他強壓下腦中混亂的思緒，努力地打出一篇像摯友會回的簡訊。

之後，「金關金屬」隱匿職災一事曝光，悠人突然遭到周圍同學的白眼時，他也很煩惱，不曉得該怎麼面對悠人，只好選擇保持距離。不過，悠人似乎沒有責難他的意思。

不久，那名叫八島的嫌犯不治身亡，他以爲整件事終於畫下句點，但並非如此。不知爲何，悠人突然提議找來黑澤，說要三人一起談談。更讓他膽寒的是，悠人始終不明講要談什麼。

然後，他收到悠人那封關鍵的簡訊。上頭說急著和他碰頭，想談一下關於那起溺水意外的事，說不定和父親遇害的案件有關，而且警方已有動作。

杉野的眼前頓時一片漆黑。

完蛋，殺害青柳父親的罪行敗露。既然警方採取行動，他已無路可逃，全都完了。

杉野絕望地在街上遊蕩，該怎麼辦才好？該怎麼辦……

不管刑警怎麼問，他都答不出為何會跑到品川車站，恐怕連自己都不曉得原因。他只隱約記得想從月臺跳下，想一死了之。而此刻，他依然這麼想……

34

糸川和前幾次碰面時一樣，依然擺出目中無人的態度，眼眸深處卻透著一絲狼狽。證據就是，他掌下的桌面微微沾著水氣，因為他的手心不斷冒汗。

這天，他與松宮和加賀見面的地點不是學校，而是警署的偵訊室。

「關於那起溺水意外，我剛才說的就是整件事的來龍去脈。不相信的話，和那三人對證就知道。」

確實，糸川的說詞與悠人他們的證言一致。只不過，他試圖隱匿眞相的理由，依然很曖昧。他表示「我是為他們幾個的將來著想」，眞是這樣嗎？

「參加接力賽的四名成員在練習時發生意外，要是消息曝光，外界說不定會認為那屬於社團活動的一環。這麼一來，校方——不，身為顧問的你很可能會被追究責任，所以你才決定讓眞相永不見天日，不是嗎？」

聽到加賀的這番指責，糸川橫眉豎目瞪向他。「講話能客氣點嗎？我根本從未有過那麼卑劣的想法。」

「但你做的是卑劣的事。」

「你……」糸川面露忿恨，卻一句話也說不出。

「抓住泳者的腿，讓泳者單靠臂力游泳，這個練習方法聽說是你想的？因此，你隱匿眞相，不也是希望避免此事曝光？」

糸川「砰」的一聲，使勁拍向桌面。

「我們換個問題。」松宮接過話，「青柳武明先生遇害的三天前，曾打電話給你。關於通話內容，之前你都回答，他是煩惱與兒子處不好而想找你商量。現下，你仍不打算更改證言嗎？這部分將成爲呈堂證供，請愼重考慮再答覆。」

糸川的呼吸紊亂，胸膛劇烈地起伏。「不，」只聽見他囁嚅著：「……請讓我更改證言。」

「那麼，你們當時究竟談什麼，請告訴我們實情。」

糸川以手背抹一下嘴。「他想知道三年前那起意外的詳情，似乎懷疑兒子與那件事有關。」

「你怎麼回他的？」

「我說，報紙上登的就是全部。」

「青柳先生接受這個說法嗎？」

糸川無力地搖頭。「他執拗地追究：『不可能如此單純，請告訴我眞相。那樣才是眞正爲我兒子著想。』」

「那你怎麼應付？」

「我丟出一句『沒有的事你要我說什麼？』就掛斷，當時我也眞的沒空和他扯下去。」糸川小聲補充：「就這些了。」

「案發後，面對警方的詢問，你爲什麼沒說實話？」一旁的加賀又開口：「要是你當初老實告訴我們那通電話的內容，或許偵查就不會繞這麼大一圈。」

「話雖如此……那通電話與命案沒有明顯的關係，而且不再提那起意外，也是爲了幾個孩子好。」

「爲了幾個孩子好？說謊怎麼會是爲了他們好？」

「事到如今，再挖出那件事，只會傷害幾個孩子，他們好不容易走出陰霾——」

加賀倏然站起，長臂一伸，揪住糸川的衣襟。「開玩笑，什麼叫不想傷害他們？你根本不明白是非對錯。杉野刺殺青柳先生後，爲何沒自首？因爲你教給他們錯誤的觀念。即使犯錯，瞞過去就沒事——這是三年前你教給那三個孩子的，所以杉野才會重蹈覆轍。青柳先生所做的一切，都在試圖導正被你灌輸錯誤觀念的兒子。連這一點都不明白，還是辭掉教職吧，你根本沒資格教育別人！」

加賀像拋掉髒東西般鬆開手，糸川則一臉慘白。

35

松宮和加賀趕到時，屋內的行李幾乎都已搬上車。中原香織站在公寓外，腳邊放著一只大背包。見到松宮與加賀，她便揮揮手打招呼。

「原本是來幫忙的，看樣子都搬完啦？」松宮說。

香織聳聳肩，「把不要的物品處理掉後，行李所剩無幾，我都忍不住佩服自己居然能這樣過活。」

「他的東西呢？」

松宮一問，香織神情落寞地低下頭，過一會兒才抬起臉。「很多都捨不得丟，挺傷腦筋的。不過，像破襪子之類的，大多已清掉。」她努力擠出笑容，眼眶卻不禁泛紅。

加賀拿出一只紙袋，「這些還給妳，方便簽收一下嗎？」

袋裡裝的是八島冬樹的手機、皮夾、駕照等物品。香織愛惜地將冬樹的手機包覆在掌心，接著撫著下腹部說：「這是爸爸的遺物喔。」

加賀遞給她簽收單和筆，她愼重地簽名。

「他眞的很傻，對吧？」香織把單交給加賀，「怎麼會做那種事呢？明明錢的問題，我來想辦法就好。」

「大概是覺得有責任吧。」加賀說：「身爲父親，得擔起家計才行。」

香織抿起雙唇，似乎想壓抑激動的情緒。接著，她又悄聲低喃：「眞是個傻瓜。」

案發那天，八島冬樹究竟幹了什麼事，已無從確認。但根據杉野達也的供述，警方仍推測出大致的輪廓。

離開書店後，八島冬樹走向日本橋車站，途中看見青柳武明。至於是經過那家自助式咖啡店時看到的，還是青柳武明與杉野達也走在路上時撞見的，無從得知。總之，八島尾隨青柳武明，可能是希望爭取工作機會吧。而八島沒立刻開口叫住青柳武明，研判是顧慮到他身邊有同行者。

杉野達也在江戶橋的地下道刺傷青柳武明時，八島冬樹躲在地下道外頭。一看到杉野折返，八島連忙閃入一旁建築物的暗處。等杉野離去，走進地下道的八島赫然發現受傷癱倒的青柳武明。

中原香織心裡那無可救藥的善良男孩八島冬樹，唯獨在當下鬼迷心竅。他搶走青柳武明的皮夾和公事包，旋即逃跑。

八島之後的行蹤，就如已查明的部分。他藏身在濱町綠道，打手機給香織，緊接著就因試圖逃避員警的盤查而被車撞上。

確實如香織所說，八島眞的很傻。而且，或許被加賀說中，他是感受到即將爲人父的責任與壓力，才會做出這種事。

中原香織決定回老家福島。育幼院時期認識的友人開了間餐飲店，曉得她有孕在身，仍願意僱用她在店裡幫忙。

松宮與加賀攔下一輛計程車，決定送香織到東京車站。要搭東北新幹線，從上野車站比較近，但香織最後還想去一個地方。

「嗳，兩位今天這麼有氣質啊？」香織似乎對他們的打扮頗爲疑惑。

「我們等一下要去參加親戚的法會。」松宮回道。

「哦……」香織一臉不可思議地交替望著松宮和加賀，但坐在副駕駛座的加賀什麼也沒說。

車子駛進中央大道，右側是三越百貨公司，香織「最後想再看一眼」的地點就在不遠的前方。

即使位於殺風景的高速公路下，日本橋至今仍不減莊嚴的丰姿，橋上的麒麟像也依舊傲然地凝望著明日。

「兩位刑警先生，我一點也不後悔來東京走這一遭。」香織說：「因爲和冬樹留下許多開心的回憶，而且那是絕不會損傷，也不會失去的寶物。」

松宮默默點頭，他明白沒必要太多言語。

兩人送香織到東京車站的中央剪票口前。香織接過行李後，行禮道謝。

「今天眞的很感謝。還有，我一輩子都不會忘記你們替冬樹洗刷嫌疑的恩惠。」

「那種事忘記也無所謂，」加賀說：「不能忘記的是妳的決心。爲了孩子，無論遇上怎樣的困境都不能認輸，明白嗎？」

香織斂起笑容，正色應道：「是。」

「加油。」松宮說。香織又回答一次「是」，才恢復笑臉。

香織穿過剪票口，邊向兩人揮手邊走進站內。目送她的身影消失後，松宮瞥一眼手表。

「啊，不妙，只剩三十分鐘。」

「眞的假的？遲到又要被金森小姐念，快走吧。」加賀拔腿狂奔。

36

一下電車，戶外冰冷的空氣凍得耳朵好痛，悠人忍不住想縮起身子，但他使勁深呼吸，挺直背脊。因爲這徹骨的寒冷，彷彿象徵他們的處境，現下的自己沒資格拒絕苦難。

身旁的黑澤抬起頭，灰色的天空眼看就快下雨。不，溫度這麼低，待會兒落下的應該是雪吧。

「走吧。」悠人開口，黑澤點點頭。他拎的紙袋裡裝著千羽鶴，是兩人一起摺的。提議去見吉永的是悠人。

「我們把眞相原原本本地告訴他的父母吧。全部坦承後，向他們還有吉永謝罪。或許無法獲得他們的原諒，仍必須謝罪。因爲這是我們唯一辦得到的，其餘我們什麼忙都幫不上。」

黑澤贊成，並提出要摺千羽鶴帶去。

悠人在房裡默默摺紙鶴。爲了摺成一串千羽鶴，他又買六包「和紙十色」補齊數量。

其實，破案不久，他就在父親的車內發現用剩的「和紙十色」，每包都缺黃色之後的摺紙。悠人終於明白父親都是在哪裡摺紙鶴，看來他是趁打完高爾夫，在回家路上找個地方停下，躲在車裡摺的吧。

摺著紙鶴，各種思緒掠過悠人腦海，留下的卻是無盡的後悔。爲什麼自己沒早點說出眞相？爲什麼沒向吉永道歉？還有，爲什麼沒和父親坐下好好長談？

當初只要做了其中一項，就不會演變成這麼悲哀的下場。父親不會喪命，杉野也不會成爲殺人犯。那名叫八島的男子雖然素昧平生，但他也是自己和同伴當年犯的錯造成的受害者。

千羽鶴在昨天完成，悠人馬上打電話到吉永家，表明關於那起意外，有些事想向他們坦白，不知是否方便前往拜訪？

接電話的是吉永友之的母親。之前警方偵查青柳武明命案時，想必曾前往吉永家問過話，所以悠人上門的目的，她某種程度是知情的，但她什麼也沒問，只回道：「好的，那就等你們過來。」大概是認爲，一切等見了面再說。

「糸川老師好像辭職了。」前往吉永家的計程車上，黑澤開口。

「是喔。」悠人應一聲，內心沒特別的感受。

「阿青，對不起。當時，要是我沒提議溜進學校，就不會發生這種事。全是我的錯。」黑澤哽咽道。

「你在講什麼。」悠人以手背拍一下黑澤胸口，「這樣的話，沒出聲阻止的我也有責任。我們三個同罪，所以我倆才會去道歉，不是嗎？」

「嗯。」黑澤點點頭。

不久，計程車停下，兩人走出車外，站在一棟大房子前方。大門門柱上的木牌刻著「吉永」二字。

悠人探向大門內，只見庭院一片雪白，再過去就是玄關，而此刻，吉永友之仍在屋裡沉睡。

今天不僅是來道歉，還要爲他祈禱——悠人是這麼想的。他們期盼吉永早日清醒，才大老遠跑到這裡。等一下見到吉永，先跟他說說話吧。那時候眞的很抱歉，是我們不好，所以你趕快醒來，趕快睜開眼，用力揍我們一頓。大家都在等你。

呼出的氣息瞬間化爲白霧，悠人緩緩踏步向前。

（全文完）

解說　臥斧

在起點踏對腳步，就能朝無限可能的未來行去

——關於《麒麟之翼》

※本文涉及《麒麟之翼》一書情節，請自行斟酌是否繼續閱讀。

在東野圭吾的作品當中，加賀恭一郎是很早就出現的角色。

加賀恭一郎在一九八六年的《畢業——雪月花殺人遊戲》中初次登場，當時加賀還在念大學，遇上同學遭到殺害的事件。這是東野圭吾出道後的第二部作品，東野後來談到，當時並沒打算讓加賀成爲系列作的主角。一九八九年，加賀在《沉睡的森林》中再次出場，已經成爲刑警；東野自承讓加賀在此案中登場，「是小小的惡作劇」。

接下來，加賀在讀者眼前暫時消失，直到一九九六年才出現在《誰殺了她》與《惡意》當中。

東野認爲自己把加賀安排在《惡意》這個故事裡，只是出於直覺，但效果不錯。事實上，在加賀出場的前幾作中，東野雖然對他的外貌有所著墨，但角色的個性特色並不十分明顯，一直要到《惡意》，加賀恭一郎的特色才眞正清晰起來——在這個故事的中段，凶手已經出現，但因爲加賀對其行凶動機存疑，所以並沒有停止調查，堅持到了最後，才揭露了凶手眞正的想法。對加賀恭一郎而言，「破案」並不只是找出凶手，而是事件當中各個關係人的互動狀態及內裡想法，找出讓案件發生的「爲什麼」；理解這些「爲什麼」，才算是眞正破案。

在接下來的兩部長篇裡，東野選擇了一個重要的主題來發揮加賀的特色。

首先是二〇〇六年的《紅色手指》。這個故事從上班族前原昭夫加班時接到其妻八重子來電，以爲是失智的母親出事了，返家後卻發覺自己的獨子直巳不知爲何殺了一個小女孩。在八重子的要求下，前田答應協助棄屍，並企圖將責任推給失智的母親；加賀接下這個案子，很快地發現一切另有隱情。《紅色手指》的故事一開始便已指出凶手，端看加賀如何抽絲剝繭地破案，但因爲事件牽涉到家族成員之間的關係，於是就變得複雜了起來。

到了二〇〇九年的《新參者》，東野置入更多這類議題。《紅色手指》以一個出問題的家庭爲中心，置入幾個與之對照的家庭；而《新參者》

則以一個獨居女性遭勒斃的事件爲起點，利用一些與案件並無直接相關，但引起加賀好奇的證據，讓加賀在傳統老街的各個家庭之間巡遊。每個家庭裡的事件自成一個短篇，加賀在釐清並協助解決這些問題的同時，也將主線案件朝眞相的方向推進。

東野之所以選擇「家庭」爲加賀的故事主題，有幾個原因。

其一是加賀恭一郎自己的家庭背景。從《畢業──雪月花殺人遊戲》開始，加賀與父親之間便存在著一種與尋常父子不同的互動關係；這樣的互動讓周遭的親友難以了解，正是加賀面對案件中不同家庭時會遇到的情況。另一個原因，在於家庭成員雖然大多組成簡單，但現實生活當中，這樣看似一目瞭然的組織，卻與其他社會單位一樣充滿複雜的利害關係，甚至可能因爲血緣與情感的牽扯，讓成員之間產生更難溝通的狀況。東野讓執著於探尋問題核心的加賀，進入家庭場景處理這些問題，於是就更具意義。

在二〇一一年的《麒麟之翼》裡，也能看出這樣的主題及元素。

故事開始在接近晚上九點的時候，人潮車流來來往往的日本橋一帶。一個男人搖搖晃晃地走近橋頭，倒臥在橋頭的麒麟銅像下方。附近的巡查本來以爲男人是個醉漢，上前查看，才發現男人已經遇刺身亡。在該地方警署服務的加賀和在警視廳搜查一課任職的表弟松宮，一起加入偵辦的行列，發現案件疑點重重：這名死者青柳武明遇襲後仍步行了一段距離，是否爲了逃離凶手？但他經過位在橋頭的派出所時，爲何不停下腳步求救？況且，經過調查，這個地區不在青柳上班及返家的日常行動範圍之內，那麼，青柳到這裡來做什麼呢？

疑點在找到嫌犯後，不減反增。

在陳屍現場附近，一名年輕男子衝進馬路中間，被卡車撞個正著。員警發現男子身上帶著青柳的皮夾，研判這是一起單純的搶劫逃逸案件，被撞的八島冬樹正是刺死青柳的凶手。這樣的推斷雖然看來言之成理，但完全無法解釋上述疑點；而在八島不治身亡、同居人中原香織懷孕，以及青柳工作的公司曾因隱瞞職災問題而解僱八島的消息曝光之後，輿論則完全轉向，將八島視爲企業的犧牲品，青柳反倒成了無良資方的代表。

案件當事人的親友反應，是東野圭吾時常關注的重點之一。

在《麒麟之翼》裡，可以看到臺灣讀者絕不陌生的記者誘導式問話，以及在眞相尚未明朗前，名嘴們就在媒體上爭先恐後發言的狀況。在這樣的推波助瀾下，青柳家的成員在面對父親遇害之後，還得面對同儕的排擠以及輿論的壓力；而另一方面，這樣的媒體操控，對淳樸善良、堅信八島不是凶手的中原香織而言，也沒有任何幫助。

不僅是單純地指出這種現象，東野還將這樣的橋段與「家庭」主題相互聯結。

在青柳身故之後，他與家人之間缺乏溝通的狀況浮上檯面，妻子不知道他爲什麼要在下班後到日本橋一帶，子女對他身上帶了什麼、在公司做什麼，也幾乎都一無所知。這樣的情況，讓青柳一家在面對眾人的疏離時顯得諷刺而悲傷，但隨著加賀的偵查腳步，青柳與兒子悠人之間的某種聯結卻開始隱約露出端倪；故事接近尾聲時的眞相翻轉，可能有人會覺得太過突兀，但仔細爬梳先前情節，不難發現，那些加賀一直念念不忘的細微線索，其實不但與眞相有關，更指向《麒麟之翼》故事的核心。

這個核心，可稱爲「起點」。

家庭是個人來到世界的起點、接觸社會的起點，也是學習是非善惡的起點，這是家庭這個單位最重要的作用之一。面對悠人與同學們意外釀成的悲劇，青柳武明選擇了正面負責的起點，並且在與悠人缺乏溝通的情況下，仍然持續地以實際行動身體力行；雖然眞凶的行爲難以歸咎於他人，但游泳社顧問糸川採取的處理方式成了歪斜的起點，其實對後續造成的悲劇起了一定的影響。

「請您務必教導學生記下正確的公式。」加賀對糸川是這麼說的。

用對了公式就能解題，但記錯了公式就會一再犯錯。面對問題的起點倘若產生偏差，便會行差踏錯得愈來愈嚴重。在《麒麟之翼》這個故事裡，東野圭吾仍然使用了包括加賀自己在內的幾組家庭關係與案件主角對照，但更聚焦在家庭中對於觀念的傳承價值。當遇刺的青柳用盡最後的生命，拖著身體到麒麟銅像下方時，不僅是要讓悠人想起以「麒麟之翼」爲名的網誌、進而了解自己的所做所爲與來不及溝通的觀念，更因麒麟蹲踞之處，正是所謂的「道路元標」，亦即全日本道路的起點。在這個起點如果踏對腳步，就能朝無限可能的未來行去。

這是家庭的價值，也是倒臥在「麒麟之翼」前的青柳，對兒子的最後期許。

本文作者介紹

臥斧，除了閉嘴，臥斧沒有更妥適的方式可以自我介紹。

國家圖書館出版品預行編目資料

麒麟之翼／東野圭吾著；阿夜譯. -- 初版. -
台北市：獨步文化：家庭傳媒城邦分公司
發行，2012〔民101〕
面； 公分. --（東野圭吾作品集；
33）
譯自：麒麟の翼
ISBN 978-986-6043-34-5（平裝）

861.57 101017064

東野圭吾作品集33 麒麟之翼

原著書名／麒麟の翼
原出版社／講談社
作者／東野圭吾
翻譯／阿夜
責任編輯／陳盈竹
編輯總監／劉麗真
總經理／陳逸瑛
榮譽社長／詹宏志
發行人／涂玉雲
出版／獨步文化
城邦文化事業股份有限公司
台北市中正區民生東路二段141號5樓
電話：(02) 2356-0933 傳真：(02) 2351-9179; (02) 2351-6320
發行／英屬蓋曼群島商家庭傳媒股份有限公司
城邦分公司
台北市中山區民生東路二段141號2樓
讀者服務專線：(02) 2500-7718; 2500-7719
24小時傳真服務：(02) 2500-1990; 2500-1991
服務時間：週一至週五上午09：30-12：00；下午13：30-17：00
讀者服務信箱E-mail：service@readingclub.com.tw
劃撥帳號／19863813
戶名／書虫股份有限公司
香港發行所／城邦（香港）出版集團有限公司
香港灣仔駱克道193號東超商業中心1樓
電話：(852) 25086231 傳真：(852) 25789337
E-mail: hkcite@biznetvigator.com
馬新發行所／城邦（馬新）出版集團 Cite (M) Sdn Bhd.
41, Jalan Radin Anum, Bandar Baru Sri Petaling,57000 Kuala Lumpur, Malaysia
電話：(603)90578822 傳真：(603)90576622
E-mail:cite@cite.com.my
美術設計／戴翊庭
排版／浩瀚電腦排版股份有限公司
印刷／中原造像股份有限公司
□2012年11月初版
□2021年12月7日初版十八刷
售價／380元
Printed in Taiwan

獨步文化
APEX PRESS

廣　告　回　函
北區郵政管理登記證
台北廣字第000791號
郵資已付，免貼郵票

104台北市民生東路二段 141 號 2 樓

英屬蓋曼群島商家庭傳媒股份有限公司
城邦分公司

請沿虛線對摺，謝謝！

獨步文化
APEX PRESS

書號：1UE033　　書名：麒麟之翼　　編碼：

請於此處用膠水黏貼

獨步文化 APEX PRESS

讀者回函卡

謝謝您購買我們出版的書籍！
請費心填寫此回函卡，我們將不定期寄上城邦集團最新的出版訊息。

姓名：＿＿＿＿＿＿＿＿＿＿ 性別：□男 □女

生日：西元＿＿＿＿年＿＿＿＿月＿＿＿＿日

地址：＿＿＿＿＿＿＿＿＿＿＿＿＿＿＿＿＿＿

聯絡電話：＿＿＿＿＿＿＿＿＿＿ 傳真：＿＿＿＿＿＿＿＿

E-mail：＿＿＿＿＿＿＿＿＿＿＿＿＿＿＿＿＿＿

學歷：□1.小學 □2.國中 □3.高中 □4.大專 □5.研究所以上

職業：□1.學生 □2.軍公教 □3.服務 □4.金融 □5.製造 □6.資訊
□7.傳播 □8.自由業 □9.農漁牧 □10.家管 □11.退休
□12.其他＿＿＿＿＿＿＿＿＿＿

您從何種方式得知本書消息？
□1.書店 □2.網路 □3.報紙 □4.雜誌 □5.廣播 □6.電視
□7.親友推薦 □8.其他＿＿＿＿＿＿＿＿

您通常以何種方式購書？
□1.書店 □2.網路 □3.傳真訂購 □4.郵局劃撥 □5.其他

您喜歡閱讀哪些類別的書籍？
□1.財經商業 □2.自然科學 □3.歷史 □4.法律 □5.文學
□6.休閒旅遊 □7.小說 □8.人物傳記 □9.生活、勵志 □10.其他

對我們的建議：＿＿＿＿＿＿＿＿＿＿＿＿＿＿＿＿

＿＿＿＿＿＿＿＿＿＿＿＿＿＿＿＿

＿＿＿＿＿＿＿＿＿＿＿＿＿＿＿＿

為提供訂購、行銷、客戶管理或其他合於營業登記項目或章程所定業務需要之目的，家庭傳媒集團（即英屬蓋曼群島商家庭傳媒股份有限公司城邦分公司、城邦文化事業股份有限公司、書虫股份有限公司、墨刻出版股份有限公司、城邦原創股份有限公司），於本集團之營運期間及地區內，將以mail、傳真、電話、簡訊、郵寄或其他公告方式利用您提供之資料（資料類別：C001、C002、C003、C011等）。利用對象除本集團外，亦可能包括相關服務的協力機構。如您有依個資法第三條或其他需服務之處，得洽詢本公司服務信箱cite_apexpress@cite.com.tw請求協助。相關資料不提供亦不影響您的權益。

□我已詳讀權利義務之相關條款，並同意遵守。

請於此處用膠水黏貼